You create your own reality

個人與群體事件的本質

（賽斯書）

The Individual and the Nature of Mass Events

Jane Roberts 著

王季慶 譯

心靈的宣言

我的人生定義它自己
你的也一樣
讓那些修道者留在
他們的地獄與天堂
讓科學家們
與那些無故創造出來的星星
禁閉在
他們垂死的宇宙
讓我們每一個人都勇於
打開我們夢的門
探索
那非主流的領域
我們就從這兒開始吧

羅註：這是一九七九年六月末，當賽斯在結束本書時，珍寫的一首長詩的首段。除了其他寓意之外，這首詩是心靈獨立的一個熱切宣言，反應本書中賽斯概念而寫出的。

序

「出神狀態」是一個非常具有個人色彩的現象，它代表意識由日常的實相轉向了一個內在的實相。可是不管一個「出神狀態」有多麼的私密，它卻必須發生在由共同事件組成的物質世界裏。我被那些事件觸及，而你們也一樣；因此即使當我在出神狀態裏坐著，口授賽斯的書時，我畢竟也無法遊蕩得離我們共同的實相太遠。

當我爲賽斯說話時，我坐著的椅子是現代製造業的產品。在我面前咖啡桌上的那杯酒、香煙以及大量生產出來的桌子本身，全都在提醒我，至少在目前，即使我最具冒險性的進入其他實相之旅程，也是根植於我們全都一起分享的具體事件世界裏。

我的先生羅伯·柏茲坐在我對面的沙發上，把我替賽斯講的話逐字記錄下來，用一支現代的筆把這些「幽靈之語」寫在講究的筆記本上。在我ＥＳＰ課裏的「賽斯課」，一直是錄了音的，而這個禮拜當我正在錄一個廣播節目時，賽斯也「透了過來」。因此科技及其所有含意從來沒有離這一切太遠。

舉例來說，正當賽斯在口授《個人與群體事件的本質》時，三哩島核能意外事件發生了；而倘若那件事變成了一場大災難的話，我們雀門郡也就會被用來安置難民了。當然，自從我們在一九六三年的後半年開始第一堂賽斯課以來，已經發生過許多戲劇性的全國性事件，但是賽斯極少提及這些事情，即使提到的話也只是爲了回答我們的問題。

可是在目前這本書裏，他深入的討論了我們的私人實相是如何的與群體經驗打成了一片。爲此之故，他檢視這公衆舞台，而對「三哩島」及「瓊斯鎭集體自殺案」談了很多。這兩件事都發生在賽斯口述這本書的期間，雖然這兩個案例都發生在現代，但卻富有典範性的涵意。

一如過去，羅的註爲本書提供了必要的外在背景，而點出了我們正常生活的架構：賽斯如此殷勤的每週「出現」二次，把我的眼鏡丟開，這就是我出神狀態開始的信號。當然，除此以外，在這種日子裏，我自己的情緒、臆想、喜悅和悲傷也在我心裏織出它們的塵俗之網。我自己的寫作也許進行得很好或者不怎麼樣，這一天也許很安靜或者被不速之客打擾了，或者是穿插著生活裏任何正常家居的高潮與低潮。

舉例來說，當賽斯在口授《群體事件》的時候，我們的另外一隻貓（比利）死了。那時賽斯正在討論「三哩島意外事件」，但是因爲我們覺得太難過了，所以他停止了口授，而給了我們一些有關動物死前及死後意識的精采資料——因爲「悲劇」以各式各樣的形式出現，而我們最家常的生活裏所發生的事也給了賽斯一個評論生命本身的機會。

所以，即便我的焦點是在別的地方，我的意識轉而向內，從那個另外的觀點，卻有一個聚光燈打到了我們的世界上，幾乎像是我們夢裏的一個人物突然醒了過來，走出了那個夢，而居然敢對我們醒時的世界加以評論。或許這不是一個好比喻——賽斯絕不是一個夢中角色，而事實上，我也幾乎從來沒有夢見過他——但他**是**一個人物，其實相的舞台與我們不同，一個透過我寫書的人物，卻是由他的而非我的立足點寫的。

在這本書裏，他以一種不妥協的智慧評論了我們的宗教、科學、時髦的教派，並且也評論了我們的醫學信念——就好像——就好像他代表了那更睿智的人類心靈深處，而那是永遠知道得比我們多的——就好像他不僅是用我的聲音說話，而且也代表了許許多多人的心聲——就好像他代表了我們已容許我們自己忘懷了的眞理。

什麼眞理？就是我們的夢在白天活了起來；就是我們的感受與信念變成了我們所體驗到的實相；就是，以更深入的說法，我們就是我們參與的那些事件；還有，爲了一個理想去謀殺仍然是謀殺。但是還不止此，賽斯提醒我們身爲小孩時已知的事：我們具有善的意向。

「你創造你自己的實相。」這個聲明是賽斯資料的基石之一，幾乎從我們的課一開始他就說過了，並且在他的書裏也一再的強調。然而，在《群體事件》裏，賽斯更進了一步，主張我們私人的衝動就是要提供發展我們自己能力的原動力，同時使這些能力對人類和自然界的最佳利益也有所貢獻。他在此所說的是我們正常的衝動，正是那些人家告訴我們是危險的、混亂的及矛盾的東西。賽斯主張，如果我們不信賴我們的衝動，我們也就無法信賴自己。

這本書大部分是談到我們衝動的目的，以及在科學和宗教的眼光裏，它們的名聲那麼壞的理由。賽斯在這兒眞正要說的是，我們的衝動，就是要**幫助**我們在個人的基礎上創造我們的實相，而同時還能增益我們的個人生活及我們的文明。

但是如果我們具有善的意圖，又爲什麼有時候會做出傷天害理的事情？賽斯毫不迴避的面對這些問題，而分析偏執狂和理想主義者這兩者的動機。而人們的確**是**理想主義的。許多各種年紀的讀者寫信給我們，問我們他們怎麼樣才能發展他們自己的潛能，而同時也幫忙帶來「一個更好的世界」。對於他們在社會上看到的糟糕現象，不論與他們切身有關與否，他們都深表關切，並且深惡痛絕。

在這本書裏，賽斯清楚的給我們看，我們每一個人能怎樣對這個群體的實相有所貢獻，並且把那些問題簡明的畫出輪廓，以使我們不致於陷入幻滅或偏執。

既然我們全都牽涉在世界性的事件裏，所以非常要緊的是，我們也要瞭解我們是如何參與那些全球性的行動，並且看出我們對自己及人類的負面信念又如何造成了離理想甚遠，而且與我們所宣稱的目標大相逕庭的情況。爲此之故，賽斯解釋了佛洛伊德與達爾文的學說如何的侷限了我們的想像力和我們的能力。

當然，羅和我也是在佛洛伊德式和達爾文式的觀念世界裏長大的，也難免於這種狹隘觀點的不幸結果。那些理論連同對「有缺陷的自己」之宗教信念，已經在我們每一個人的生命裏留下了印記。透過賽斯課，賽斯給了羅和我一個嶄新而更廣大的哲學架構，一個我們與讀者分享的架構。那個架構還在繼續浮現出來，離完成還遠得很。答案還沒有全部進來，我們仍在學習如何問對問題。

當賽斯開始這本書時，我個人正在探討「英雄式衝動」的概念（與我們普通的衝動有所不同的那些），那把我們推向建設性行動的內在動力。然而，在這本書裏，賽斯聲明我們必須學習去信賴的正是我們**正常的**日常衝動，即使是我也被嚇了一跳！我們**一般性的**衝動？當我在找「英雄式衝動」時所忽略掉的那些嗎？我終於開始瞭解：我們正常的衝動就是英雄式的，雖然我們誤解了它們。在某一方面來說，這整本書**就是**在介紹我們的衝動——我們所跟隨的以及我們所否認的衝動。

我自己對衝動也傷過腦筋，只跟隨我認爲會把我導向我想去地方的那些，而劇烈的削減我認爲會影響我工作的那些。像許多其他的人一樣，我以爲跟隨我的衝動是達成任何目標最不可靠的方法——除非我在寫作，那時，一種「創造性」的衝動就成了最受歡迎的了。我沒有瞭解到所有的衝動都是創造性的。就因爲這樣子的信念，好多年來我都有一種最惱人的類似關節炎的症狀，除了別的理由以外，那也是我削減了身體想動的衝動之結果。

在過去，當賽斯告訴我要信賴自發性的自己時，我說：「沒問題」，而想像著某個假設的「內我」（inner self）那是與我有意識的意圖多少有點距離的。但是當賽斯在這本書裏一再重複「信任你的衝動」時，這個訊息終於影響了我——而其結果是我身體上已然有了相當的進步。這個看起來離得很遠的內我其實並沒那麼遠；「它」透過我的衝動來與我溝通。以某種說法，衝動**就是**心靈的語言。

但是，攻擊性或是矛盾的，甚或想殺人的衝動又如何呢？它們怎能被信任呢？賽斯回答了這些以及許多其他的問題，直到我們讀到他的解釋時，才禁不住奇怪，我們過去怎麼可能對自己的天性如此的誤解，以致於不信賴那些正會引領我們自己以及全人類朝向靈性成長的訊息呢!?

那麼我自己在所有這些事裏扮演的又是什麼角色呢？在我眼裏，它是對詩人之原始角色的呼應：去探索個人私密心靈之所及，去推擠通常的心理界限直到它們讓步，打開一個新的神祕領土——人們和人類本身的心靈——而感知了內在實相的壯麗美景，然後詩人再用文字、韻律或歌曲來轉譯那個景象，傳述給人們。

最早的詩人們很可能半是巫師，半是先知，爲自然力、爲生者與死者之「靈」說話，說出他們心目中天人合一的景象。他們大聲的講他們的訊息，唱他們的歌，頌唸他們看到的景象。而也許那就是爲什麼「賽斯如是說」(《seth speaks》(譯註：這是賽斯書《靈魂永生》的原名)，首先是透過話語，而非透過自動書寫來溝通的原因。「賽斯書」主要是說出來的成品，也許賽斯課本身就與我們的某個古老時代相呼應，那時我們正是以這樣的方式收到大部分與我們切身相關的資訊：我們中的一員替所有其他的人旅行到「集體無意識」裏去——一個可以說是改變並且擴展了那個人的旅程——然後盡我們所能的把我們的「所見」傳述出來。

然而，如果是這樣的話，這種改變了的「介於世界之間」的人格可以是令人驚奇的穩定；而如果他們是按照我們所謂的個人性而形成的話，他們在他們獨特的複雜性上的確是勝過了我們。因爲如果賽斯只是被**我的**無意識「出神」資料所塡滿的一個心理模型的話，那麼他的確是把我們對人格的通常觀念給比下去了，並且也暗示出，如果我們要用到自己整個潛能的話，還有好長的路要走呢。

因此我的確認爲這裏面還牽涉得更多。我認爲賽斯是我們將來可能會成爲的自己的模型——我們內心有個部分從來沒相信過「自己有缺陷」這套廢話——而賽斯就是那個部分的代言人。

就我和賽斯之間的關係而言，因爲我們長久以來的合作，我認爲我們一定已經形成了一個獨特的心理聯盟；可以說我有一部分是賽斯，而至少在課裏面，賽斯必然是珍的一部分，雙方都在一種心理上的契合裏。賽斯必須用我的聲音來講話，並且以我的生活爲參考，而我心智的內容也確實因爲這些課而有極大的擴展。當然，我的日常生活是懷著對那個聯盟的知識而度過的，而我現在正常的例行生活包括了每週兩次的「變成賽斯」，而且已經行之有年了。

舉例來說，這篇序代表了我對這整本書唯一有意識的貢獻。但如賽斯常常說的，我們人格的無意識部分實際上的確**是**有意識的。這完全是一個「焦點」的問題。並不是說賽斯只是我另一個焦點，因爲以同樣的說法，我也是**他**意識的一個焦點；而應該是說，賽斯代表著我們自己這類意識從中浮現的那心靈更大的部分。最重要的**就是**探索人類意識的範圍，當意識接近其他確實存在的層面時，它改變了多少？

但是，不管我們想怎樣定義賽斯的實相，到現在爲止，對一件事情我很有把握：他是在把我們對自己、對世界、對宇宙以及對「存在本身」的源頭之最深的無意識知識傳遞給我們的意識心。賽斯並沒有宣稱他無所不能，因爲他並不是。不過，他的資料清楚的提供了無意識知識的這種轉譯，以及直覺性的揭露。照賽斯所說，這種揭露並不比那些在大自然本身就可以得到的知識更了不起，只是我們早已遺忘如何去讀大自然的信息；這種揭露也不比當我們自己在靈感泉湧時所能得到的那些更神祕，但是，我們卻已遺忘如何去解讀那些通訊。反之，許多人甚至害怕靈感本身。

我認爲這種現象就進化而言是重要的，有助於形成人的意識。並不是說這種資料沒有常被扭曲，或者沒有常被忽視；但是不管怎麼樣，它必得被一再的詮釋，使得它能適合人類在時間架構裏的經驗。

心理的複雜性眞是無與倫比！我剛剛才碰上一個能說明我正在討論的概念的好例子。當我在寫這篇序文的前幾段時，這些字句本身彷彿以某一種節奏帶著我走，我覺得好像我在吸取超過我平常能力的能量與知識。然後，由於黃昏已近，我就跑去小睡一會兒。此時，又有更多的概念來了，我就在臥室裏把它們草草寫下，主觀上的速度加快了，並且在繼續加速中——然後我撞上了一堵心理上的磚牆，而無法把觀念帶得更遠。在那一剎那，我突然體認到賽斯就在我心智的「牆外」。下一刻，我就睡著了。當我在半小時後醒來，就開始準備晚餐。羅和我邊吃邊看電視新聞，然後我就回到書房。

我剛一坐下，就有一個資料的豐富礦脈打了開來，使得我幾乎來不及將之寫下來；而它就正從我先前概念中止的地方開始。我得到了許多賽斯下一本書的標題，甚至當我正在爲這本書寫序時！在每一個標題背後，我感覺到多種層面的資料，那是賽斯可以得到，而我卻得不到的。

然而，在資料湧現之前的片刻，我感覺到一種很怪的心理界限，和某一種的加速狀態，而在這個例子裏，它至少點明了賽斯和我思想的交會點。然後，有一個很短的心理上的休息，一個幾乎是介乎兩者之間的心理平台，賽斯的大綱就從那兒開始浮現。

在這之後的那節課裏，賽斯證實了那個資料相當於他計劃中新書的部分大綱，而當他快完成《群體事件》時我「撿起」的標題是正確的。因此，雖然當我在兩天之後寫這篇序時，他尙未開始新書，但他隨時一定會開始口述《夢，「進化」，與價值完成》，屆時我會拿掉眼鏡，賽斯會再一次的說：「現在：口授」，而羅會在他的新筆記本上寫下一個標題。

當然，賽斯課和賽斯書是不可避免的與我和羅的關係連在一起。而羅所做的遠超過一個資料的紀錄者或謄寫者，他那帶著質疑與探討的了不起心智總是激勵我全力以赴，幫助我盡可能清楚的看我自己及這些課程，若非有他的鼓勵和積極參與，我懷疑賽斯課是否會以目前的形式存在。

因此，雖然賽斯的書進入了公衆世界，賽斯課本身卻是昇自我們的私人生活中。然而，我們那些生活是與群體事件的舞台並存的，那些事件有時輕柔的拂過我們，或在其他的場合劇烈的影響了我們的日子。在這本書裏，賽斯描述了那把我們全攏在一起，並把我們的私人經驗混入世界性事件的存在之連續體。這是你們的世界，也是我們的世界，希望這本書會幫助我們全體把這個世界變得更好。

珍・羅伯茲謹識於紐約州艾默拉市

一九七九年九月二十二日

譯序

王季慶

經過多方的協調，「賽斯書」終於以嶄新的面貌出現在方智的新時代系列了。我想這正是為數不算頂多，但卻熱愛「賽斯資料」的讀者們引頸企盼已久的好消息。

「賽斯書」的奧妙深厚，造成了其在國際間歷久不衰的名望，而在國內，也有越來越多對人生、心靈深感興趣的人發現了這個寶庫。它涵蓋既廣，涉入又深，好像「賽斯資料」是已存在於某個次元的對宇宙眞相、人生眞理的終極認識，而透過珍源源不絕的傳了過來。

賽斯曾說，他是一位教師，而每個世代，隔一陣子總有人將那些眞理傳過來。古代的宗教創始者、先知哲人所證悟的，也是同源的東西吧？只不過年代久遠，口傳失眞、記錄散失或被錯誤詮釋，或受各地國情民俗的影響，加上人為的道德律，變成神聖化、僵化的教條、教規、儀式，而失去了原始的精神吧？

「賽斯書」是給那些心理、心智上已準備好放下扭曲、陳腐的舊觀念，去開發一片新天地的人。它指出社會、文化上種種積非成是或是似是而非的成見，撥開我們眼前重重霧瞖，給了我們一雙新心眼去看穿事情的眞相。

因爲其內容涵括了心理、物理、醫學、意識等等，原本就是非常艱深的理念，而諸言、文字是線性的，眞的難以承載眞理多次元的眞貌！因此，在讀「賽斯書」時，它喚起的，不是我們僅靠推理的邏輯理性，卻是打動了我們內心深處的直覺，令我們與之呼應，令我們湧起莫名的感動與了解。

不過，喜歡窮究一切的人，初讀「賽斯書」也許欣喜若狂而囫圇吞棗，或自認爲已得其三昧，但奉勸有心人必須捺下性子，置之於案頭床邊，一而再、再而三的反芻，將之漸漸變成你的血肉，最終成爲你通往自己「大我」的心靈橋樑。

賽斯資料之博大精深可以一個對聯概括之：

道通天地有無外
思入風雲變幻中

此書之完成，因許添盛之極力鼓舞，並實際上在我一字一句的令其成形中，與我一同思索、推敲，沒有他的堅持，恐怕我沒毅力日復一日、年復一年的竭力於譯介「賽斯書」，這不是一個「謝」字了得的。

另外，陳建志自願替我修訂原稿，增色不少，也一併謝過。

目錄

第一部
自然事件。流行病與天災。

第二部
架構一與架構二。

第三部
害怕自己的人。

第四部 身體力行的理想主義者。

第一部

「自然」事件。

流行病與天災。

第一章

自然的身體及其防禦。

第八〇一節　一九七七年四月十八日　星期一　晚上九點三十一分

（在開始《群體事件》的第一節之前，我想對我的太太與我在「賽斯書」中所扮演的角色做一個簡介。賽斯自稱是一個「以能量爲體性之人」，當珍在出神狀態時，他透過她說話。珍和我希望每一本書都是獨立完整的，因此，新的讀者能從一開始就瞭解所發生的事。

（照賽斯自己的定義，他已經不再具有肉體，雖然他告訴我們，他已經活過好幾輩子，因而，轉世的概念也在他的資料中出現，而這是第六本賽斯書。賽斯稱珍爲「魯柏」，稱我爲「約瑟」，照他所說，這些「存有（entity）的名字」只是表示在我們這一生裏，我們比較趨向於與我們的存有或是「全我（whole self)」的男性面認同——存有或全我本身非男性也非女性，但在它們裏面包含了好些個我們其他的「自己」〔兩種性別都有〕。

〔我們認爲，在我們有生之日，賽斯事實上可以每天二十四小時的說下去，而仍然無法說盡所有的資料。〔問題只在珍和我沒辦法撐下去！〕於是這些令人驚愕的創造力與能量促使我們繼續下去，不管我們對賽斯的「實相或非實相」怎麼想，甚至也不管他告訴我們他是什麼。

〔但是，製作賽斯書以及一大堆未出版的賽斯資料，也並沒有用掉珍所有的能力，因爲她自己還寫了十本書。這些包括了詩集、小說以及由她自己有意識的觀點所體驗到的心靈事件。她還有好幾本書正在進行。不過，可以確定的是，賽斯和珍對意識之獨特而仍在成長中的看法都影響了現在她所有的作品。

〔目前，讓我們假定珍和我比以前更瞭解我們的意識是沒有限制的，除了那些透過個人的感知與瞭解而強加於其上的限制之外。意識創造一切，或所有我們知道的一切反映了意識的個別創造，而那些卓越的精神與物質的成就可以是無窮盡的。在此就暗示了「無限」的概念——這個概念所包含的暗示令我們不安，因爲雖然賽斯資料暗示了我們每一個人的無限創造力，我們仍然明白意識心是無法眞正理解在這樣一個觀念裏的所有涵意的。

〔自從一九七九年八月賽斯完成了這本書之後，當珍對賽斯資料的責任以及其他人對書的反應開始再度表示擔憂時，他給了珍以下兩次的鼓勵。她這種感受大部分起自賽斯書所引起的日漸增加的讀者來信。

（由以下的摘錄中可見賽斯也觸及了我們常常思考到的某些事。

（摘自一九七九年八月二十九日的一節私人課：

（「每個人之內都有一種成長與價值完成（value fulfillment）的力量，那就是使得肉體的成長成爲可能的力量，在胎兒背後的力量。你在事先就知道你將誕生其中的那個時期的本質，你倆都生而具有某種能力，而你們事先就都知道了。如果你們要讓這些能力有用到的機會，你們就必須擴大傳統觀念的架構。就某種意義而言，它們給了你倆第二個生命，因爲在舊的架構裏沒有一條可以令你們滿足或具創造性的路子可走。

（「你倆都把我所給的資料以及你們自己的領會利用得非常好，有時候你們用得那麼順，甚至於沒有覺察到你們的成就。在有些地方，你們仍然執著於舊的信念，但當你們的理解增長，你們所能做的仍然是無可限量的。也就是說，你們實在已經做得夠好的了，而且還能更好。

（「在某些重要的方面，想像你們自己像是在一九六三年〔當這些課開始時〕才出生的。你們倆——因爲你們倆都涉入了——不僅創始了一個新的架構，使得你們和其他人可以由之更清楚的看到實相的本質，並且可以說，你們還必須白手起家，學著去信任它，然後再把它應用在你們自己的生活上——縱使「所有的事實還沒有都進來」。在任何一個時候你們從未曾有所有的資料可資汲取，像你們的讀者能做的那樣。所以，告訴魯柏不要對自己批判得太嚴厲，而且，在所有這些過程當中，要他試著記住他的「遊戲態度……」

(摘自一九七九年九月三日第八七七節的定期課：

(「所有的創造，基本上都是非常喜悅的。它是「遊戲」的極致，是永遠生機盎然、片刻不停的。這些課和我們的工作將有助於帶來一種精神上的新人類。概念改變染色體，但是這些課、魯柏的書等等，首先而且最重要的必須是創造力充滿喜悅的表現，自發的表現，而產生它們自己的規律……你畫畫，因爲你愛畫，而忘記了一個畫家應該或不應該是什麼樣子。叫魯柏忘掉一個作家或一個通靈者應該或不應該是什麼樣子。魯柏的自發性讓他所有的創造能力浮現。試圖把紀律或規律加在一個自發的創造上是徒勞無功的，自發性的創造，自動給了你大自然所能提供的最好規律。」)

現在：晚安。

(「賽斯晚安。」)

你無法瞭解任何一種群體事件的本質，除非你考慮到它們發生於其中的那個甚至更大的架構。

一個人的個人經驗發生在他身心狀態的範圍裏，而基本上無法與他的宗教和哲學的信念與情操，以及他的文化背景、政治理念分離——

(我們的小虎貓比利本來在旁邊的椅子上睡覺，現在牠醒了，伸伸懶腰，跳了下來，走向正在爲賽斯說話的珍。比利蹲下來想跳上她懷裏，我把牠抱了起來，走向地下室的門。珍

仍留在出神狀態。)

甜蜜的小動物是很難得的。

(我回過頭來對賽斯說：「一點不錯。」在近來的一次課程裏，賽斯曾說比利是「一個甜蜜的小動物。」牠的確是的。我把牠放在地下室，牠每晚都睡在那裏。)

所有那些理念合起來造成一個行爲的「棚架」，而荊棘或玫瑰都可以在那上面生長。也就是說，這個個人會向外面的世界生長，遭遇並且形成一個實際的經驗，而幾乎是像蔓藤似的形式，由它的中心向外蔓延，以物質實相的材料形成愉悅或美感的凝聚物，以及令人不快的或刺痛人的事件。

在這個比喩裏，經驗之蔓藤是以一種相當自然的方式由「心靈的」元素所形成的。這些元素對心理經驗之必要就如陽光、空氣與水對植物一樣。不過因爲個人經驗必須藉由這些理念的觀點來解釋，因此，除非以一個比平常大得多的觀點來考量，群體事件無法被瞭解。

舉例來說，流行病的問題無法只由生物學的觀點來回答，它涉及了許多人極爲全面性的心理態度，而且，符合了當事者的需要與想望——以你們的說法，這些需要是由那些無法與生物學上的結果分離的宗教、心理與文化的背景架構升起的。

一直到現在，我都避而不談涉及了群體實相的許多重要而核心的主題，因爲個人的重要性以及個人形成私人事件的力量首先必須被強調。唯有當實相的私人性被強調夠了之後，我才會讓你們看到個人實相的放大如何組合、擴大，以形成廣大的群體反應——好比說，像是一個顯然是新的歷史文化時期的創始；政府的建立或傾覆；席捲了在它之前的所有其他宗教的新宗教之誕生；

集體的信仰改變；以戰爭形式發生的集體謀殺；致命流行病的突襲；地震、洪水或其他災害；無法解釋的偉大藝術、建築或科技時代的出現。

（在九點五十七分停頓，今晚停頓很多。）我說過沒有關閉的系統。這也表示說，就世界而言，事件就如電子般的旋轉，影響到所有心理與心靈的系統，就好像影響到生物的系統一樣。我們可以說，每個個人都是單獨的死去，因爲沒有另外一個人能像這個人這樣死去。同樣的，我們也可以說，「人類」的一部分隨著每一個死亡死去，也隨著每一個出生而重生。而每一個個人的死亡，是在整個人類存在的更大範圍裏發生的，這個死亡對整個人類而言達到了某個目的，而同時它也達到了個人的目的，因爲沒有一個死亡是「不請自來」的。

舉例來說，一次流行病達到了每一個捲入其中的個人之目的，同時它也在更大的人類架構裏達成了它自己的作用。

當你們認爲流行病是由濾過性病毒所引起，而強調它們的生物面時，那麼解決之道就顯而易見了：你們研究每一種病毒的性質而發展出一種疫苗接種，給大衆每人一小劑，而使得個人的身體可以與之對抗而具免疫力。

一般而言，接種小兒痲痺疫苗的人不會感染到小兒痲痺。利用這種接種方式，肺結核已大半被克服了。不過，仍有極大的隱伏變數在其內運作，而這些變數正是由於如此大範圍的流行病被以很小的架構來考量所引起的。

首先，致病之因並不是生物性的，而生物只不過是一個「致命意圖」的攜帶者。第二，在實驗室裏培養出來的病毒和住在人體內的病毒是有所不同的——人體認得出這種不同，但你們實驗室中的儀器卻認不出。

請等我們一會兒……以某種方式來說，由於接種的結果，身體產生抗體而建立起自然的免疫力。但身體的化學性也被擾亂了，因爲它知道它不是在對「一個眞實的疾病」反應，卻是在對一種生物上僞造的入侵反應。

我並不想言過其實，但那的確使身體的生物完整性受到了污染。舉例來說，它也許在同時會對其他「相似的」疾病產生抗體，而過度運用它的抵抗力，以致於後來染上了另一種病。

（**十點十九分。**）沒有一個人會生病，除非那個病滿足了一個心靈或心理上的理由，因此，許多人避過了這種病。可是，在同時，科學家及醫學人士卻找到愈來愈多大衆「必須」接種以抵抗的病毒。每一種病毒都被單獨考慮，大家都迫不及待的去發展一種新的疫苗來抵抗最新的病毒，而這大半都是建立在一種預測式的基礎上：科學家們「預測」有多少人會被，好比說，一種曾引起若干件死亡的病毒所「攻擊」，然後做爲一種預防措施，民衆就被邀請去接受新的接種。

（**強調的：**）許多本來就不會得這種病的人於是也乖乖的去接種，身體把它的免疫系統用到了極限，而有時候按照它所接種疫苗的種類，在這種情況下，把身體的抵抗力運用過度（註一）。那些在心理上已決定要死的人，反正都會死，死於那個病或者其他的病，或者接種的副作用。

請等我們一會兒……內心狀態與私人經驗生出了所有的群體事件。人本身無法掙脫出肉體生命的自然範圍。他的文化、宗教、心理運作及心理本質合起來，形成了私人與集體事件由之發生的背景。(大聲的，然後又非常的輕聲細語，使得我幾乎聽不見。)那麼，這本書就是要專門來談那些偉大而橫掃一切的情感性、宗教性或生物性事件的本質，這些事件的力量彷彿會吞沒一個人，或使他開心得不知所措。

在個人與自然的、政府的，甚或宗教的巨大群衆動向之間到底是什麼關係？集體的信仰改變又是怎麼回事？還有集體的歇斯底里、集體的治癒、集體的謀殺與個人又有什麼關係？那就是我們在這本書裏所要專門探討的問題。

這本書將叫做《個人與群體事件的本質》。

(較大聲的：)你們可以休息一下或結束此節。

(十點三十五分。「那麼我們就休息一下好了。」)

(即刻的：)你可以說你對流行病所提的問題成了一個適宜的刺激，因爲那問題由你而來，也就是由我們的讀者而來。

(珍在驚愕的沈默中脫離了出神狀態——那顯示她對賽斯剛才一直在談的事略有所知，就像過去有時發生過的。

(我問她：「嘿！現在到底誰在搞什麼飛機啊？」我們笑了起來，「如果這個資料是屬於一本新書的話，我怎麼能把它用做《「未知的」實相》的附錄或附註呢？在課開始後不久，我就覺得妳和妳的賽斯一定在搞什麼名堂。」

(她說：「哦！我眞不敢相信！這完全不符我有意識的猜測——你可以把那句話寫下

來，以便兩三年之後你或我可以把它打字下來……我眞想像不到……」

（兩天前，珍已經開始把賽斯《心靈的本質》的完稿打了一些字，她也在寫她自己的《一個美國哲學家死後的日誌：威廉·詹姆士的世界觀》。然而，我認爲她需要「賽斯在進行什麼」的激勵。這個情況還頗有諷刺性，因爲遠在一九七五年的六月裏，是我直截了當的告訴她去開始《心靈》，只爲了她可以有一本賽斯書玩玩。我也想要看看在我的要求下，她和賽斯能做出什麼來。但這次賽斯唬了我，在結束《心靈》才兩週之後就開始了這本書。不過，我舉雙手贊成，熱衷的告訴珍，製作賽斯書，並且與賽斯一起探索他對實相的獨特看法，而試著把他的一些概念用在我們日常「實際的」世界裏，永遠是一件愉悅的事。

（我重申我的想法，告訴珍不管她累積了多少未訂合約或未出版的賽斯書，都沒有關係：比起沒有任何等著要做的事，我們所處的絕對是一個更具有創造性與更有趣的地位。珍同意了，同時仍舊在擔心怎麼去處理這些年復一年累積起來的資料，至今我們還想不出有什麼辦法可以把它們全部出版。

（珍說：「我很鬼祟哦！我沒告訴你所有的事，我在想如果我們眞的做一本新書的話，應該用一種問答的方式。」即使那個想法對我也是個啓示，因爲她沒有提過要開始一本新書。在我們談話時，賽斯回來了一下下。

（十點三十九分。）我們已開始了第一部，叫做「自然事件，流行病與天災」。

（然後過了一會兒：）第一章：「自然的身體及其防禦。」

(「但我眞的很驚奇，今晚我眞沒想到會這樣。」當珍一變回到珍時她就說——因此又重新強調了我們對賽斯現象的一些無窮盡的疑問：到底是她人格或存有的哪一部分——不論那部分可以被稱爲賽斯或什麼——曾忙著計劃——組織——這個新的工作？這樣一個創造性過程怎麼能在她一點都不知情的情況下發生？到底人類成就的極限是什麼？

(我們邊聊這本新書，邊吃了點東西，我好幾次唸給珍聽書的標題，她好像不是很喜歡它，最後她說：「我不知道我是否會繼續上課，我只在等著，到現在爲止我還沒有得到任何東西……」

(在十一點二十五終於繼續下去，帶著許多停頓。)

死亡在生物上是必要的，不只是對個人而言，並且也是要確保人類生生不息的活力。死亡是一種心靈與心理上的必然，因爲過了一陣子，靈魂充溢的、不斷更新的能量不再能被轉譯到肉體裏去了。

每個人都天生的知道，爲了在精神上與心靈上的存活，他的身體必須死。「自己」會長大得超過了身體。尤其是自從有了達爾文的進化論之後，接受死亡的事實變得暗示了某一種弱點，因爲不是說強者生存嗎？

到某個程度，流行病與被認出的疾病有一個社會學上的目的，它們提供了一個可被接受的死因——對那些已經決定要死的人是個顧全面子的辨法。以你們的說法，這並不是指這種人做了一個要死的有意識決定：但這種決定常常是半有意識的。(專注的)也許是那些人覺得他們已完成了他們的目的——但這樣子的決定也可以是建立在一種不同於達爾文主義者所瞭解的求生欲望上。

你們不瞭解在出生前一個人就決定要活著。一個「自己」並不僅是身體的生物機制之意外具體化。每一個誕生的人渴望被生下來。當那個渴望不再作用時他就死了，沒有一種流行病或疾病或天災——或殺人犯槍裏射出的流彈——會殺死一個不想死的人。

求生的欲望一直被誇耀得很厲害。但人類心理學卻很少去處理相當主動的求死欲望，在其天然的形式裏，這並不是一個想逃避生命的病態的、受驚嚇的、神經質的或懦弱的企圖，卻是求生欲望的一個明確的、積極的、「健康的」加速，在其中，這個個人強烈的想離開肉體生命，就像小孩子一度想離開父母的家一樣。

在此，我說的並非自殺的欲望，那涉及了以自我蓄意的方法明確的殺死身體——常常是以一種具暴力性的方法。不過，理想上說來，這種求死的欲望只會涉及了減緩身體的生理過程，逐漸的把心靈由肉體中掙脫出來；或在其他的例子裏，按照個人的特性，對身體的生理過程有一個突然而自然的終止。

不去管它的話，「自己」與身體是如此的密切合作，以致於它們的分離會是很平順的，而身體會自動的隨順著「內我」的願望。舉個例子，在自殺的情形下，「自己」到某個程度獨斷獨行，而身體卻仍有它自己想活的意志。

（停頓良久，許多次之一。）我對自殺會有更多的評論，但在這兒，我並無意暗示一個奪去他自己生命的人有罪。然而在許多這種例子裏，死亡會以一個「疾病」的較自然結果的樣子來到，事實就是如此。舉個例子，一個想要死的人本來就預備只體驗人世生活的一部分，比如說童年，而這個目的會與其父母的意向相吻合。例如，這樣的一個孩子也許會透過一個想體驗生產，卻不一定想體驗育兒歲月的女人出生。

（十一點五十七分。電話響了起來，我們共同的專注是如此深，以致於被這突然的響聲嚇了一跳，但珍卻沒有脫離出神狀態。身爲賽斯，她瞪著我。我也瞪回去，並沒有起身去接。很幸運的，鈴聲很快就停了。）

這樣的一位母親也許會吸引一個想要重新體會童年，卻非成年生活的意識，或一個可能會教給這個母親一些極度需要的教訓的意識。這樣一個孩子可能在十歲或十二歲，或更早就自然的死亡。然而，科學的幫助也許能使這個孩子活得久得多，直到這樣一個人開始遭遇到，一個可說是硬塞到他身上的成年生活。

結果可能會發生車禍、自殺或另一種的意外。這個人可能成爲一次流行病的罹難者，但是卻會失去了生理上或心理上運作的平順性。在這兒我並不是寬容自殺，因爲在你們的社會裏，自殺太常是矛盾信念的不幸結果——然而，說眞的，所有的死亡全是自殺，而所有的出生在孩子與父母雙方全是有意的。同樣的，你也無法把世界某部分人口爆炸的問題與流行病、地震及其他災害分開。

（停頓良久。）在戰爭裏，人們自動的繁衍後代以補充那些被殺的人，而當種族過度膨脹時，就會對人口施予自動的控制。然而，所有的這些在各方面都會適合所涉及的個人之目的與意圖。

（有力的。）口授結束，此節結束，給你們我最衷心的祝福。

（十二點十二分。珍在給了她自己一些資料後，沒有替賽斯說再見就突然由一個非常深的出神狀態裏出來，她說：「自從休息之後，我什麼都不記得。」我們都累了。）

註一：我對賽斯談接種的資料特別感興趣，因爲我有兩次在接種之後有嚴重的身體反應，珍也有過一些不愉快的接種經驗。就我自己而言，兩次預防性的「醫療」都在一九六三年珍爲賽斯開始談話之前。其中之一導致了使我失去工作能力兩週的強烈血清反應；另一次，造成長達數日的部分麻痺。

我接受那些疫苗是因爲我對傳統父母的及醫學的壓力，及我自己當時的信念讓步（雖然不大甘心），他們認爲我應該接受接種，因爲對我有「好處」。甚至到現在，在我的皮夾裏，我還帶著一張警告卡，寫著我對至少某些疫苗的反應，以及一個「嚴重聲明」：如果爲了任何理由——好比說，在一次意外之後——人們發現我失去了知覺，絕不可以給我任何注射，因爲我也許會對它有致命的反應。自從經過那些非常不愉快的經驗之後，我再也沒有打過一針，我也絕沒有意思要打針。我已經不再相信我會死於任何一種我禁用的疫苗了——但同時，我也不想去發現我如果打了的話**可能**會發生什麼！

不過，在我們的社會裏幾乎不可能捨掉預防接種——它們是我們全國性和個人性醫學信念系統的一個如此強烈的部分。我確信當賽斯進行《群體事件》時會詳細解釋集體接種這整件事。

第八〇二節　一九七七年四月二十五日　星期一　晚上九點四十七分

（上星期三晚上的定期課沒有舉行，我們正在改建我們「坡居」的前廊。在上星期四工人打了新地板的水泥，今天他們架起了新台階的模板，再灌水泥。天氣好極了。）

晚安。

（「賽斯晚安！」）

口授。（停頓，今晚停頓很多。）到某一個程度，流行病是那些捲入的人的一個集體自殺現象的結果。可能會牽涉到生物的、社會的，甚或經濟的因素，因爲爲了各種不同的理由，並且在不同的層面，整群的個人想在某一個時候死去——但卻是以這樣的一種方式死去，使得他們個人的死亡等於是個「集體聲明」。

在某個層面，這些死亡是對當時那個時代的抗議。不過，那些涉及的人都有其個人的理由。

當然其理由各有不同，但也全都涉及了超過個人理由的「想要讓他們的死達到一個目的。」那麼，這種死亡的部分原因就是要讓倖存的人去質問當時的情況——因爲人類無意識的都很明白，這種集體死亡的理由必然超過了一般所接受的信念。

在某些歷史時期，窮人的苦境是如此的可怕，如此的無法忍受，以致於發生了瘟疫的大流行，眞的使得有這種社會、政治與經濟情況的整個區域完全毀滅。可是那些瘟疫一視同仁的奪去了富人和窮人的生命，因此那些自滿的有錢人可以很清楚的看到，好比說，衛生的條件、私密性以及精神的安寧多少也必須要給予窮人，因爲窮人的不滿會有十分實際的後果。那些就是抗議性的死亡（註一）。

就個人而言，每一個「受害者」或多或少也都是冷漠、絕望或無力感的「受害者」，它們自動的降低了身體的抵抗力。

不過，這種心境不但眞的降低了身體的抵抗力，它們還啓動，並改變身體的化學性質，影響其平衡而開始致病。許多病毒天生就具有引起死亡的能力，但在正常的情況下卻對身體的整體健康有所貢獻，與其他的病毒共存，而每一種都促成了對維持身體平衡十分必要的活動。

不過，如果某種病毒被精神狀態激發到更活躍或過度增殖，那麼它們就變成「致命的」了。實際上它們會以哪一種方式來傳播，則視病毒的種類而有所不同。個人的精神問題夠嚴重的話，眞的會顯現爲社會性的群體疾病。

一種疾病爆發的環境能指出引起這種混亂的政治、社會與經濟狀況。常常這種爆發發生在無效的政治或社會行動——那就是說，某些一致的集體社會抗議——失敗或被認為無望之後。它們也常常發生在戰時，在反對他們所捲入的戰爭的國家裏。

首先是心靈上的傳染：絕望比蚊蟲或任何一種疾病的外在病媒動作更快。精神狀態活化了本來可以說不活動的那種病毒。

（在十點十六分停頓。）絕望也許看起來好像是消極的，只因為它感覺外在的行動是無望的——但它在內心煽起了怒火，而那一種傳染能由床跳到床，由心跳到心。不過，它只觸及那些在同樣狀況的人。它帶來一種加速，在其中團體行動的確還有一件事可做。

現在，如果你相信你只活一輩子，那麼這種情況看起來會極為悲慘，而以你們的說法，這顯然是不怎麼美麗的。然而，雖然在一次流行病裏，每一個受害者都死了他「個人的死」，但那個死亡卻變成一個集體社會抗議的一部分。那些最親近的「倖存者」的生命被震撼了，而按照流行病的範圍，種種不同層面的社會生活本身也受到了干擾、改變、重組。有時候這種流行病最後終於導致政府的被推翻，或戰爭的失敗。

這其中還有與大自然相關的更深的生物性關連。你們是具有生物性的動物。驕傲的人類意識建立在你們肉體存在之廣大「無意識的」完整性之上。在那方面說來，你們的意識就和你們的腳趾一樣的自然，那麼，就人類的完整性而言，你們的精神狀態是非常重要的。絕望或冷漠是一種「生物上」的敵人。促進這種精神狀態的社會情況、政治現狀、經濟政策，甚或宗教或哲學的架構帶來了一個生物上的報復，像施於乾柴之烈火。

那麼，流行病達到了好幾種目的——警告說某種情況將不被容忍。有一種生物性的憤激將會繼續被表現出來，直到情況被改變爲止。

（**在十點三十一分停頓良久。**）請等我們一會兒……即使在英國大瘟疫的時期，有的人受到侵襲卻沒有死，也有的人與病患及瀕死的人相處卻沒被那個病波及。不過，那些積極涉入的倖存者卻以完全不同於那些死於疾病的人的眼光來看待自己：他們是未被絕望所觸及的人，他們將自己看作是有辦法的人，往往他們把自己由先前非英雄式情況的生活裏喚醒起來，然後表現得非常英勇。現況的可怕令他們震驚，那是先前他們並沒有捲入的。

人們瀕死的景象讓他們對生命的意義有了一些洞察力，而激起了社會性、政治性與心靈性的新理念，因此，以你們的說法，死去的人並沒有白死。流行病因著它們的公衆性而道出了公衆問題——在社會學上來說，那些問題威脅著要把個人掃到心靈的災難裏，正如在生物學上來說，威脅著要將個人掃入身體的疾病裏一樣。

（**停頓。**）這些也是種種不同的流行病之範圍或界限的理由——爲什麼它們掃蕩過一個區域卻放過了另外一個區域，爲什麼在同一個家庭裏有人死了有人卻活下來——因爲在這個集體的冒險裏，個人仍然形成他自己私人的實相。

（**在十點四十二分停頓。**）請等我們一會兒，在你們的社會當中，科學性的醫學信念在運作，而先前講過的那一種預防性醫學採取了一種接種措施，在健康的個人身上帶來了一種很輕微的病況，然後就會引起對更巨大的侵襲的免疫。

對任何一種病而言，這種措施對那些相信它的人都會相當有用。不過，有用的是那個信念，而非那個措施（更大聲的）。

我並沒有建議你們放棄那種措施，當它顯然對這麼多人有用的時候——但你卻該瞭解它為什麼能帶來人們所要的結果。

不過，這種醫學技術各有其針對的疾病：你無法給人接種健康動物的求生欲望或牠們的熱望、愉快或滿足。如果你決定要死，而你以這樣一種方式避過了那種病，你會很快的患上另一種病或遭到意外。預防注射雖然對某一個疾病有效，但也許只會加強了先前那個認為「身體是無能的」信念。看起來好像是，不去理它的話，身體一定會發展出當時「時髦的」疾病，因此，就你們的信念來說，那一次預防注射的勝利可能導致了最終的失敗。

可是，你們有你們自己的醫學系統。我並不是要顛覆它們，因為它們正在顛覆自己。以你們的說法，我有些聲明顯然無法被證實，而顯得幾乎是一種褻瀆。然而，有史以來，不管醫學技術的狀況如何，沒有一個死掉的人是不想死的。某一種的病有某一種隨著時空而變的象徵意義。

（十點五十六分。）請等我們一會兒……你的手累了嗎？

（「沒有。」）

（停頓。）過去這些年來，對達爾文的「適者生存」（註二）曾有熱烈的討論，但卻很少強調生活的品質或者倖存本身；或就人類而言，很少人探討是什麼使得生命值得活下去。非常簡單，如果生命不值得活下去（較大聲），沒有一個「族類」會有理由繼續生存下去。

每個文明，事實上就是社會性的「族類」。當某個文明看不見活下去的理由時，它們就死了，但它們卻播種了其他的文明。你們一己的精神狀態合起來帶來了你們文明的集體文化姿態。那麼，到某個程度，你們文明的存活與否，眞的相當依賴每個個人的狀況；而那個狀況最初是一種精神的和心靈的狀態，而再生出具體的有機體，那個有機體是與每一個其他人的自然生態，以及每一個其他的生物或存有——不論多微小——密切相關的。

雖然有所有那些「逼眞的」現實故事來做反證，但生命本身的自然狀態是一種喜悅的，默許自己的狀態——在其中，行動是有效的，而去行動的力量則是一種自然的權利。如果你沒有如此被相反的信念所遮蔽的話，你會在植物、動物及其他所有生命的身上十分清楚的看見這一點。你會在你身體的活動裏感覺到它，在其中，你細胞的極重要的個別肯定帶來了你肉體龐大而極爲複雜的成就，那個活動自然會促進健康與活力。

我並不是在說某種被浪漫化的、「消極的」、懶散的心靈世界，卻是一個沒有障礙的清晰實相，在那裏面當家的是和絕望與冷漠相反的情緒。

那麼，這本書將專門談最能促進精神、心靈與肉體的熱望的那些狀態，而那是使得一個族類想要延續下去的那種生物上與心靈上的因素，這種因素促進了在所有層面上所有各種生命彼此的合作。沒有一種族類與另一種競爭，卻是合作去形成一個環境，在其中，所有的族類都可以創造性的存在。

（有力的：）口授結束，我們這一次會有一本震聾發聵之書。你可以結束此節或休息一下。

（「那休息一會兒好了。」）

（十一點十七分，今晚珍的傳述一直相當的熱切，雖然停頓了許多次，有時還停了很久。在課開始前，她還在懷疑她是不是眞的想要上課，但就如在其他的這種情形裏，一旦她開始後，她還是傳過來極佳的資料。

（在十一點三十七分以同樣方式繼續。）

那麼我再繼續一會兒。

你們住在一個具體的社區裏，但你們首先是住在一個思想與感受的社區裏，這些思想感受激發了你們的具體行動，也直接影響了你們身體的行爲。動物的經驗是不同的，但以牠們自己的方式，動物也有個人的意向與目的兩者。牠們的感受無疑也與你們的一樣算數。牠們會做夢，而且也會以自己的方式推理。

牠們不會「擔憂」。當在牠們切身的環境裏沒有很明顯的跡象時，牠們不會預期災難。牠們自個兒過活時，並不需要預防醫學。不過，寵物卻被施予預防接種。在你們的社會裏，這幾乎變成了一種必要。在一個「純粹自然」的環境下，你們不會有這麼多活下來的小狗小貓。肉體的存在有其階段性，而以那種說法，大自然知道自己在做什麼。當一種物類過度繁殖的時候，那麼流行病的例子就會多起來。這對人類和動物都同樣的適用。

生活的品質是重於一切的。初生的動物若非在牠們的意識完全貫注在此地之前就迅速、自然而無痛苦的死去，就是被牠們的母親殺死——並不是因爲牠們是羸弱或不適合生存的，卻是因爲物質的環境產生不了使得存活「值得」的生活品質。

不過，如此短暫的化爲肉身的意識並沒有被消滅，卻是以你們的說法在等較好的條件。

在人類與動物族類裏也都有「試俥」，在其中，對肉體生命偷看一眼或窺探一下，只此而已。那麼，橫掃過動物群的流行病也是生物上與心靈上的聲明，因爲在其中的每個個體都知道，只有牠自己最大的成就才能滿足在個人基礎上的生活品質，而由此對其族類的集體存活有所貢獻。

（在十一點五十五分停頓。） 根本上，受苦並不一定對靈魂有好處，順其自然的話，野生的動物並不會去尋求它。有一種自然的同情，一種生物性的知識，因此一隻動物的母親知道現存的條件能不能養活新生的後代。動物直覺的瞭解牠們和生命的偉大力量之關係，牠們寧願當新生兒的意識尙未聚焦時就把牠餓死，而不讓牠在不利的條件下自生自滅。

在一種自然狀態裏，爲了同樣的理由許多小孩也會一生下來就是死胎，或者會自然的流產掉。在大自然的每一分子之間總是互相有取有予，因此這種個人常會選擇，好比說那些也許想要懷孕但卻不要生產經驗的母親——他們選擇做胎兒的經驗卻不一定選擇做小孩子的經驗。通常在這種情形，這些是「片段人格」，想要嘗一嘗物質實相，卻還未準備好去應付它。不過，每一個例子都是具個人性的，因此這些只是一般性的說法。

有許多彷彿應該會死於疾病及死於「幼兒流行病」的小孩，無論如何卻因他們不同的意向而倖存下來。思想與感受的世界也許是無形的，然而，它卻啓動了所有你們熟悉的物質系統。

動物和人一樣的確可以做出出現在一個生物學範圍裏的社會性聲明。舉例來說，那些得了病的小貓和小狗選擇死去，指出了一個事實，那就是就個別與群體而言，牠們生活的品質極爲惡劣。牠們與其族類的關係不再平衡，無法用到全部的能力或力量，而牠們之中有許多也沒有被給予和人類之間有益的心靈關係來做爲補償——卻反倒被棄置一旁，沒人要也沒人愛。一隻不被愛的動物並不想活下去。

愛涉及了自尊以及對個體生物性的熱情與健全性的信任。就彼而言，動物的流行病以牠們自己的方式也和人類的病有同樣的原因。

一隻動物的確能自殺，而一個人類種族或一個動物族類也一樣能。一個活潑的生命的自尊要求維持住具某一種品質的經驗。

（**強調的：**）口授結束，此節結束，我最衷心的祝福。（**現在耳語著**）信賴魯柏自己情況的改變，祝你們晚安。

（**「謝謝你，賽斯，也祝你晚安。」**）

（**十二點十七分，見此書珍序裏談「她自己」狀況的資料，她近來已有長足的進步。**）

註一：照一般說法，各種不同的瘟疫，包括淋巴腺鼠疫及惡名昭彰的黑死病，是由染病的老鼠身上帶著病菌的跳蚤傳染到人身上。這種病的其他形式是由其他的鼠類所傳播的。

以賽斯的說法，透過涉及了所有生命形式複雜的交互作用及溝通，人類深度的不滿會週期性的啓動像瘟疫這種災難的重現：例如在第三世紀的羅馬，據說每一天有數以千計的人死掉；據估計在十四世紀的二十年內歐亞的人口死掉了四分之三；在一六六五年還有倫敦的大瘟疫等等。

註二：英國的自然學家查爾斯・達爾文（一八〇九～一八八二年）在他的有機進化論當中主張，所有一代一代的動植物藉由遺傳了細微的變異，而由牠們自己先前的形式發展下去，而只有那些最能適應環境的最可能生存下去。

令人驚訝的是，另一個英國的自然學家艾爾佛・華里士（一八二三～一九一三年）也獨立的發展了一個相似的理論，而這兩個人在一八五八年在同一篇論文裏把他們的工作成果發表給科學界，次年達爾文出版了他的《物種起源》。

我確信賽斯會說這整件事情絕非巧合，因爲他說過好幾次在某一個歷史時期裏，新的概念常常會不止一次的分別出現。

第八〇三節　一九七七年五月二日　星期一　晚上九點四十三分

晚安。

（「賽斯晚安。」）

口授：你們的科學正開始瞭解人與大自然的具體關係。人類顯然是大自然的一部分，而並沒有與之分離。

大家正在提出環境問題，即關於人對他所居的世界之影響，可是卻有一個連接所有屬於你們地球上的，不論什麼形式的意識的內在環境，這個精神的或心靈的——或無論如何是無形的——環境永遠是在一種流動變化的狀態。那個活動提供了你們所有外在的現象。

請等我們一會兒……就身體而言，你的感官知覺是那些除了與你的關係外，彷彿沒有它自己實相的「器官」的行為之結果。那些器官本身是由有它們自己意識的原子與分子組成的。那麼它們有自己的感覺與認知狀態，它們為你工作，容許你感知物質實相。

你的耳朵無疑的彷彿是永遠的「附件」，你的眼睛也一樣。你說：「我的眼珠是藍的」，或者「我的耳朵很小」。可是這些感覺器官的物質成分不斷在改變，而你並沒有變聰明一點。雖然你的身體顯得十分可靠，堅固而穩定，你對發生在它與物質環境之間經常的交流並不覺察。你的身體的特質成分是由與七年前組成它的完全不同的原子與分子組成，你熟悉的雙手實際上與組成它們（甚至在最近不久之前）的任何最小的物質也已毫無關係了，可是這些都不會帶給你困擾。

你把自己的身體視爲是堅實的，而再次的，做出這樣一個推論的感官本身，就是原子與分子的行爲之結果，那些原子分子眞的是來到一起以形成器官，塡滿一個肉體的模式。所有你感知的其他物體，也是以同樣的樣子以它們自己的方式形成的。

你所認識的物質世界是由無形的模式造成的。這些模式是「可塑的」，其原因是，雖然它們存在，但它們最後的形式是一件由意識來主導的可能性。你的感官以它們自己的方式感知這些模式，這些模式本身可以以無數的方式被啓動。在外面有些東西在觀察哦（幽默的強調）！

（在十點四分停頓良久，今晚停頓很多次。）不過，是你的感覺器官決定那個東西要採取什麼形式。物質世界在你的眼前升起，但是你的眼睛就是那個物質世界的一部分。你無法看見你的思想，因此你沒有悟到它們也有形與像，甚至就如雲朵一樣。有思想之流就像有氣流一樣，而人的情感與思想的精神模式，就像火焰由火或蒸汽由熱水升起，而落下成灰燼或雨水。

內在無形環境的所有成分在一起作用，而形成暫時的天氣模式，那是外在化了的精神狀況，然後區域性並且全體性的顯示給你看，人的情感狀態的一個具體版本。

（我們的貓比利就像牠在八〇一節裏那樣，由一次小憩中醒來而走到珍那邊去。這次她跳進珍的懷裏，然後用牠的前爪趴在她胸前，同時，細看她的臉。珍身爲賽斯輕拍著牠，我叫比利過來，牠在我懷裏坐了一會兒，然後在我身邊的椅墊上捲成一團。）

（好玩的：）你可以說我拍了那隻小貓。

現在：顯然這個物質的星球也是流變不居的，同時，在運作上來說，或是在現實上來說，或是在實際上來說，它卻相當的穩定。這個行星上的物質也都是由眞正是無限的意識群所組成的——每一個體驗它自己的實相，同時也增益了整個的合作性冒險。

（停頓良久。）天災是個可理解的偏見性觀念，在其中人忽略了那些對行星上的生命——包括人類——而言，很重要的巨大創造性與更新性的因素。這個行星的穩定性就是建立在這種改變上，正如身體的穩定性是依靠在細胞的生與死上。

（十點二十分。）很顯然的，人們必須死——不只是因爲不這樣的話你們會令人口過度膨脹到將世界毀滅，卻也因爲意識的天性要求新的經驗、挑戰與成就，這一點在大自然本身到處均顯而易見。（停頓）如果沒有死亡的話，你們還得發明它呢！（微笑）——因爲那個自性的範圍之狹隘，將有如一個偉大的雕刻家只有一大塊石頭可供雕刻。（帶著安靜而戲劇化的強調。）（註一）

這個雕刻家的作品實際上是很眞實的，因爲它是像一件物體那樣的存在，而可以被十分合法的感知，就如你們的世界一樣。不過，雕刻家的雕像來自那個內在環境，那個可能性的模式。這些模式本身並非不活動的。它們充滿了「被實現」的欲望。在所有實相背後都有精神的狀態，這些永遠在尋求形式，雖然也還有那些你們認知不到的形式。

在你們看來，一張椅子就是一張椅子。當魯柏爲我說話的時候，她坐在一張椅子上，當你們讀這本書時，你們也極可能倚在一張堅固而眞實的椅子或沙發裏，而其中的原子與分子也是相當警醒的，雖然你們並不承認它們有生命。當小孩子在玩繞圈圈時，他們在空間裏形成了活生生的圓圈，在那個遊戲裏他們享受身體的移動，卻不與那些打轉的圓圈認同。同樣的，組成一張椅子的原子與分子在玩一種不同的繞圈圈遊戲，而捲入於不斷的運動裏，形成一個你們感知爲一張椅子的模式。

運動之不同具有如此的差異性，以致於對你而言，那個椅子就像你的身體一樣看起來具永久性。原子與分子像那些兒童一樣享受它們的運動——可是從你的視角看來，它們在空間堅固的成了形，卻完全「不知道」你把那個運動視爲一張椅子或當椅子去使用。

你以那種方式感知那些原子的活動，然而，那個「同意」卻是在精神層面發生的，而從來沒有被完全「固定下來」，雖然它看起來好像是。一個人在各個不同的時刻所看到的並不是同一張椅子，雖然也許由不同的角度看來，這個特定的椅子會像是「那同一張」。

原子與分子之舞在你們的地方是持續不斷的，廣義來說，任何一張椅子從來都不會保持原樣。當我們討論群體事件時，所有這些都必須納入考慮。

你們休息一下。

（十點四十二分。珍的出神狀態一直很好，但她記得比利爬進了她懷裏，以及牠如何把臉湊近她。她說：「賽斯認爲那很棒。」在十一點十四分繼續。）

科學家探查一個白癡或天才的大腦，只會找到腦子本身的有形物質。

他不會發現一個住在腦細胞裏的概念。你可以試著傳達一個概念，你可以感覺它的效果，但你無法像你看到這張椅子那樣的看到它。可是，只有一個傻瓜會說概念不存在，或否認概念的重要性。

你也沒辦法在腦子裏找到任何一個夢的所在，你世界之固體物質是你的感官作用於一個內在活動次元上之結果，而那個內在活動次元的存在，就如一個概念或一個夢的所在那樣合理，然而卻也同樣令人乾著急的隱藏著。

你很容易看出種子帶來了大地之果實，它們各有其類。沒有一粒種子與另一粒完全相同，然而一般而言，有一些用來統合它們的品種。你不會把一個橘子誤認爲一顆葡萄。以同樣方式，概念或思想形成概廓的模式，而把某種的事件帶到你們的世界裏。就此而言，你們的思想與情感「播種」了物質實相，帶來了所有的具體化。

你們在政治上相當順暢的運作，而居住在鄉村、城鎮、州郡等等裏面——每一個都有它自己的習俗與當地法令——這些完全不會影響到土地本身。它們是爲實際目的而被這麼稱呼的，而在一個層面上，它們暗示了意圖或聯盟的組織。它們是政治性的模式，是無形卻非常有效的。可是，人類的思想與情感也被組織——或自然的組織它們自己——成爲旺盛得多的無形精神模式。

每一個人的思想流進那個「構造」裏，形成了大地心靈大氣的一部分，由那個大氣流出那自然的地球上的模式，你們的季節連同它們所有的變化與效應均由其浮現。你們從來不是天災的受害者，雖然看起來可能如此，因爲你們都在它的形成中插上一手。你們創造性的捲入於地球的循環，沒有一個人可以代替你出生或死亡，但也沒有一個出生或死亡眞的是一個孤立事件，卻是整個地球參與其中的事件。再次，以個人的說法，每一個族類關懷的不止是存活，更是其生活與經驗的品質。

那樣說的話，天災最終的結果，就是改正那個先前破壞了所希望的生活品質的情況，因此做了一個調整。

我是不是講得太快了？

（我說：「沒有。」**雖然賽斯─珍的步調對我寫字的速度而言是相當快。**）

那些「受害者」選擇在心靈的、心理的與生物的層面參與那些狀況。舉例來說，有許多罹難者若不如此的話也許會死於長期的疾病。在細胞的層面上這種知識是可得的，而以一種或另一種方式──通常在夢裏──給了那個人。這並不需要隨之以有意識的理解，因爲許多人知道這種事而同時卻假裝自己不知道。

（**十一點四十四分。**）其他人則已完成了他們的挑戰，他們想要死而在尋找一個藉口──一個保全面子的方法。然而，那些選擇這種死法的人想要以戲劇性的方式死去，死於他們活動之際，而以一種奇怪的方式，甚至在臨終時也充滿了對「生命力量」之歡欣鼓舞的內在知識，在最後他們與那彷彿毀掉了他們的自然力量認同了。

那種認同常常會在死亡的時候──卻非總會──帶來意識的一種更大的加速，而把這種個人捲入於一種「團體的死亡經驗」裏，當其時，所有的受害者多少「在同一個時候」啓程進入實相的另一個層面。

在那災難發生之前，那些人剛剛在意識之下是覺察到這樣一個事件的可能性的，而直到最後的片刻仍能選擇去避過那個遭遇。像古老的傳說所說的，動物們在事先就知道天氣狀況，這個感知也是你們傳承的一個屬於生物性範圍的部分，身體是準備好了的，雖然在意識上你好像不知道。

在身體的內在環境與天氣模式之間，存在著無以數計的關係。古老的與暴風雨認同的感覺是十分合理的，而那樣說的話，感覺的「眞實性」是比邏輯的眞實性要高超多了。當一個人自覺是暴風雨的一部分時，那些感覺說的是一件眞眞實實的事。邏輯是處理外在的狀況，處理因果關係，而直覺是處理最親密的切身經驗，處理以你們的話來說移動得遠比光速還快的主觀運動與活動，以及處理你們的因果層面因爲太慢而感知不到的同時性事件。(註二)

(停頓良久。) 就那方面而言，內在環境的活動對你們來說是太快了，你們在理性上無法跟得上它，然而你們的直覺可以給你們有關這種行爲的線索。一個國家應對它自己的旱災、地震、水災、暴風雨負責——也爲它自己的收穫及豐饒的各色產品以及它的工業與文化上的成就負責，而所有這些都是彼此相關的。

如果在心靈上與生物上被認爲必要的生活品質未能達成的話，那麼調整就會發生。如果政治性的方法失敗了，那麼一個政治問題可能被一個天災所改變。在另一方面來說，人們令人奮起的創造能量將會浮現。

「卓越」會透過藝術、文化創造力、科技或社會性的成就而表現出來。人類試圖成就他的偉大能力。每一個具體的肉身以它自己的方式都很像這個世界，它有其自己的抵抗力與才能，它的每一部分都在追求一種存在的品質，那會帶給它最小的部分其本身在心靈上與生物上的成就。

(誠懇的：) 口授結束，此節結束，除非你有問題。

(「我想沒有。」)

那麼，給你們我最衷心的祝福，並祝晚安。

(「謝謝你，也祝你晚安。」)

(十二點八分。在我寫完以前珍已經從一個極佳的出神狀態裏出來了……)

註一：賽斯對死亡的眞實本質——其必要性——的概念與我們這些日子所讀到的東西愈來愈衝突。有一些科學家說在這個世紀結束之前，我們將有能力延長肉體生命。他們一而再的告訴我們，科技已經快要可以製造身體的許多部分，以及可以被植入身體內以調節功能的微電腦；這些進步加上我們對疾病、疼痛與痛苦的「克服」，加上基因工程，將很快的使人類可以無限期的活下去。那些專家主張如果你很幸運的是個比較年輕的人，你也許永遠不必死。

可是，這些主張是多麼的誇張——至少就此時而言——因爲珍和我也讀到過在過去四分之三世紀裏，科學試著做到的只是增加了成年白種男人四年的預期壽命，由六十九歲到七十三歲。即使說自一九〇〇年來醫學知識大增，它仍然必須飛快前進才能使那些預言在二〇〇〇年前實現。

但我們沒有看到人們談到這個問題：萬一有一些人能獲得「長生不老之術」的話，所有這些可能涉及到的心靈上的難局，或者那些馬上就會開始顯現的龐大的社會問題。只要想一想所涉及的法律問題，就夠頭大了。(人們也許甚至必須改變他們的結婚誓言！) 科幻式的想法充斥：人口控制該怎麼辦？那些想活下去卻負擔不起的人該怎麼辦？誰又來決定誰可以接受比較好的治療？該以家庭爲單位還是以個人爲單位？天才或傻瓜？如果延長生命所必須的服務是免費的——如果政府出錢的話——政府可以決定某些家庭不該擁有孩子，或決定他們該無後嗎？就我們世界目前的挑戰而言，甚至可以說世界上已經有太多人了。而且動物和其他的生命又該如何？也許動物以牠們自己的集體智慧，會認爲我們已完全放棄了直覺性瞭解的力量。

現在我敢打賭，人一定會盡力以科技把肉體生命盡可能延長——因爲他如此害怕死亡會是亙古以來最終的絕滅。有史以來，人以最大的執著創造了那個恐懼、那個「**信念**」。

無限期的活下去這整個想法包含了許多的反諷。如果這有實現的一天，我想在有意識的層面，人類將會極端害怕**意外死亡**的發生，而這種強有力的顧慮可能嚴重的限制了人的行爲，因爲當他知道他是長生不老的時候，誰又想做任何可能會把那最珍貴的禮物——生命——粗魯的奪走的事？即使是會產生撞擊的運動，更別談像海、空或太空旅行之類的活動或任何危險的職業，都會被憎惡。任何一種疾病以及老化本身都必須受到絕對的控制。

至於對珍和我而言，我們不認爲肉體必須永遠的活下去，甚或活到兩百歲——這種態度也許只不過說明了我們已被「制約」了。我們可能因爲我們選擇早生了幾十年而甚至有一點悲傷而且嫉妒。當我們在討論這個註時，珍說：「如果我身體健康的話，活到一百歲也不賴。」我們以爲那些未來的幾代也許會毫不猶疑的選擇去活得盡可能的長，至少有一段時候意識會跟他們配合得相當好，可是那個最終極的諷刺可能會發展出來：珍說在許多相關的暗示開始滲入人類意識之後，自殺率會上升不少。她說當人們終於公開的認識到肉體死亡的極端必要與可欲之後，在許多時候就會簡單的將自己的生命結束。

註二：賽斯與珍都在先前的書裏談到過超光速的效應，好比說，賽斯是在談到ＣＵ或意識單位時，說過愛因斯坦在相對論裏證明了在宇宙裏沒有東西可以接近——更別談超過——光速。可是，有些物理學家曾經建立了快於光速的粒子之理論，那些粒子由某些未知的程序**被創造**，而以如此了不得的速度在旅行；因此他們試圖繞過愛因斯坦所設下的限制。近來也有些對幾個遠距離物體的天文上的觀察，那些物體看起來「超亮」或者以超越光速的速度在旅行。這些效應尚未能有令人滿意的解釋。

當然，當某物離開了「粒子」的領域時，不論它們多微小或者它們如何行動，或者它們「物質的」構造多麼的稀薄，那時所有的限制很可能都沒有了。就如同賽斯所說的ＣＵ，他的「主觀的運動與活動」他的「同時性事件」等等都可以很輕易的成爲基本無形宇宙裏的定則。

第八〇四節 一九七七年五月九日 星期一 晚上九點四十四分

（昨天是珍的生日，在那天前後有一兩件事成了相當好的禮物。兩天前她第一次在我們的新前廊上工作，她坐在斜陽裏，寫下她以通靈方式由威廉·詹姆士的「世界觀」得到的資料。她現在在她談詹姆士的書上已有相當多的資料了。）

（然後今天她由她的出版人那兒收到了《心靈的本質》的合同。）

（賽斯突然透過來，沒有問安。）

現在——口授。身體是以生物性表達出來的一個精神的、心靈的與社會的聲明。它顯然是私人性的，但卻無法被隱藏，因爲以一般用語而言，「它就在你所在之處」。

這個個別的身體因爲存在於其他相似身體的範圍裏，所以它才是現在的這個樣子。我這樣說是指，一個特定的現在的身體，預設了它是由過去相似的生物而來，它也預設了同一時代的身體的相似性。舉例而言，如果一個成年人類被一個由另一個世界來的外星人看到，某些事實將會非常的明顯。即使這樣一個外星人在杳無人煙的地方碰上了人類單獨的一員，這個外星人也可以由這個個人的外表與行爲做出某些假定。

（停頓良久。）如果這個「地球人」開口說話，那個外星人當然立刻會知道你是個會溝通的動物，而在發出來的聲音裏認出一些包含著目的與意圖的模式。或多或少所有的動物都能夠運用語言，這暗示了比人類通常假設的廣大得多的一個社會生物學上的關係。從那個地球人的外表，那個外星人應該能夠推斷出你們星球上各種元素的比例；這是由你們移動的方法、肢體以及你們肉眼視覺的性質臆測出的。

那麼，雖然每個個人在出生時是個人性的跳入這個世界，但就每一族類的每一個成員而言，每一個出生也眞的代表了一個努力——一次勝利的努力，因爲生命的微妙平衡對每一個誕生要求十分精確的條件，那是沒有一種族類可以單獨保證的，甚至對牠自己的同類也無法保證。穀子必須生長，動物必須繁殖，植物必須盡到它們的那一份力，那樣說來的話，光合作用（註一）統治一切。

所有的季節必須維持住一些穩定性。雨必須落下，但又不能太多。暴風必須肆虐，但卻不能太具毀滅性。在這一切背後有一種生物上與心靈上的合作性冒險。所有這些都可以被我們假設的外星人由一個單獨的人類身上看見，我們待會兒還會再回來談我們的外星人。

（在十點五分停頓良久。）細胞擁有「社會性的」特質，它們有一種與其他細胞聯合的傾向，它們自然的溝通，自然的想要移動。在做這樣一種聲明時，我並沒有將細胞擬人化，因爲想要溝通與移動的欲望並非專屬於人類和動物。人類想旅行到其他世界裏的欲望，就與植物想把它的葉子轉向太陽的渴望是一樣的自然。

人的物理世界，連帶他所有的文明與文化面，甚至連帶他的科技與科學，基本上都代表了人類想溝通、想向外移動、想創造、想把感覺到的內心狀態客觀化的與生俱來的驅策力。你能想像到的最私密的生活也是一件非常社會性的事。離群索居的隱士不只依靠他身體細胞在生物性上的彼此合作，而且也依靠自然界連帶它所有的生物。那麼，身體不管如何的私密，卻仍是一個公衆的、社會的、生物性上的聲明。不管用哪種語言說出來的一句話都有某一種結構，它預設了一張嘴和一個舌頭，那種必要的身體組織；一個心智；某一種世界聲音在其中具有意義；以及對聲音的本質，其組合模式，「重複」的運用，以及對神經系統的瞭解等非常精確而十分實際的知識。我的讀者當中很少有人擁有這種有意識的知識，但大多數的人卻都能把話講得相當好。

因此，你的身體好像是擁有一種十分實際的情報，而據以行事。你幾乎能以聲音表達任何你想表達的想法，縱使你對自己的話是如何講出來幾乎沒有概念。

那麼，身體是適合去行動的，它是非常講求實用的，而它首要之務就是要探索及溝通。溝通暗示了一種社交性。在身體之內已經天生具有爲自衛所需的每一樣事物。身體本身逗引小孩子去說話、爬行與走路，去找他的伴。透過生物性的溝通，使得小孩子的細胞覺察他的物質環境、氣溫、氣壓、天氣狀況、食物的供應——而身體對這些情況反應，以非常快的速度做出一些調整。

在細胞的層面上，世界以一種社會性交流的方式存在。在其間，細胞的生與死都爲所有其他的細胞所知，而在其間，一隻青蛙和一顆星星的死亡有著相同的重要性。但在你們的活動層面，你的思想、情感與意向，不論有多私密，都形成了內在溝通環境的一部分，這個內在的環境對那個族類的福利而言，就與那個物質環境一樣的切題而且重要。它代表了潛力的集體心靈性庫藏，就如這個地球提供了潛力的一個物質性庫藏。當在世界的另外一區有次地震時，在你們自己國內的陸塊也多少受到了影響。當在世界的其他地區有心靈的地震，那時你們也受到影響，而且常常也達到相同的程度。

以同樣的方式，如果你自己身體的一部分受了傷，那麼其他的部分也感受到那個傷的效應。一次地震在它發生的地區可能是一次災難，縱使它的存在矯正了不平衡，而因此促進了行星的生命。在一次地震的鄰接地區裏有相當活躍的緊急行動，而援助也由其他國家送進來。當身體的一個地區「爆發」時，在當地也會有緊急的措施，而身體的其他部分也會把救援送到受害的部分。

身體上的「爆發」雖然在那個病發處也許看起來是一個災難，不過那也是身體防禦系統的一部分，目的就是要保證身體的整體平衡。因而就生物學來說，疾病代表了在作用的整體的身體防禦系統。

（十點四十二分。）我在試著簡單的說——但沒有一些疾病的話，身體無法耐久。請等我們一會兒……首先，身體必須在一種不斷改變的狀態做出快得你無法追隨的決定，調節荷爾蒙的濃度，維持它所有系統之間的平衡；不止在與它自己——身體——的關係裏，也還是在與一個不斷改變的環境的關係裏。在生物學的層面，身體常常產生自己的「預防醫學」或「接種」，好比說，透過尋找在它的環境裏因著自然、科學或科技的關係而產生的新或陌生的物質；它吸收了一小劑的這些東西而患了一場「病」，那個病不去理它的話，很快就會消失——當身體由它利用了所能利用的不論什麼之後，或者當身體可以與這個「彷彿的入侵者」和平相處之後。

這個人也許覺得不舒服，但是身體用這樣子的方式來同化和利用那些否則會被視為「外來物」

的特性。身體藉由這種方法使自己免疫。不過，身體之存在還得與心智相爭——而心智產生了一個內在的觀念環境。組成身體的細胞並沒有試圖去理解文化世界，於是，身體依靠你詮釋那些具有「非生物性質」的威脅之存在。因此身體依靠你的評估。

（停頓良久。）如果那個評估跟生物上的評估相吻合的話，那麼你與身體就會有一個很好的合作關係。身體就能迅速而清楚的反應。當你感覺到威脅或危險，而身體即使透過細胞的溝通，且具體的掃描了那個環境，而仍無法找到和那個威脅或危險在生物性上的關連性時，那麼身體必須依賴你的評估而對危險的狀況反應。因此，身體到某個範圍將對想像的危險反應，就與對那些在生物性上說來很眞實的危險反應一樣。結果身體的防禦系統常常變得使用過度了。

因此，身體是配備得相當好，足以應付它在物質世界裏的姿態的，並且就那方面而言，它的防禦系統是不會出錯的。然而，你的意識心指揮你現時的感知，而詮釋那個感知，把它們組織成精神的模式。又一次的，身體必須依靠那些詮釋。所有生命的生物學基礎是一個有愛心、神聖而彼此合作的基礎，而預設了一個安全的身體姿態，從那兒任何族類的任何成員都覺得它有主動性的自由去找出自己的需要，而且去與其他的同類溝通。

（在十一點一分停頓。）請等我們一會兒……相信動物並不擁有想像力是現在流行的說法，但這是個相當錯誤的信念。舉例而言，牠們在交配的時間之前就已預期到它的到來。牠們全都藉經驗學習，而不管所有你們的觀念如何，在任何一個層面，沒有想像力的話，學習都是不可能發生的。

以你們的說法，動物的想像力是有限的。但是牠們的想像力並不侷限於先前經驗的部分，牠們可以想像那些從來沒有在牠們身上發生過的事件。人在這方面的能力是遠較複雜的，因爲在他的想像力裏，他在與可能性打交道。在任何一段特定的時間裏，只擁有一個軀體的人，可以預期或做出的事件卻比動物要多得不可勝數——每一件事仍然只是「可能的」，直到他把它啓動了。

因此，響應人的思想、情感與信念的身體就有多得多的資料要處理，而也必須要有一個清楚的範圍，在其中，能有簡明的行動。

你們休息一下吧！

（「謝謝你。」）

（十一點九分到十一點三十五分。）

身體的防禦系統是自動的，然而，到某個程度，它是個第二線而非第一線的系統，只有當身體受到威脅的時候才會進入動員的狀態。

身體的主要目的不只是要存活下去，而且也是要把存在的品質維持在某一個水準，而那品質本身就促進了健康與成就。一種明確的，就生物學上而言中肯的恐懼使身體警覺，而容許身體有完全而自然的反應。舉例而言，當你在過一條熱鬧的街道時，你也許正在讀報紙標題，而遠在你對環境有任何有意識的覺察之前，你的身體也許已經跳離一輛向你開過來的車子。身體只是在做它本來該做的事。雖然在意識上你並不害怕，可是卻有一個你對它付諸行動的、在生物性上而言中肯的恐懼。

不過，如果你在精神上住在一個普遍化的恐懼環境裏，你的身體就沒有被給予清晰的行動路線，不被容許有適當的反應。讓我們這麼來看：一隻動物——不一定要是森林裏的一隻野生動物，而是一隻普通的狗或貓——以某種形式反應。牠對環境中的每樣東西都有所警覺。不過，一隻貓不會由四條街外被關起來的一隻狗那兒預期任何的危險，也不會去臆測如果那隻狗逃掉而找到貓安適的院子會發生什麼事。

可是，許多人不去注意他們環境裏的每樣東西，卻透過他們的信念只專注於「四條街外的惡犬」。也就是說，他們不對在時間或空間裏具體存在或可見的東西反應，反而將念頭盤據在那些也許存在的威脅上，而同時卻忽視了那些就在身邊的其他中肯的資料。

於是，心智發出「有危險」的信號——但那卻是一個並沒有具體存在的威脅，因此，身體無法清楚的反應。身體因而對一個具有假威脅性的情況反應，可以說是卡在兩個「檔」之間，而造成了生理上的混亂。身體的反應必須是明確的。

覺得自己健康、有活力與有彈性的整個感受，是一種概括性的滿足狀況——可是卻是由衆多的明確反應所帶來的。任由身體作主的話，它能防禦自己而對抗任何的疾病。但是，身體無法適當防禦對疾病的誇張的普遍性恐懼。身體必須反映你自己的感受與評估。現在，通常而言，你們整個的醫學系統眞的製造出與被它醫好的同樣多的疾病——因爲你無時無刻不被各式各樣疾病的癥候所追捕，而充滿了對疾病的恐懼，被身體好像有的患病傾向所擊倒——而身體的生命力或自然的防禦系統卻完全沒有受到強調。

那麼，私人的疾病也發生在一個社會性的範疇裏。這個範疇是在所有的文化層面上彼此糾結的個人與群體信念的結果，因此就彼而言，也滿足了個人的與公共的目的。

（十一點五十六分停頓。）這裏也涉及了一般歸之於所有不同年齡的那些疾病，再次的，那些老年人的疾病與社會及文化的信念以及家庭生活的結構相符。年老的動物有牠們自己的尊嚴，而年老的男人和女人也應該有。衰老是一種身與心的流行病——一種不必要的病。你「患上了」它，是因爲當你年輕的時候你相信老年人是不管用的。沒有對抗信念的疫苗，因此當有這種信念的年輕人年華老去時，他們就變成了「受害者」（註二）。

疾病的種類隨著歷史的時代改變，有些變得時髦起來，另一些則不再風行。不過，就生物性上與心靈上而言，所有的流行病都是集體的聲明。流行病指出那些帶來某種在所有層面都被憎惡的具體情況的群體信念，它們常常與戰爭相伴相隨，而代表了生物層面上的抗議。

（停頓良久。）不論什麼時候，當生活條件到了一個地步以致它的品質受到威脅的時候，就會有這樣一個集體的聲明。生活品質必須在某一個水準以使一個族類——不論哪一個——的個別成員都能發展。就你們這個族類而言，你們心靈上、精神上的能力增加了一個次元，那在生物性上是中肯的。

舉例而言，一種表達概念的自由、一種個人的傾向以及一個世界性的社會與政治背景，是必須要有的，在其中，每一個個人都能發展他的能力而對人類整體做出貢獻。可是，這樣子的一種氛圍的成立卻必須依賴許多尚未被全世界所普遍接受的概念——然而，人類就是如此形成的，所以概念在生物學上是極其重要的。

愈來愈多的，你們生活的品質是經由「你的感受」這主觀實相及你的概念所形成。再次的，助長絕望的信念具有生理上的破壞性，它們使得身體系統停工。如果對抗那種可怕的社會或政治情況的集體行動無效的話，那麼就會採取其他的方法，而那常常以流行病或天災的扮相出現。無論以什麼方式，招致問題的原因都會被消滅。

可是，這種情況卻是信念的結果，而信念是精神性的，因此，最重要的工作永遠必須要在那個範圍裏做。

（強調的：）此節結束。

（「好的。」）

我最衷心的祝福，並祝晚安。

（「謝謝你，賽斯晚安。」）

（十二點十五分，賽斯結束此節就與他開始它一樣的突然。珍以一種穩定專注的步調爲賽斯如此順利的傳述這資料，以致於我期待她會再繼續一陣子呢。她說這一節停下來是因爲我請賽斯重複「重要」那個字的緣故。因爲我第一次沒聽懂。

（珍解釋說當我這樣做時，她已經超前三、四句了，而這問題強迫她回頭看看她剛才所說的話。然後，雖然她還在出神狀態，她卻知時間已晚，就突然決定下課了。同時，她本來覺得還滿可以再繼續一小時呢！）

註一：光合作用是那未被充分瞭解的過程，在這過程裏植物裏的葉綠素利用太陽能而由水及二氧化碳來製造醣類，這個「儲存的陽光」然後可以被用來當食物。

註二：當賽斯說「衰老是一種身與心的流行病」時，請你想想看在過去有成千上萬的人都曾患此種病而死，就知道這句話是對的，我眼看著自己的父親遭受衰老的荼毒；他在一九七一年十一月死去，享年八十一歲。

當然，人們在年輕的時候所獲得的信念可以被改變，而照賽斯（及珍和我）的概念，這個改變過程會是對抗衰老最好的接種。而當我觀察我的父親變老，記憶與身體功能逐步喪失，我曾經感到奇怪，他爲何不曾有意識的改正他對生命的反應——以及我爲何從來沒見到他**想要**如此做的任何跡象。我清楚的感受到他是可能去改進人生的信念的，而這樣的行動會非常有益。我**希望**他改變也並不只是爲了我可以避免看著他每下愈況的痛苦。我父親撤離這個世界的選擇是每個人都看得出來的，珍和我及其他家人在我們不完全的瞭解當中看著這個過程進行：我們每個人都覺得無能爲力。

現在，在醫學圈子裏，最近正在討論，許多衰老的病例是被一種「緩慢的病毒感染」所引起，而非只是遺傳，或傳統的年老與腦子的缺氧所造成。一般的希望以及未被證實的推測是這樣的，一種感染終究能被予以醫學治療。但不論哪一方面（不論衰老是由年老或感染而起），信念仍然是最重要的，它既能幫助整個身體維持健康的運作到很老的年紀，也能促使身體產生不必要的衰退。

當我在寫這個註的時候，珍指出我在八〇三節的註一當中的一些資料也適用於此。因為顯然的，衰老必須要由身體上以及（或者）精神上的技術組合來加以克服——如果人想要活得更久的話，更別說「永遠的活下去。」

第八〇五節　一九七七年五月十六日　星期一　晚上九點二十八分

（珍和我一個月以前就想到要把我們車庫的一半改裝成寫作房，連帶有它自己的後廊。現在這個想法已成熟多了。事實上我們已協議好這個夏天就開始進行，這無疑會是一個漫長而嘈雜的工程。現在我們的包工在完成前廊之後，已經可以儘快的開始屋後的工作了。）

晚安。

（「賽斯晚安。」）

口授：一隻動物對自己生物性的健全有所覺知，一個小孩也一樣。在所有形式的生命裏，每一個個體都誕生到一個已爲牠準備好的世界裏，擁有對牠的生長與發展有利的環境；牠誕生在一個世界裏，在其中，牠自己的生存依賴著所有其他個體與族類同等有效的生存上，因而每一個都對整個大自然有所貢獻。

在那個環境裏有一種生物性質的互助合作的社會關係，這一點動物們以牠們自己的方式都有所瞭解，而也被你們族類的「小孩子」視爲當然。因此，有許多方法使得個體的需要能夠被滿足。那些需要的滿足更促進了個體其族類的發展，並且推衍而促進了大自然每一分子的發展。

當然，存活是重要的，但卻不是一個族類的主要目的，因爲存活只是一個族類達到牠主要目的的必要手段。當然，一個族類必須要活下去才能這樣做。但，無論如何，如果現況對維持基本的生活或存在的品質不是眞有利的話，它卻會故意的避免活下去。

一種族類如果感覺到缺乏了這種品質，不管怎麼樣都會消滅它的後代——並不是因爲那些後代本來無法倖存，而是因爲那種倖存的品質會帶來極大的痛苦，舉例而言，它將生命的本質扭曲到這樣一個地步以致於幾乎成了對生命的一種嘲笑。每一種族類都在一種架構裏發展它的能力與才能，在那個架構裏安全是行動的媒介。在那個範疇裏，「危險」是存在於某種清楚的爲動物所知，並且清楚的界定了的狀況：舉例來說，獵物是已知的，就如獵者也是已知的一樣。當那個獵者吃飽了時，牠的天然獵物並不會怕牠，而那時獵者也不會攻擊。

在動物之間，也有不爲你所知的情感交互作用及生物法則。因此，當一隻動物被其他動物當做天然的獵物而殺害時，牠是「瞭解」牠在自然界裏的角色的。不過牠們並不在死亡發生之前就預期它。那致命的一擊把意識推出了肉體，因此，以那種說法，那致命的一擊是慈悲的。

在牠們的一生裏，動物們在其天然狀態享受牠們的活力而接受牠們的價值。牠們調節自己的出生——以及自己的死亡。牠們的生活品質使得牠們的能力受到挑戰，牠們享受對比：那些在休息與運動，熱與冷之間的對比，這種與自然現象的直接接觸，處處都加速了牠們的經驗。如果必要的話，牠們會遷徙去尋找更順遂的環境。牠們對正在接近的天災有所覺察，而當可能的時候就會離開這種地區。牠們會保護自己的族類，而按照環境與情況，也會照顧自己的傷患，甚至在年輕與年老的雄性之間爭取做一個團體的領袖，在自然的情況下，敗者也很少被殺。危險被清楚的指出來，所以身體的反應可以很簡潔。

動物知道牠有存在的權利及在大自然的結構裏享有一席。這種生物的健全性感受支持著牠。

在另一方面，人卻有更多他必須與之搏鬥的事情。他必須處理一些常常是如此曖昧的信念與感受，以致於好像不可能有任何清楚的行動路線。身體常常不知道如何反應。舉例而言，如果你相信身體是充滿罪惡的，你無法期待自己快樂，而健康極可能會離你而去，因爲你的黑暗信念會玷污你與生俱來的心理與生物的健全性。

人類是在一種轉變的狀態，這是許多個轉變之一。一般而言，這個轉變開始於當人類試圖離開大自然，以便發展目前爲你們所有的這種獨特意識的時候。可是，那種意識並不是一個完成了的產品，卻是一個本來就是要改變、要「演進與發展」的。在這過程當中製造了某些人工的區分，而那是現在必須要排除的。

（十點三分。）你們這些較聰明的動物必須回歸那孕育你們的大自然——不只做爲地球上其他族類有愛心的看護者，而且也是牠們的伙伴。你們必須再度的發現你們生物性傳承的靈性。大多數人類所接受的信念——宗教的、科學的與文化的——都一直傾向於強調一種無力、無能及毀滅臨頭的感覺，畫出了一幅畫面，在其間，人與他的世界都是沒有多大意義的一個意外的產物，既孤立著卻又好像是被一個反覆無常的上帝所統治。人生被視爲一個「淚水之谷」——幾乎像是一種低下的感染，而靈魂感染了之後只能被死亡治癒。

宗教的、科學的、醫學的與文化的信念強調危險的存在，貶低了人類或其任何個別成員的目的，或把人類看做一個在其他方面都很有秩序的自然界之乖僻、半瘋的一員。以上任何一個或全部的信念被種種不同的思想體系所抱持。不過所有這些都使個人生物上的健全感受到了壓力，加強了危險的概念，而縮小了心理安全的區域——那是維護生活的可能品質所必須的。身體的防禦系統以各種不同的程度被搞混了。

我並無意給一篇討論身體的生物性結構與它們的互動關係的論文，而只是想增加一些當今不爲人知的那方面的資料，那也是就我心目中的概念而言具有重要性的資料。我對比較基本的問題要關心得多。身體的防禦會照顧自己，如果我們容許它們的話，而且如果心理的空氣已經清除了疾病眞正的「帶原者」的話。

第二章

集體的冥想。對疾病的健保計劃。信念的流行病，以及對付絕望的有效精神性「接種」。

（在十點十五分停頓。）第二章：「『集體的冥想。』**（一分鐘的停頓）**對疾病的『健保』計劃。信念的流行病，以及對付絕望的有效精神性『接種』。」

（在十點二十分停頓良久。）雖然在這本書裏我會指出一些私人與集體經驗的不幸區域，但同時我也會提供有效解決的一些建議。「你注意什麼，你就得到什麼。」（註一）你的「心像」帶來它們自己的完成。這些是古老的格言，但你必須去瞭解，你們的大眾傳播系統如何擴大了「正面與負面」的問題。

也許有一陣子我會強調，作爲個人以及作爲一個文明的你們如何瓦解了自己的安全感受；然而我也會教你們如何加強對生物健全性和心靈理解的必要感受，以增益你們心靈和肉體的存在。

你們的信念產生了無價值的感受。在把你們自己人工化的與自然分開之後，你們不信任自然，卻常常把它當做一個敵人。你們的宗教給了人一個靈魂，同時卻不承認其他的族類也有靈魂，然後你們的身體就被貶謫給自然，而你的靈魂則給了聖潔無瑕高高在上的看著祂的創造物之上帝。

你們的科學信念告訴你，你們的整個世界是意外發生的。你們的宗教告訴你，人是有罪的：身體是不可以被信任的；感官能引你走上歧途。在這信念的迷宮裏，你的價值感與目的感失去大半。於是產生了一種普遍性的恐懼與懷疑，而生活太常被剝奪了任何的英雄氣概。身體也無法對普遍化了的威脅反應。因此，身體在這種環境裏，就會被置於不斷的壓力之下，而努力想去使那個危險明確化。身體天生是爲保護你而行動的。因此，身體累積了很強的張力，所以在許多的場合裏，一種明確疾病或者威脅性的情況就被「製造出來」，以使身體擺脫一個強到它快無法忍受的張力。

我許多的讀者都熟悉一己的冥想，那時注意力集中在一個特殊的區域。冥想有許多方法及許多思想派別，但是其結果都是一種非常容易接受暗示的心態，而人們在其中尋求心靈上、精神上與身體上的目標。你不可能沒有一個目標而去冥想，因爲那個意圖本身就是一個目的。

不幸的是，各種媒體的許多公共衛生節目和商業性聲明，提供了你們一種最可悲的集體冥想。我講的是那些在其中給了各種疾病的明細症候，在其中個人進一步被告以在心中懷著那些症候去檢查身體。我講的也是那些聲明，它們也同樣很不幸的點明，一個人很可能沒有任何可被觀察到的癥候，而可能經驗到的那些疾病，警告他們說，儘管他覺得自己身體很健康，這些悲慘的具體病痛也可能會發生。在此，那些宗教、科學與文化信念所助長的普遍性恐懼常常形成了疾病的藍圖，在其中，一個人可以找到一個特定的焦點——這個人可以說：「當然，我覺得無精打采或恐慌或不安全，是因爲我有了這樣的病。」

因自我檢查的暗示而引起的乳癌，比任何的治療法曾治癒的乳癌更多**（非常強調的）**。它們涉及了對身體強烈的冥想，以及本身會影響身體細胞的不利心像。（註二）高血壓的公共衛生宣導本身就提高了千千萬萬電視觀衆的血壓**（甚至更強調的）**。

因此，你們目前預防醫學的概念引發了正好會導致疾病的恐懼。這些概念瓦解了每個人身體的安全感，增加了壓力，也預先提供了身體一個明確詳細的生病計劃。但最要緊的是，這些概念增加了個人與身體的疏離感，而造成無力感與二元對立。

你們休息一下。

（十點四十五分到十一點九分。）

你們的「醫藥廣告」也同樣的會促進疾病。許多廣告意在透過一個產品來減輕你的痛苦，但實際上卻反而透過暗示而促進了病況，因而使你對那種產品產生需要。

在這兒頭疼藥就正是一個適當的例子。任何醫藥指向的廣告或公益宣導都從沒有提到身體自然的防禦力、健全性、活力或力量。在你們電視或收音機的廣告中也不重視健康的人。醫學統計處理的是生病的人，卻不研究健康的人。

愈來愈多的食物、藥品與自然的環境狀況被加進致病因子的名單裏，各種不同的報告把乳類製品、紅肉、咖啡、茶、蛋、魚、脂肪加進名單裏。但在你們之前的世世代代卻曾設法靠許多這類食物活了下來，而它們在當時實際上被宣傳爲對健康有利。的確，現在人類好像是對他自己的自然環境過敏，且成了天氣本身的受害者。

沒錯，你們的食物是含有以前的年代裏所沒有的化學物，但在合理的範圍內人類在生理上卻能消化這種東西，也能有益的利用它們。

然而，當人覺得無力，而又處於普遍化的恐懼中，他甚至能把最自然的大地成分轉而爲害他自身。你們的電視以及你們的藝術與科學都合起來成爲集體冥想。在你們的文化裏——至少——文藝界中有教養的人提供你們以「反英雄」爲主角的小說，常常描摹個人沒有意義的存在著，而他沒有一種行動足以減輕困惑或痛苦。

許多不知所云的小說或電影就是這種相信「人的無力」的結果。在那種情形下，沒有任何行爲是英雄式的，而人隨時隨地都是一個陌異宇宙的受害者。在另一方面，你們普通的、沒有文化的、暴力的電視劇的確也提供了一項服務，因爲它們以想像使普遍化的恐懼在一個特定情況裏明確化起來，然後又藉由戲劇而獲得解決。那些情節也許是樣版式的或者表演得差勁透了，但以最傳統的說法，「好」人勝了，個人的行動總算有效。

（十一點三十分。）這種節目的確接收到這個國家普遍化了的恐懼，但它們也代表了大衆化的戲劇。雖然知識份子不屑一顧，但在這戲劇中，普通人可以表現出英雄氣概，簡明的向一個所希望的目標去行動，而獲勝。

那些節目常常以誇張的方式描寫你們的文化世界，而大半的解決之道的確是透過暴力。然而，你們比較有教養的信念卻領你們到一個甚至更悲觀的畫面，在其間，甚至那些被逼到極端的人的暴力行為也失去意義。然而一個人必須覺得他的行為是「有效的」，所以他被迫採取暴力行動來作為最後的手段——而疾病常就是那個最後的手段。

（停頓良久。）你們的電視劇，警匪片和間諜片是頭腦簡單的，然而它們卻以一種你們的公共衛生廣告所無法做到的方式減輕了壓力。觀眾可以說：「當然，我覺得恐慌、不安全而且害怕，因為我住在這樣一個充滿暴力的世界裏。」一般性的恐懼能（為它的存在）找到一個理由。但這些節目至少提供了一個戲劇性的解決之道。而公益廣告卻繼續製造不安，那些集體冥想因而加強了負面的情況。

那麼，整體而言，暴力節目提供了一項服務，那就是它常常凸顯出能夠超越環境的個人的力量感。而公益廣告至多只把醫生引介為一個仲裁者：你應該把你的身體帶去看醫生，就像你把你的車送進廠修理某個毛病一樣。你的身體被視為一個失控了的載具，需要經常的細查。

醫生就像是一個生理上的機械師，而他對你的身體比你知道得多得多。且說，這些醫學信念是與你們經濟與文化的結構糾結在一起的，所以你無法單單責怪醫生或他們的職業。你們經濟上的富裕也是你們個人實相的一部分。許多很熱忱的醫生懷著心靈上的瞭解去用醫學技術，而他們本身也是他們的信念的受害者。

如果你不買頭疼藥，你叔叔或你鄰居可能就沒生意可做，而不能養家餬口，因而也就沒有辦法去買你的商品了。你無法把生活的一個區域與其他的分開，集體的說，你們的私人信念形成你們文化的實相。你們的社會就其本身而言並不是一件與你們分開的東西，卻是其中每一個人的個人信念的結果。沒有一個社會階層你不或多或少的影響到。你們的宗教強調罪惡。你們的醫學界強調疾病。你們有秩序的科學強調混亂與無緣無故的創世論。你們的心理學強調人是環境的受害者。你們最先進的思想家強調人類對地球的凌辱，或貫注於將會突襲世界的未來災害，或再度將人類視爲星象的受害者。

許多復辟的玄祕學派都推崇欲望的死亡、自我的滅絕，以便把物質元素變煉到一更精細的層面。在所有這些例子當中，個人清晰的心靈與生物的健全性受到蒙蔽，而無法把握當下這寶貴的一刻。

人間的生活應是獨特的、有創造性的、活生生的經驗，然而在他們眼中，卻變成只是一個更高境界的黯淡倒影。身體變得迷失了方向、被蓄意破壞了。在身與心之間清楚的溝通線路變得阻塞住了。於是個人及團體的，疾病與其他狀況就產生了，那是意在把你們領入其他的瞭解裏去的。

（突然的：）此節結束。

（「很棒的資料。」）

我最衷心的祝福。

（我在十一點五十九分說：「賽斯晚安。」我本期待他再繼續久一點的。）

註一：當賽斯說到這一句的時候，我記起幾年前（一九七二年二月）當我們在佛羅里達度假時他第一次說那句話。

那時，我們正在擔心我們的生活目標，以及賽斯資料在我們的生活中將會扮演多重要的角色。我們對這個度假地看起來更簡單、更開放的愉快生活感到非常大的吸引力，可是我們卻覺得負擔不起。《賽斯資料——靈界的訊息》在一九七〇年的年中出版了，但銷路不佳，而《靈魂永生》還沒有出來。我在我們來度假之前放棄了我商業藝術的工作，而不知道除了盡量幫忙珍之外我以後還會做什麼。

賽斯在最後那個溫暖的夜晚給了我們一節極佳的課，他盡其所能的安我們的心。以下的摘錄導致了令我想寫這個註的那句話：

「你們兩個有一個不僅獨特，而且也可以作爲創造力之跳板的關係，你們有能帶給你們滿足的才能與能力，而你們常常極快樂的將之視爲當然：它們如此的成了你們存在的一部分以致於你們甚至習焉不察。

「不要把你們共同的地位與任何其他人的混爲一談。它是獨特的，而因爲它是，所以可能性是無限的。如果你們誇大了你們的侷限性，你們就劃地爲牢了。如果你們享受那現在爲你們所有的自由，你們就自動的增加了那自由。在此時，你們是在一個清晰的地位。你們無法期待一個毫無問題的極快樂的時光，因爲那不是生命或存在的本質。

「你們那一類的問題是最具創造性的，它們是一些挑戰，而偉大的潛力能由其浮現。當你們創造性的利用並且瞭解你們的問題時，你們對工作的全部精力以及你們創造性的驅力會被釋放，而且將來還會繼續釋放。但不要貫注在那些問題上，也不要讓它們令你們對你們已有的喜悅與自由視而不見。你注意什麼，你就得什麼，沒有其他的主要法則。」

註二：珍爲這個註寫了下面的話：「我們認爲負面暗示的危險就與那些過度使用X光的具體危險一樣眞實。無疑的，有些女人曾藉由自我檢查發現了乳癌，而這樣做也許救了她們一命。然而，我們無從得知，在最開始，負面暗示到底在她們的病況中扮演了何種角色。」

「對某些女人而言，不做定期的自我檢查將會招致和做檢查一樣多的恐懼——而因爲這些女人的信念是如此嚴密的追隨著官方的醫學信念，所以她們做檢查要好得多了。在有關健康的這個例子以及所有的例子裏，每個女人應該估量所有的證據，檢查她的信念而做她自已的決定。」

賽斯在今晚的課當中沒有提到此事，但珍和我覺得極有趣的是，剛在上星期全國正對在癌症專家們之中已進行了兩年之久的爭議議論紛紛，那個爭議就是女人們——尤其是那些五十歲以下的——該不該做定期的「乳房X光攝影」以便在早期偵查出乳癌。

捲入這場爭論裏的是美國居領導地位的癌症研究組織。例如政府的國立防癌學會——它們正在對各種年齡的上千女性做詳盡的研究——的科學顧問們曾呼籲暫停對較年輕女性的篩檢。這些科學家被記錄下來的說法是，這種X光**引起**的乳癌可能比它們治癒的更多。數億美金及許多的時間與努力曾經並且還在給予這種研究計畫。由於牢固的信念系統，所以這些研究很難被改變。甚至經濟的因素也變得很重要：舉例而言，除了「官方」的計劃涉及了大筆金錢之外，許多私人的放射學家也已發現「乳房X光攝影術篩檢」十分有利可圖。

現在，在女人這方面對要不要做「乳房X光攝影」有很大的困擾。很不幸的是，那個檢查並非絕不出錯的；同時，對其結果的誤診已經使得一些沒有患癌症的女人被施以不必要的乳房切除術——常常是全部切除。更甚者，所有這些人都還必須懷著她們曾患癌症的信念活下去，而必須經常警覺它的復發信號——她們找不到的信號。在同時，她們還必須定期的做甚至更多的X光檢查。她們也可能還有保險與就業的問題。

與那種過度照射相關，卻沒有那麼爲大衆所知的一個爭議，是關於「預防性皮下乳房切除術」——這是有些女人在一個或兩個乳房實際發生癌症**之前**選擇去做的一種手術。這些女人被告以，在統計學上她們是得乳癌的高危險群，在這兒涉及的是新近的診斷程序：對「病人」家族歷史的研究，對由「乳房X光攝影術」的圖形所決定的她乳房組織的結構與「密度」的研究，以及對**可能的**「惡化前」的細胞變化之偵查。在這個預防性的手術裏，外科醫師留下乳頭及乳房的皮膚而以塑膠或矽膠的填充物來恢復乳房的外形。

在此時，不贊成這種手術的必要性的醫生比贊成要多得多。那些反對這種手術的人，說到在診斷裏的可能錯誤，包括對那個「乳房X光攝影」圖形的誤診。再次的，負面的暗示主宰了現在，而被投射到將來，因爲這個人被告以，她是在她自己隨時會出差錯的身體機能的掌握之下。

甚至當採取了預防性乳房切除術的時候，它也不是萬無一失的，因爲有一些女人仍然在乳頭部位長癌。不過，珍和我覺得非常好奇的是，到底有多少「統計學上有危險的」女人接受了她們不需要的手術——因爲她們當中一定有相當多的人本來就不會長癌。當然，那個百分比是不可知的，如果我們可以顯示大多數「高危險的」女人會得癌，那麼對這種切除術到底有沒有普遍性的價值就不會有爭議了。然而，就事論事，因爲這個爭議，女人又再度的對到底誰是對的，以及應該怎麼辦變得迷惑起來。大規模的研究，包括國立防癌學會所做的，都是計劃去探索預防性乳房切除術的整個問題。

我將以三小點來做結論，第一點是在醫學與心理學界的其他機構與個人正在研究存在於情感狀態與癌症之間的連繫。第二點是珍和我都完全明白醫藥科學對我們全世界的文明所做的貢獻；就我們人類目前有關個人之易被外在力量傷害這個集體信念而言，現在所行的醫術是那個文明的一個重要部分。第三點是，就賽斯看來，他只是試圖使我們對人類的能力有一個廣大得多的瞭解。

關於最後那一項，珍和我請讀者參看上一節，因爲賽斯在其中不只討論了身體自然的防禦力以及身體如何「使自己免疫」，而且也檢查了我們對身體與疾病負面的文化性信念。我們認爲他的資料是這麼好，值得多看幾次。

第八〇六節　一九七七年七月三十日　星期六　晚上九點三十一分

（顯然的，自從上節之後，這是爲《群體事件》所寫的第一節——但在這兩節之中卻有十一週的空檔。怎麼回事？我和珍在所有那些「時間」——那幾乎是我們肉體生命的四分之一年——裏到底在做什麼？

（首先，在第八〇五節之後，我們休息了六週，不上任何一種課，我們並沒有計劃這麼做，但它就這樣發生了。而我們最後瞭解到它這樣發生是由於珍的一個改變慣例的簡單需要。我們有許多其他的事好做！都是有關書的事；在本月的十四日我們的包工開始將我們車庫的一半改建成珍的寫作室，而加上一個大的後廊。所有那些建造活動比造前廊時要吵得多，而且更擾亂到我們，逼得我們在我們的時間表裏做了一些改變。

（嚴格的說，這一節並不是《群體事件》的口授，但珍和我把它的一部分放在這裏，因爲賽斯以一種不同的強調方式來討論事件和記憶，而觸及了轉世的一些面——所有的主題都是由他稱爲「同時的時間」那種不可說的、眞的無法界定的性質裏躍出。我請讀者永遠謹記在心，不論賽斯在討論什麼主題，或由什麼觀點來看，所有由我們肉體感官轉譯成線性的、堅實的經驗與歷史都是以他那種「時間」爲基礎的。爲了清楚之故，我心裏也一直記住這一點：賽斯，如他自己所界定的，是非具體的，而那個「以能量爲體性之人格」似乎並不是那麼的貫注於時間的推移——像我們那樣——。然而，早在一九六四年一月八日的第十四節裏，他告訴我們說，「因此時間對我而言仍有某一種的眞實性。」)

晚安。

(「賽斯晚安。」)

此節的第一部分。

因爲事件並不以人家教給你的那種堅固、已完成了的樣子存在，那麼，記憶也必是一個不同的故事。

你一定要記住事件的創造性與開放性的本質，因爲即使在一生當中，一個特定的記憶也很少是一個過去事件的「眞實版本」。當然，那個原始事件是被每一個當事者從一個不同的視角去體驗的，因此，事件的涵意與基本意義也許會按照每個參與者的焦點而有所不同。以你們的說法，那個第一次發生的既定事件開始對那些參與者「作用」。每一個人把他自己的背景、氣質以及眞的是一千種不同的色彩帶到這個事件上來——因此這個事件雖然爲別人所共享，但對每一個人仍然主要是原創性的。

從事件發生的那一剎那起，它就開始改變，被所有那些和此事件有關的其他成分所滲入，而它又進一步被接下去的每一個事件造成細微的改變。於是，在形成對一件事的記憶上，「現在」就與「過去」所佔的比重一樣多。當然，聯想觸發了記憶，而組織起記憶事件，聯想也有助於渲染與形成這些事件。

你們習慣於一個時間結構，因此你記得發生在一個特定時候的某件事。通常你可以把事件以那種方式安置。可以說，有一些神經性的口袋，因此，生理上而言，身體在感知活動的時候可以把事件放進去。那些神經的脈衝（Pulse）是配合你所知的生物世界的。

以那種說法，對比之下，前生或來世的記憶常常像鬼影一樣的留著。整體說來，這是必要的，以使身體的即刻反應能被集中在你所認知的時段內。其他世的記憶可以說都在那些其他的脈衝之下被帶著走——以某種說法，從來不停歇下來，因而可以被檢查，卻形成了你目前此生的記憶騎於其上的暗流。

當此種他生記憶眞的浮到表面的時候，當然，它就被那個表面所渲染。而它們的節奏與你現在的節奏並不一致，它們並沒有像你正常的記憶那樣精準的與你的神經系統連接。你的「現在」獲得它的深度感就因爲那個如你所瞭解的過去，然而，以某種說法，「將來」代表了屬於事件的另外一種深度。一個根向所有的方向發展，事件也是一樣，但事件的根經過了你的過去、現在與未來。

常常藉由故意的試著減緩你的思想過程，或者遊戲性的試圖把它們加速，你可以變得覺察來自他生——過去或未來——的記憶。到某個程度，你容許其他神經衝動自行顯現，可能常常有一種模糊不清的感覺，因爲你們沒有一個現成的時間或地點的設計來結構這種記憶。這種練習也使你捲入你此生事件的事實裏，因爲你自動的就會由你自己的焦點去追隨可能性。

在你們的實相範圍裏，如果沒有對牢固的、完成的事件之「假裝」就極難運作。現在你在此生形成你的前生，就與現在你形成你的來生一樣的確定。

你的每一個過去與未來的自己，現在也同時以他們自己的方式住着，對他們而言，前一段最後的一句也適用。理論上說，是可能透過一個對你此生事件的深入探查，而對那一點瞭解很多。你可以丟開許多約定俗成的觀念而選擇一個記憶，但要試著不要去結構它則是一件最困難的工作，因爲至今這種結構的過程已經幾乎是自動的了。

（十點一分。）不受干擾、沒有被結構的那個記憶將會閃爍、搖晃、採取其他的形式，而在你的心眼前改變它自己，因此它的形狀會像是一個心理的萬花筒，透過它的焦點，你人生的其他事件也會閃爍與改變。這樣一種記憶練習也可以用來將他生記憶帶進來。邊緣、角落與倒影將會出現，不過，也許會重疊在你認出爲屬於此生的記憶上。

你的記憶有組織你的經驗的作用，而再說一次，那是追隨著被認知的神經順序。來自過去與未來的他生記憶，常常以一個快得你無法跟隨的動作由那些神經順序跳開。

在一個安靜的時刻，無意中你可能記起這一生的一件事，但你對它也許有一種奇怪的感覺，就好像有一些關於它的事、一些感覺無法嵌入那個事件所屬的「時間槽」裏。在這種情形，那個今生的記憶常常是被另外一個所染色，因而一個未來或過去世的記憶將其淡淡的特質投射在那被記起的事件上。這個記憶有一個部分有一種浮動的特性。

這種情形發生得比被我們認出來的要多，因爲通常你根本就不去管那種奇怪的感覺，不理那個不適合的部分。然而，這種例子涉及了明確的滲漏（bleed-through）。藉著對這種感覺保持警醒，並且捕捉到它，你可以學會，把這個在其他方面可被認知的記憶的浮動部分用來作爲一個焦點，而後那個焦點經由聯想可以觸發更多的過去或未來的回憶。線索在夢境也會更頻繁的出現。因爲那時你已習慣那一種浮動的感覺，在其中，事件好像可以在它們自己比較獨立的範疇內發生。

那些包含了過去與現在兩者的夢是一個例子；未來與過去混合在一起的夢，以及在其中時間好像變化不定的夢也都一樣。

現在休息一下。

（十點十四分到十點四十四分。）

現在：以某種說法，你的前生、今生與來生全都壓縮在你經驗的任何一個特定時刻裏。因此，任何這種片刻都是一個進入所有你的存在之門戶。那些你認知爲現在正在發生的事件只不過是明確與客觀的，但在任何特定片刻裏的經驗，其最細微的成分也是其他事件與其他時間的象徵。那麼，每一個片刻就像一個鑲嵌拼圖，只不過在你目前這生的歷史裏，你只追隨一個顏色或花樣，而忽略了其他的。如我曾說過的，你眞的可以藉由故意改變一個記憶事件而把現在改變到某個程度，那一種的合成可以被許多人用在許多例子裏。

這樣的一個練習並非什麼理論性的、奧祕的、不實際的方法，卻是非常精確靈活與充滿活力的，藉由安撫一個過去自己的恐懼以幫助現在的自己。那個過去自己也並不是假設性的，卻仍然存在著，能夠被搆到，而且能改變「他」的反應。你不需要一個時光機器來改變過去或未來。

這樣子的一個技巧是極有價值的，記憶不只是沒有「死」，它們本身還是永遠在變的。有許多已幾乎完全改變了它們自己，在你們不知不覺之間。在魯柏的**（未出版的）**小說習作裏，他把他在年輕時所認識的一位神父身上發生的一件事寫了兩三個版本。在他寫它的時候，每一個版本都代表他對那個事件的忠實記憶。雖然所根據的基本事實多少是相同的，但每個版本的整個意義與詮釋相差如此之鉅，以致於那些差別遠遠超過了其相似性。

因爲那個插曲被用在兩三個不同的場合，所以魯柏可以看出他的記憶發生了怎樣的改變。然而，在大多數的例子裏，人們並不覺察記憶以這種方式改變，或者那些他們以爲他們記起了的事件是如此的不同。

重點是，過去的事件會生長，它們還沒有完成。在心裏記著這一點，你就可以看出，由你現在的架構之內來看，那些來生就非常難以解釋了，以你們的話說，一個已完全的一生並不比任何事件更完全或完成了，只不過在你的焦點裏有一個與你的架構分離之切斷點，但基本上它就正如繪畫上所用的透視點一樣的人工化。

並不是說內我沒有覺察到所有這些，而是它已經選擇了一個架構或者一個特定的存在範圍，那強調某一種的經驗而非其他的。

（十一點五分。現在，賽斯進入此節中更個人性的第二部，解釋珍如何在她自己的例子

裏，在這一生給她前生的自己她目前的知識，因此，經由其結果的「心理上的合成」，她會比較有辦法去對付某些挑戰。

（在十一點四十四分結束。）

第八一四節　一九七七年十月八日　星期六　晚上九點四十三分

（除了一次我將來還會談到的例外，這次我們消磨了另一長段時間——九週——沒有上書的課。然而，賽斯——珍無疑的在所有那些週一與週六夜晚都很忙，而在我把第八〇六節塞入《群體事件》之後，又帶來另一個與書分開的一系列的課——與在第八〇六節之前所傳敍的十節相比，這次則有十七節之多。再次的，這些是私人的或非關書的課，而再一次的，它們在個人主題之外還涵蓋了一個範圍很廣泛的主題。

（包括第八〇六節，那兩大堆的資料是指在過去的二十週裏賽斯只為《群體事件》上了一課，而在別的題目上上了二十八課。我跟珍開玩笑說，也許他已結束了這本書，而忘了告訴我們，也許這將是他最短的一本書呢！

（她說：「那些一直不斷的書的玩意兒還眞的滿悶人呢！」然後提醒了我，賽斯——顯然得到她的同意——只在完成《心靈》的兩週之後就投入於《群體事件》，他變得這麼樣的集中於書的主題上，以致於很多的事都被忽略了：至少口授的中斷給了我們向其他方向發展的機會——那樣子這些課才能更有彈性。

（然後，在一九七七年九月十七日晚上的一節私人課裏，賽斯帶來一個非常令人興奮的觀念，叫做「架構一和架構二」。珍和我是如此的被這個提案實際而深遠的涵意所打動，以致於我們開始共同努力去把它用在日常生活裏。

（簡單的說，賽斯主張架構二或內在實相，包含了那個創造泉源，我們由它形成所有的事件，而藉由注意力的適當聚焦，我們能從那個廣大的主觀媒介汲取爲了在架構一或物質實相裏過一個積極的建設性生活之一切所需。我們已經讓賽斯知道我們希望他在《群體事件》裏對他的架構一和二的資料做更詳細的說明，因爲那些觀念是如此的與圍繞著每個人生活的個人與集體經驗密切相關。（註一）

（現在，關於我在這個註的開始所提到的那個「一次例外」：那是在十月一日的八一二節，而至少它的一部分是書的口授，它是由一位讀者最近的來訪所觸發的，那讀者顯然有很強烈的妄想症。賽斯因那次的接觸給了一節講妄想症的課〔但並不是爲了那人，雖然後來珍寫了封信給他〕然後叫我們把那一節放在一邊，爲的是把它包括在本書後來的一章裏。）

現在，晚安。

（「賽斯晚安。」）。

爲了要重頭開始——（在第八一二節裏）談妄想症的那些東西以後再說。當魯柏幾天前在寫他某一本書的時候，他聽到一個公益宣告，官方告訴所有的聽衆，流行性感冒的季節已經正式開始，而嚴重的警告那些老年人及那些有某種疾病的人立刻預約去打感冒預防針。

那個官方人士附帶提到，的確沒有直接的證據把過去的流行性感冒預防注射與有些接種過的人碰巧患上的一種頗怪異的病連在一起（註二）。整體說來，那是一個十分有趣的宣告，其涵意跨越了生物學、宗教與經濟學。「流行性感冒季節」以某種方式而言，是被心理學式製造出來的模式的一個例子，那有時候能帶來一場「人工」製造出來的流行病。

在這種宣告的背後有醫學界的權威，也還有你們傳播系統本身的權威。你無法質疑透過收音機而來的聲音，因爲它是不具形體的，而且一定對。

再一次的，老年人又被「點名」了，很顯然的他們好像比較容易患病。那種易病傾向是一種醫學上的人生事實，可是它卻是一個在人類生理實相中沒有基本基礎的事實，它是一個經過暗示而帶來的事實，然後醫生們見到身體上相當明確的結果，而後那些結果再被拿來當做證據。

甚至今天在世界上有些孤立的地區，老年人並非疾病纏身的，他們的生命跡象也沒有減弱，他們一直到死的時候都保持相當的健康。

因此，你必須承認他們的信念系統是相當實際的，他們也沒有被醫學人士所圍繞，在這本書的後面我們會回到這個主題。可是，在此地，你們有幾乎可以說等於是一種促進疾病的社會計劃——流行性感冒季。一種集體冥想，在其幕後有一個經濟的結構；涉及了科學與醫學的基金會，可是還不止此，還有從最大的藥商到最小的藥房，從超市到街角的小雜貨店的經濟上的考慮——涉及了所有這些因素。

假定能對抗（傷風以及）流行性感冒的藥片、藥水與針劑都被很明顯的陳列著，用來提醒也許錯過了對那個將要到來的難關之宣告的人。電視廣告帶來一陣新的槍林彈雨，因此（好笑的）你可以從乾草熱季節過到流行性感冒季節而不致少了任何個人的藥品。

在六月的一聲咳嗽也許被付之一笑，而很快的忘懷，可是在流行感冒季節的一聲咳嗽就可疑得多了——而在這種情形下，特別是在一個不順的星期當中，一個人也許會想：「本來嘛，明天又有誰想出門呢！」

你眞的期待會病倒，它可以作爲不去面對許多問題的藉口。有許多人幾乎有意識的覺察他們在做什麼，所有他們需要做的只是對社會如此張揚的提出的暗示付出注意而已，體溫眞的上升了，關切使得喉嚨變乾。潛伏的病毒——到現在爲止還沒造成任何傷害——眞的被激活了。

（十點十分。） 外衣、手套與皮靴的製造商也在大力推銷他們的商品。然而，在那些行業裏，至少他們的觀念還比較健康，因爲他們的廣告常常強調有益身心的活動，而描寫快樂的滑雪者及在冬季的樹林裏徒步旅行的人。不過，有時候他們會暗示他們的產品會保護你免於傷風和感冒，而且對抗你本質上的虛弱。

整體而言，接種本身沒什麼好處，而它們可能還有潛伏性的危險，尤其當它們被用來預防一個事實上還沒有發生的流行病時。它們也許有某個特定的效果，但整體而言，它們是不利的，擾亂了身體的機能，而引發了那些也許有一陣子都不會顯現的其他生理上的反應。

自然，那個流行性感冒季又碰上了聖誕季節，當基督徒被告以應該要快樂，並且祝賀他們的同胞（至少在念頭上）快樂的回到童年自然的美妙。他們也被告以要向上帝致敬，可是基督教精神已經淪爲一個糾纏不清的可憐故事，它的一致性已大半消失了。這樣一種宗教變得孤立於日常生活之外。許多人無法統合他們的信念及感受的種種不同區域，而在聖誕節他們部分的認知到，存在於他們的科學信念與宗教信念之間的鴻溝。他們發現自己無法應付這樣一個精神上與心靈上的難局，結果常常導致一種心靈上的沮喪，這種沮喪更被聖誕音樂和商業性的展示，及那個說人類是以上帝的形像被造的宗教性「提醒」，以及那個說如此被賜與的身體似乎無能照顧它自己而是疾病與災難的天然獵物的另一個「提醒」所加深。

因此，聖誕季在你們社會裏攜帶著一個人的希望，而流行性感冒季則反映出他的恐懼，並且顯出兩者之間的鴻溝。

醫生也是一個個人，因此，我只是針對他的職業而言，因爲他通常是在他與他的同胞共享的信念系統裏盡他所能的做好。那些信念並非單獨存在，卻當然是與宗教和科學的信念纏在一起，雖然它們看起來可能毫不相干。基督教義傳統的視疾病爲上帝的懲罰或者是上帝所給的一個試煉，應該被冷靜的忍受，而又把人看做是一個有罪的生物，被原罪所玷汚且被迫以血汗工作。

科學曾把人視爲一個「不在乎你的宇宙」之一個意外產品，眞的是沒有一個「有意義的中心」的生物，在他身上，意識只是恰巧變得存在的一個肉體機制運作的結果，而在肉體結構之外意識是沒有眞實性的。至少科學在那方面是前後一致的。可是，基督教教義正式的要求「悲傷之子」

要喜悅，而罪人們要找到一種兒童式的純潔；而叫他們去愛一個有一天將毀滅世界，以及如果他們不崇敬祂就會罰他們入地獄的上帝。

許多人被夾在這種矛盾信念之間，特別會在聖誕季節淪爲疾病的受害者。在任何一個城裏，教堂與醫院常常是最大的建築物，而也是唯一不必藉助都市法規而在星期日開放的建築物。你無法將你私人的價值系統和你的健康分開，而醫院常常由宗教所灌輸給其子民的罪惡感得利。

我現在說的是那些與社交生活和社區活動如此交織在一起，以致於所有基本宗教的健全感都已消失殆盡的宗教。可是，人的天性就是具有宗教情操的。

你可以休息一下。

（十點四十分到十一點十分。）

口授：人類最強的屬性之一就是宗教情懷，它是心理上最常被忽視的部分。你有一種生而具有的自然的宗教知識，魯柏的那本《一個美國哲學家的死後日誌：威廉·詹姆士的世界觀》把那個感受解釋得非常好。那是一種被轉譯成文字的生物性的靈性。它說：「生命是一個禮物而非一個詛咒。」我是在自然世界裏的一個獨特而有價值的生物，自然界隨時隨地包圍著我，給我滋養而提醒我自己以及世界所來自的那個更大的源頭。我的身體愉快的適合它的環境，而再次的，也是由那未知的源頭而來，那個源頭透過物質世界的所有事件顯示它自己。」

那種感覺給了身體樂觀、喜悅及源源不絕的精力去生長，它鼓勵好奇心與創造力，而把個人同時置於一個心靈世界與一個自然世界裏。

組織性的宗教總是在試圖去以文化的用語重新界定那一類的感受，但他們卻很少成功，因爲他們在他們的觀念裏變得太狹隘、太教條化，而那個文化結構終於壓過了在其內部更細緻的成分。一種宗教愈有容忍性的話，它就愈近於表達那些內在的眞理。不過，個人擁有一個私人的生物上與心靈上的健全性，那是人的傳承之一部分，而的確也是任何生物的權利。人無法不信任他自己的天性，而在同時卻信任上帝的本質，因爲「上帝」是他對他存在來源所用的字眼——而如果他的存在是被污染的，那麼他的上帝也必然如此。

你的私人信念與其他人的信念混在一起，而形成你們文化的實相。因此，醫學界或科學家或其他任何團體的扭曲概念並沒被強加在你身上，反之，它們是你們的群體信念之結果——孤立存在於各門不同的學問當中。舉例而言，醫生常常是極端的不健康，因爲他們是如此的擔負著那些特定的健康信念，以致使他們的注意力比沒有牽涉進去的人更集中在那個範圍。預防的概念永遠是建立在恐懼上——因爲你不會想要預防愉悅的事，因此，預防性醫學常常引起那些它希望避免的疾病。預防的概念不只是繼續助長了整個的恐懼系統，而且，再次的，爲了預防一個尚未患病的身體患病而去採取一些特定的步驟，卻常會引起一些反應，而帶來如果事實上已得了病所會發生的副作用。

（十一點三十二分。）當然，一種特定的疾病也會影響身體的其他部分，那些影響尚未被研究過，甚至尚未爲人所知，因此，這種接種無法將那些影響納入考慮。也有一些情形是在接種之後發生了變異，因此有一陣子人們眞的變成了疾病的帶原者，而能傳染其他人。

還有一些人，不論他們有沒有接種，都極少生病，而他們對健康方面的事並不敏感。因此，我並不在暗示所有的人都會對接種有負面的反應，不過，以最基本的說法，接種也並無任何好處，雖然，我十分明白醫學史會好像與我牴觸。

在某些時代，尤其是當近代醫藥科學誕生的時候，對接種的信念——如果不是被老百姓，那麼就是被醫生們所相信——的確擁有新的暗示及希望的偉大力量，但我恐怕科學的醫學曾經引起與它曾治癒的同樣多的新病。當它救了命的時候，它能夠這樣做是因爲醫生本身直覺的治癒性瞭解，或因爲病人是如此的被他所做的偉大努力所深深打動，因而，也間接的信服了他自己的價值。

請等我們一會兒……當然，醫生也經常被許多不願爲他們自己的健康負責的人，以及懇求他們所不需要的手術的人所指揮。醫生也被那些不想要痊癒的人造訪，而用醫生及他的醫法作爲再病下去的藉口，說：「那個醫生眞沒用」或「那種藥根本沒效」，因而爲了一種他們無意改變的生活方式而去怪罪醫生。

醫生也被夾在他的宗教信念與科學信念之間，有時候這些會彼此衝突，而有時候它們只會加深他的感覺：身體，若不去管它的話，會得到任何可能的疾病。

你可以休息一下。

（十一點四十五分到十二點一分。）

再說一次，你的價值系統以及你最切身的哲學判斷，無法與你私人或群體經驗的其他區域分開。

在美國，你們的稅收用在推動許多醫學實驗及預防醫學上——因爲你們不信任自己身體的良好意圖。以同樣的方式，你們政府的經費也用到國防上去預防戰爭，因爲如果你不信任你自己身體對你的良好意圖，你也很難信任你的同類那方面的任何良好意圖。

那麼，事實上，預防醫學與不像話的預防性防禦之花費是十分相似的，在每個例子裏都有對災禍的預期——在一個例子裏是來自那熟悉的身體，它在任何時候都可被要命的病所攻擊，而至少看起來好像是沒有防禦能力的；而在另一個例子裏則是來自外來的危險：被誇張的、永遠具威脅性的，而且永遠必須與之搏鬥的。

（熱烈的。）疾病必須被攻擊、對抗、打擊、消滅。在許多方面身體變得幾乎像是一個陌生的戰場，因爲許多人對身體這麼缺乏信心，以致它變得好像極易染病。人於是好像在與自然抗衡。有些人把自己想做是病人，就好比其他人也許把自己想做是學生一樣，這種人就是那些會採取預防性措施去對付任何時髦或當令疾病，而因此莫名其妙的受到醫學不幸面衝擊的人。

（十二點十三分。）請等我們一會兒……

（現在賽斯爲珍和我傳述了幾行，然後在十二點二十二分結束此節。）

註一：賽斯也還對架構三與四的存在做了一個很短而頗爲神祕的提示，在他第一次談到

架構一與二的兩天之後，他在另一次私人課裏做了以下的聲明，珍和我還沒有請他對之詳細解說：「附帶的說，就我們的討論而言，還有一個架構三與一個架構四——但再次的，所有這種標籤都只是爲了解釋之故。實相是混合在一起的。」

註二：賽斯提到的令人麻痺的Guillain-Barre症狀，那種症狀在美國侵襲了一個很小比例的在一九七六年豬瘟流行性感冒計劃裏接受注射的人。爲了許多理由，聯邦政府在一九七六年十二月突然結束了那個非常昂貴與具爭議性的計劃。然後在一九七七年五月有幾位科學家——有的在政府裏做事，有的則否——都同意是那些流行性感冒的注射**觸發了**那個症狀，但某些個人發生這種反應的理由還不清楚。珍和我並沒有接受注射。

第八一五節　一九七七年十二月十七日　星期六　晚上九點二十二分

（好吧！又有一長段時間——這次是十週——過去了。在這期間，賽斯—珍舉行了另一系列的十八節課，那又是與《群體事件》無關的資料。

（就目前而言，我已差不多完成了《「未知的」實相》第二卷的附錄，而珍開始寫她的新書《艾瑪神奇力量的學習與運用》。

（當我們在忙這些事時，十月漸短的、色彩燦爛而常是溫暖的日子轉成了較冷的十一月，自從過了感恩節後，已經下了不少雪。而我也已做了各種準備，使我們的坡居準備好過冬了。

（我們仍在週一與週六的夜晚上課。當我們坐著等今晚的課時，珍告訴我——多少有點令我驚奇——她覺得賽斯可能會給《群體事件》一些資料，但她並不確定，今天她重讀了賽斯這本書的資料。然後……）

晚安。

（「賽斯晚安。」）

口授。我並不想要嚇你，但，開始口授——繼續我們的上一章。

（帶著些幽默：）魯柏和約瑟近來買了一台彩色電視，因此現在他們的電視世界不再是黑白的了。我曾經在許多不同的時候用電視來做比喻，我還想再這樣做，以顯示具體事件形成的方式，並且試著描寫，個人用來選擇他會親身接觸的那些特定事件的許多方法。

電視不只事實上被用為一個集體性的共同冥想方法，並且它也展現給你非常具細節性的製造出來的夢，那是每一個觀眾都多少分享的。我們在這兒將用一些區分，因此，我將介紹「架構一」與「架構二」這兩個名詞，使得我的討論清楚些。

我們將稱你們具體體驗的世界為「架構一」。舉例來說，在「架構一」裏你們看電視節目，你有許多頻道可以選擇，你有心愛的節目，你嗜看某些故事或演員。你看所有這些戲劇，卻根本幾乎不瞭解它們是怎麼出現在你的螢幕上的。可是，你很確定，如果你真的買了一台電視機，它就會展現其功能，不論你是否熟悉電子學，就是如此。

你由一個頻道轉到另一個，其結果是你可以預期的。例如，第九頻道的節目不會突然侵入第六頻道。甚至參與演出這種戲劇的演員本身，對那些爲了使他們自己的形像出現在你們的電視螢幕上所涉及的事情也只有最微渺的概念，他們的工作就是演戲，而視爲當然那些技術人員會把其他的工作完成。

那麼，在某處就有一個節目的導播，他必須照應整個節目製作。表演節目必須準時完成，演員們的角色必須分派好，我們假設的導播會知道哪一個演員有空，哪一個演員喜歡演個性角色，哪一個是英雄或英雌，而哪一個面帶笑容的大情人總是抱得美人歸——以及一般而言，誰演好人，誰演壞人。

並不需要我來細說，使你們能看心愛的節目所必須發生的許許多多的事，你只須輕輕一按換台鈕它就在那兒了，同時，所有那些背後的工作卻都不爲你所知，你將之視爲當然。你的工作只是選擇在任何一個晚上你要看的節目。當然，許多其他人也在看相同的節目，然而，每個人會相當個人性的對之反應。

（九點四十分。）現在，讓我們暫時想像具體事件是以同樣的方式發生——也就是你選擇了閃現在你經驗螢幕上的那些事件。你對你自己人生的那些事件相當熟悉，因爲，當然你就是你自己主要的英雄或英雌，惡人或受害者，或不論什麼。可是，就像在觀看一個節目之前，你並不知道在電視攝影棚裏所發生的事，因此，在體驗具體事件之前，你也不知道在創造性的實相架構裏所發生的事。我們將稱那個廣大的「無意識的」精神性與宇宙性的攝影棚爲「架構二」。

在這本書裏，我會試著告訴你，螢幕後在進行些什麼——給你看你選擇你每日具體節目的方式，並且描寫這些個人選擇是如何混合在一起而形成一個群體實相的。目前，我們將再回到電視。你可以關掉一個你討厭的節目，你也可以選擇要不要收看一個被人稱讚的製品。電視給了你一面你們社會的鏡子，它在千千萬萬的家庭裏光光相映的把在最隱密之個人裏之巨大夢想與恐懼、希望與恐怖反映出來。

電視與你們的生活互相影響，但它並不造成你的生活，它並不造成它所描寫的事件。舉例來說，由於你們對科技的偉大信心，對許多人而言，常常好像是電視造成了暴力，或者造成了對過度唯物主義之喜愛，或者造成了「道德的放蕩」。電視只是反映。以一種說法，它甚至不會扭曲，雖然它也許反映了扭曲。電視劇的作者與演員是和「群體心態」配合的，他們不是領導者或追隨者，他們是創造性的反映者，敏銳的覺察當代整體的、普遍化的情感與心靈的模式。

他們對他們要參與哪些戲也做了選擇，每一個人都有他們自己喜愛的那種角色，即使那角色是一位特立獨行者。當然，對演員而言，他們的角色變成他們個人經驗的強大部分，而同時那些觀劇的人則大半以觀察者的身分參與。

你透過報紙與雜誌而得知有哪些正在上演的戲劇、新聞或其他節目。一般而言，你也以同樣的方式得知正在你自己的國家以及全世界具體演出的「節目」。你決定你想要參與這些冒險中的哪一個——而你就會在正常生活裏或在「架構二」裏經驗到它。

發生在你的經驗之前的那些內在運作，將發生在「架構二」的廣大的精神性影棚裏。在那兒所有的細節將被安排好，舉例來說，看起來好像是偶然的邂逅、那在一個特定具體事件發生前可能必須發生的無法解釋的巧合。

你可以休息一會兒。

（十點二分到十點十九分。）

在有意識的層面，並且只用你自己有意識的「儲備」，你無法維持你的身體活上一小時，你不會知道如何去做，因爲你的生命自動且自發的流過你。你把那些細節視爲當然——呼吸、營養與排泄的內在運作、循環以及保持你心理上的連續性。所有那些都在我所謂的「架構二」裏替你照顧好了。

無疑的，在那方面每一件事都爲你的利益在運作。的確，常常當你變得對你的身體愈關切的時候，它的運作就愈不順利。在你身體運作的自發性裏，很顯然的，有一種微妙的秩序感。當你打開了一架電視，畫面好像不知道從什麼地方跑到螢幕上——但那個畫面卻是精密的集中焦點的秩序之結果。

演員們造訪選派角色的經紀公司，因此他們知道哪些戲需要他們的服務。在你們的夢裏，你們造訪「選派角色的經紀公司」，因此你知道那些正在被考慮要實際製作的各種戲。那麼，在夢境你常常使自己熟悉那些具有某種可能性的戲劇。如果有人對那戲劇顯出足夠的興趣，如果足夠的演員去申請演出，如果累積了足夠的資源，那齣戲就將會演出。當你不在你正常的意識狀態時，你拜訪那些具創造性的內在經紀公司，而所有具體的製作都必須在其中開始，你與別人會面，那些人爲了他們自己的理由也對同類的戲劇有興趣。隨著這個比喻，那些技術人員、演員們、作家們全都集合在一起——只不過在這個例子，其結果將是一個活的事件，而非一個播出的事件。有災難片也有教育節目、宗教劇正在計劃中。所有這些都將以十分成熟的面目出現在物質世界裏。

這種事件的發生是個人信念、欲望與意圖之結果，沒有「不期而遇」這回事。沒有任何死亡也沒有任何出生是偶然發生的。在「架構二」的創造性氛圍裏，意圖是爲人所知的。以一種說法，沒有一個行爲是隱私的。你們的傳播系統把全世界所發生的事帶到你的客廳來。然而，那個更大的內在傳播系統在範圍上要遠較有力，而每一件精神性的行爲都被印在「架構二」的多次元螢幕上。那個螢幕是所有的人都能看到的，而在其他意識層面，尤其在睡眠與做夢的階段，那個內在實相的事件就與當你醒時的具體事件一樣的永遠存在，而且很容易接觸得到。

（十點四十分。）就好像「架構二」包含了一個無限的資訊服務，它即刻讓你與你所要的不論什麼知識接觸，它在你與別人之間建立電路網，它以令人目眩的速度計算可能性。然而，它卻不是以一個電腦的不具人格性，卻是以把你以及其他每個人的最佳目的放在心裏的一個「懷著愛心的意圖」去那樣做。

那麼，你無法在對別人不利的情況下獲得你所要的東西。你無法用「架構二」去把一件事強加在另一個人身上。你得明白在你能具體的經驗一個渴望的結果之前，某些先決條件必須要符合。

（十點四十五分。）請等我們一會兒……

我會試著開始以一個比較可以預期的方式進行我們的書，同時仍舊維持我們自己的討論，而回答你們可能有的任何問題。

不過，我的確要把一個更一般性的「架構二」資料用在我們的書裏。（註一）你可以用任何你想要的我們其他的資料，但這本書本身將不依賴那個資料。

（之後這節課的其餘部分被刪除了，賽斯在十一點十二分說再見。）

註一：不過，賽斯只在七節課裏談到「架構一」與「架構二」，當我在十月二十六日寫了一段關於它們的建言時，這個自發性的創作不只總結了到現在爲止我由賽斯的新資料所學到的東西，並且給了我一些每天可唸的東西，我把副本釘在我的畫室和寫作室的牆上。

當然，我這段話自然是按照我自己的信念與需要所剪裁的，當賽斯在《群體事件》裏繼續他有關「架構一」的資料時，它的一些涵意也許對讀者會變得更清楚。但我把我的努力在儘量接近它孕育出來的時間展現出來，以使每個有興趣的人都可以把它放在心中，而終究會寫出他自己的版本來爲他個人所用。珍已經這樣做了；我們發現每天隨心的讀一讀我們各自對「架構一」與「架構二」的「信條」的確是很有用的。我在十月二十六日寫道：

我有那簡單、深厚的信心，相信任何我在此生所渴望之事皆能由「架構二」降到我身。在「架構二」裏沒有障礙。「架構二」能創造性的產生我在「架構一」裏想要的每件事——我絕佳的健康、繪畫與寫作、我與珍極好的關係、珍自己自發而煥發的健康與創造力、她所有書的愈銷愈暢。我知道所有這些積極的目標會在「架構二」裏完成，不論它們看起來有多複雜，而後它們能在「架構一」裏顯現出來。我有那簡單、深厚的信心，相信我在此生所渴望的每件事都能由「架構二」奇蹟式的作用降到我身。我不必擔心任何一種細節，知道「架構二」擁有那無限的創造能力去處理及產生我可能要求它的每件事。我所需要的只不過是對「架構二」之具創造性的「善」有簡單而深厚的信心。

第二部

架構一與架構二。

第三章

迷思與具體事件。社會所依存的內在媒介。

第八一七節　一九七八年一月三十日　星期一　晚上九點三十五分

晚安。

（「賽斯晚安。」）

口授。新的一章（三），標題是：「迷思與具體事件。」（停頓良久）然後：「社會所依存的內部媒介。」

請等我們一會兒……在我們討論人在群體事件裏之個人角色之前——不論它們是什麼——我們首先必須探究事件在其中顯得堅固與眞實的那個媒介。要了解自然事件現象之偉大影響，必須探究它對你而言並不明顯的那部分實相。因此，我們想要檢查自然現象的內在力量。

一個探查自然的科學家只研究它的外在，觀察自然的外面，甚至涉及原子與分子，或理論上快於光速之粒子的調查工作，也關心實相的「粒子本質」。科學家通常不會去找尋大自然的心，也必然不會去追求對大自然的靈魂之研究。

萬物都是能量的一個表現——能量的一個情感性顯現。人能以氣壓與氣流的方式詮釋天氣，他看斷層線來瞭解地震，在某一個層面，到某一個程度，所有這些均是有用的。可是，人的心靈在情感上不只是他物理環境的一部分，也與所有大自然化現的現象密切相連。用一下在上一章開始談到的那些用語，那我會說，人在情感上與自然的認同在「架構二」裏是一個被強烈感受到的實相。而我們必須在那兒尋找關於人與自然關係的答案。在「架構二」裏，心靈的本質十分清楚的顯現，因此，其範圍與節奏能被瞭解。物質能量之顯現追隨著情感上的節奏，那是不論多精密的精巧玩意兒或儀器所無法確定的。

爲什麼一個人被殺死而另一個人則倖免？爲什麼一次地震瓦解了一整個區域？在個人與這種自然的群體事件之間的關係是什麼？

在開始考慮這種問題之前，我們必須再看看你們自己的世界，並且確定它的源頭，因爲無疑的，它的源頭與自然的源頭是同一個。我們一路上，在這本書的從頭到尾也都必須在事件與你們對它的詮釋之間做些區分。

你們的世界無疑彷彿是堅固而確實的，而其日常生活是建立在已知的事件與事實上。你們在事實與幻想之間做了一個清楚的區分。一般而言，你們理所當然的認爲，作爲一個民族，你們目前的知識至少是建立在無懈可擊的科學資料上。無疑的，科技發展看起來是被最安全的建立在一大套堅固的事實上的。

這個世界的概念、幻想或迷思可能看起來好像與人目前的經驗距離非常遙遠——但所有你們所知或所經驗的，其源頭都在我稱爲「架構二」的那個創造性的存在次元裏。以某種說法，你們的現實世界是由一個幻想、迷思與想像力的溫床裏升起的，你們所有完備的裝備都從其中浮現。那麼，迷思是什麼？我對那個名詞的詮釋又是什麼？

迷思並非一個對事實的扭曲，卻是事實必須由之而來的子宮。迷思涉及了人對實相本質的一個本質上的瞭解，而以想像的措辭來表達：它帶著一種與自然本身一樣強大的力量。「迷思的形成」是一種自然的心靈特性，一種心靈成分與其他這種成分組合在一起，以形成對內在實相的神話性表達。然後那種表達又被用爲一個模型，你們的文明就組織於其上，而它被用做一個感知的工具，透過它這個透鏡，你們詮譯在歷史範圍裏你們人生的個人事件。

（十點六分。）當然，當你們**接受**迷思的時候，你稱它們爲事實，因爲它們變成是你生活、社會及職業的一部分，以致於它們的基礎彷彿是顯而易見的。迷思是大型的心靈劇，比事實還更眞實。它們提供了一個永不落幕的實相舞台。那麼，你們必須清楚的瞭解，在我講到迷思的時候，我是想指出那些心靈事件的本質，那些事件耐久的實相存在於「架構二」裏，而形成隨後在你們的世界裏被詮釋的模式。

如果有人陷於一場天災裏，可能會發出以下的問題：「我是不是被上帝懲罰？理由又是什麼？

這場災禍是不是上帝對我的報復？」反之，一位科學家可能會問：「以較好的科技與資訊，我們是否可能預知這個災害而救了許多條命？」他也許試著不讓自己受情緒所影響，而只把這場災難看做一個與個人無關的大自然現象，它既不知道，也不關心所經之路會掃過什麼。

可是，在所有的例子裏，這種情形立刻使我們想到一些問題：人自己的實相與方向。他與上帝的關係、他的星球以及宇宙本身。他按照自己的信念來詮釋那些問題，那麼，就讓我們來看看其中的一些吧。

你們休息一下。

（十點十八分到十點二十七分。）

現在：迷思是自然現象，由人的心靈中升起，就如同巨大的山脈由物質的星球浮出一樣。可是，迷思更深的實相存在於「架構二」裏，而成爲你們所知世界的原料。

以那種說法，你們文明之偉大宗教乃由迷思升起。迷思的特色隨著世代而改變，就像山脈的升起與陷落。你們看得見山脈，所以忽視它們的眞實性會很可笑。你們比較不直接看到你們的迷思，但它們在你所有的活動裏都很明顯，而它們以其諸多部分，形成了所有你們的文明之內在結構。

那麼，以那種說法，基督教及你們其他的宗教都是迷思，其升起是因爲那太廣大而無法只以事實涵蓋的一種內在知識。又以那種說法，你們的科學在本質上也是相當迷思性的。這一點對你們有些人而言可能比較難看出，因爲科學看起來是這麼的理所當然。其他人將會很願意看到科學的迷思特性，卻會極不願意以同樣的方式來看你所知的宗教。然而，多多少少所有這些概念設定了你們對事件的詮釋。

在本書的第二部，我們或多或少的在處理如你們所瞭解的自然事件。再次的，對有些人可能很明顯，一場天災是上帝的報復所引起的！或至少是叫你悔過的一個神聖提醒，而其他人則會理所當然的認爲，這種災禍在特性上完全是中立、非人格的，而與人類自己的情感實相分隔得相當遠。信基督教的科學家則夾在兩者之間。因爲你們把自己與自然分開，你們就沒辦法瞭解大自然化現的現象。因爲迷思常常造成了阻擋。當迷思變得標準化而太被信以爲眞，當你開始把迷思與事實的世界綁得太緊的時候，那麼，你們就完全的誤解了迷思。當迷思變得最像事實的時候，它們就已然變得比較不眞實了。迷思的力量變得受抑制了。

（十點四十三分。）

請等我們一會兒……那麼，大多數的人都把他們人生的眞實面，他們的勝利與失敗，健康或疾病，幸運或不幸，以一個迷思性實相的方式來加以詮釋，卻又沒有瞭解到它是迷思性的。在這些迷思的背後是什麼？而它們力量的泉源又是什麼？

「事實」是一種非常方便卻淡而無味的實相，它們立刻把某種經驗分派爲眞或假。可是，心靈不能受這樣的限制，心靈存在於一種實相媒介裏——一種存在領域，在其中所有的可能性存在著，心靈創造迷思就像海洋創造浪花那般。一開始迷思是具有如此力量與威力的心靈虛構，以致於整個的文明能由它們的源頭升起。迷思涉及了象徵，並且知道情感的有效性，然後這些象徵和情感再與物質世界相連起來，使得那個世界再也不一樣了。

迷思把他們的光照射在歷史事件上，因爲那些事件是由它們所引起的。迷思將人內在、看不見，卻能被感受的永恆的心靈經驗與短暫的世俗事件混合在一起，而形成了一個組合，從一個文明到另一個文明，這組合結構了思想與信念。在「架構二」裏，自然的內部力量是一直在變的。人的夢、希望、熱望與恐懼一直不斷的在交互作用，而後形成了你們世界的事件。當然，那種交互作用不只包括了人類，也還包括所有地球上的意識，從一個微生物到一個學者，從一隻青蛙到一顆星的情感實相。你們按照你們已接受的迷思之特色來詮釋你們世界的現象。那麼，你們透過信念來組織物質實相，你們只運用那些會給那些概念有效性的感知力。肉體本身是很有能力以一個不同於你們所熟悉的方式來組合這個世界的。

你們將自己與自然及其意圖隔離，遠超過動物們所做的。自然在其風狂雨驟的顯現裏看起來像是一個敵人。在這種時候，你們對大自然的看似惡意或者其「不仁」，必須在你們自己之外尋找理由來解釋。

科學常常說，大自然對個人很少關心，而只關心人類全體。因而，你必然常常把自己視爲一個更大的生存奮鬥裏的受害者，在其中，你自己的意圖沒有一丁點作用。

口授結束。除非你有問題，否則就到此爲止。

（「我想沒有。」）

後頭還有很多好東西呢！今天就到此爲止。

(「好吧！」)

我最衷心的祝福，並祝晚安。

(「謝謝你，賽斯晚安。」)

(十一點二分，珍在出神狀態裏的傳述一直非常好——既集中又穩定。)

第八一八節 一九七八年二月六日 星期一 晚上十點十九分

(今天中午開始了一場大風雪，而當我們在九點十五分等課開始的時候，風雪愈來愈大，落雪在屋子北邊，以及在我們朝西新圍起來的後廊外積了數尺之高，氣象預報說這場風雪會徹夜不停。)

(我們等課的開始等了一小時又四分鐘——這是過去不曾發生過的。我們倆都沈默了很久。在十點五分珍說：「我覺得好像在那邊有一大堆的資料正在被組織中，但它就是還沒能到這兒來。好怪……我從來沒有這種感覺。我眞想說拉倒算了，但如果今晚我不上課的話，那麼，在下一節裏我就會想要知道爲什麼這次沒有上成。就好像我可能會在半夜兩點醒來，說：『哦！我的天！資料來了……』」)

(而珍的那些奇怪的感覺正是我們爲什麼把這節放在《群體事件》裏的理由，雖然它並非書的口授。賽斯傳過來一些非常有趣的資料，談關於我們三個人之間的關係，以及在他與我們的實相之間的溝通。這一課正包含了當我們設法瞭解賽斯經驗的整個環境時，一直在尋求的洞見。而當我們收到這種資訊時，我們要別人也知道它。然而，我們根本沒有預期到賽斯會討論「架構三」，我們仍在消化他談「架構一」與「二」的資料。

（當我們繼續坐著時，珍說：「要不是每樣事都彷彿是如此無時間性的話，這樣等眞會令人心煩。你有沒有這樣的感覺？」我有。有輕柔燈光的溫暖客廳，以及外面的暴風雪彷彿永久的持續著。我們在山坡上的房子絕緣得這麼好，使得我們好像由一個非常遠的距離聽到風雪的肆虐，除了偶爾傳來窗子的金屬雨棚在寒風中的振動聲。然後，終於……）

晚安。

（「賽斯晚安」）

現在：我不知道該如何措辭來解釋，但以某種說法，我旅遊各地——不過，是遊經心理的實相或心靈的領域，而非物質的。以你們的說法，這種旅行「不花時間」。但爲我們的課，我必須讓許多活動同時發生，使得在某些場合裏，我既與你們在一起，同時也在別的地方。

你們有一場暴風雨，氣象人員談起了當地情況以及融合起來的氣流——但我旅行的地方是在意識彼此融合的領域。我不知道我有沒有特別提到過它，但你們應該瞭解我不斷的成長、擴張與發展的狀態。記得魯柏與心靈的圖書館（註一）的插曲嗎？那些是比我的活動小得多的版本的例子，然而，以那種說法，並且打一個比喻，我旅行到許多偉大的心智大學。

再次的，這些事絕大部分都很難解釋，因爲資訊與知識經常在轉化——可以說，透過一些本是思想與生俱來的一部分特性，而幾乎完全的再生。知識經由每個感知到它的意識之贊助而自動轉化。知識被放大了，卻也精密了。它是一種經常不斷的語言，卻也是一種轉化了它自己的語言。當我「來上這些課」或「說話」，那時我與其他人交換了一個比任何電腦所可處理的更複雜的實相系統。你們並不瞭解或感知，你們的實相如何參與形成了你們所經驗的群體世界實相的基礎。無意識的，每個個人參與了那個世界的形成。不過，在我的例子裏，我覺察到那同類的活動，只不過是與很多實相有關，而不只與一個有關。

就如我試著增加你們的瞭解容量，而擴大你們能力的範圍，因此，在其他種的世界裏，我也在做同樣的事。雖然我們的相會發生在你們的時間，在你們屋子的具體空間，但原始的接觸必然是一個主觀的、內在的接觸，一種意識的交會而後被具體經驗到。

那些接觸本身發生在一個「架構三」的環境裏。當然，再次的，以比喻的說法，那個架構存在得離你們自己的「架構二」更遠一步。在這兒，我並不想談「更高或更低」的階層，但這些架構代表了行動的範圍。那麼，我們的接觸最先發生的地方，超過了那只處理你們的物質世界，或你們目前經驗所源自的精神與心靈領域的範圍。

過去幾年在很少數的場合裏，當一節課開始前，魯柏曾感覺到我們之間有一段距離，或是我們的資料尚未準備齊全。我已經解釋過，有時我留給你們一個「錄音帶」，它會顧及任何情形。不過，今天晚上，魯柏多少感覺到不只是一段距離，也是我活動的更大的複雜性。

（十點四十五分。）

請等我們一會兒……且說，你們明白嗎，到某個程度，你們兩人都涉足其中，不過是以我幾乎不可能解釋的方式。千萬不要以字面去解釋我上面所說的話。你們意識的有些部分是活在我的意識裏面，因此，到某個程度，我到哪兒你們就被帶到哪兒，就如微塵也許被一陣凜冽的秋風捲著走，從一個地方到另一個地方。（幽默的）我絕不是把你們與微塵相比；然而，到某個程度，你們的確分享了我的旅程。你們被帶到你們通常感知的土地之上，因此，你們的一部分看到一眼主觀的景色。這些喚起了你們的好奇心，甚至當你們並不有意識的知覺到自己看見了它們。那個好奇形成了驅動力。

你們的意向與關注、你們的興趣、你們的需要與欲望、你們的特性與能力，直接的影響我們的資料，因為一開頭就是它們把你們引領到這資料。

你們想使這個資料在你們的世界行得通——一種自然而十分可解的欲望：空談不如實證。但，當然，你們也都是一個極大的戲劇的參與者，其主要的行動發生於你們的世界之外，在那些你的世界所來自的領域——而最要緊的，你們是那些其他領域的原住民，就如每一個個人都是；就如每一個生靈也是。

那些領域絕不是寂寞、黑暗而混亂的，它們也與任何對涅槃或虛無的觀念十分不同。它們是由不斷呈螺旋狀上升的存在狀態所組成的，在其中，不同類的意識相遇而溝通。它們不是非人格性的領域，卻是捲入最最親密的相互作用裏，那種互動一直就存在於你們周圍，而我希望你們在你們的思想裏對它們懷著熱切的嚮往。並且試圖把你們的感知力伸長，多少覺察它們的存在。

雖然，我分開的談到這些架構，但它們卻是一個存在於另一個裏面，而每一個侵入另一個裏。到某個程度，你們是浸在所有的實相裏。以一種奇怪的方式，並且是在這個特定的例子裏，你與你的註（註二）的衝突，是與收集事實的需要所引起的一種秩序感有關。但是這種秩序感又被帶了過來，因此，你想把你（轉世的）羅馬時代的世界與這個（現在的）世界分開，而不藉由聯想把它們融合在一起——如你那時所做的——因此，當你做你的素描時，你很難知道這一點。主觀的，你想把這兩個世界放在一起去探索其相似性等等，但實際上，你卻想爲了你的註而把它們分開。

如果你能的話，就試著去感受你存在其中的那個更大的背景。你的報償將會是令人驚異的。當然，情感上的體現才是重要的，而非僅是一種對這個概念理性上的接受。魯柏想要這本書的資料，那是無可厚非的。這本書是重要的。這本書在你們的世界裏有它的意義，但我不要你們忘記，這些課所來自的更廣大的背景。這類的資訊至少能從你們那方觸發反應，更進一步增加了你們能從我這兒收到的知識範圍。

在你們的世界裏，知識必須被轉譯爲明確的細節，但我們也在處理那些無法如此容易的解讀的情感實相。在這節當中，在我說出的字句裏——但更重要的，在這節的氣氛裏——暗示了那些無法解讀卻有力的實相，然後在你們的時間裏，那些實相將漸漸的以你們能懂的字語被描寫出來。

（十一點十三分。）還有更多實相的知識，但它必須等，只因爲現在還無法被轉譯。按照這一節的衝擊，你們自己的理解與感知將帶來其他的線索，不論是在醒時或是夢境裏。使你們的心保持對它開放，但對它們可能以什麼樣子出現不要有任何先入之見。魯柏自己的發展觸發了某種心靈活動，而那又觸發了更進一步的成長。舉例來說，他一直在參與他的圖書館，不管他是否總是對之覺察。

此節結束。

（**「謝謝你，賽斯晚安。」**）

（**十一點十五分。**）「哇！當課在進行時，我眞的覺得不一樣，」珍一離開出神狀態就說：「我有一種平常所沒有的有力感。我很高興我等了。我感覺到好像我是在別的地方，或者某種類似的感覺。我有個感覺，在這節裏有某些新的東西，但我必須弄明白到底是怎麼回事……」

註一：在《心靈政治》裏，珍徹底描寫了她對她的無形圖書館的發現和利用。

註二：在《「未知的」實相》卷二裏，我爲第七一五及七一六節寫了一些註，在其中，我描寫了一系列的插曲，在那裏面，我看見我自己在一世紀初期身爲羅馬軍隊中的一名隊長。

第八二〇節　一九七八年二月十三日　星期一　晚上九點四十分

（上星期六夜晚舉行的第八一九節完全與《群體事件》無關。可是，爲了幾個當你讀它時就會變得很明顯的理由，我們認爲今晚的課是有關的，但賽斯卻沒稱它爲口授。

（今天在午餐時，我建議珍把賽斯自從一九七七年九月十七日在一節私人課裏引介了「架構一與二」的觀念之後所給的有關資料整理成一本小書，自從那時我們有了三十一節不是寫書的課，而它們中有一些包含了談「架構一與二」的資訊——其中有許多都與在《群體事件》裏所談的有關。

（珍對我這個想法比我想像的要有興趣，而花了一個下午的時間瀏覽那些私人課。當時間慢慢過去的時候，她對賽斯資料的反應是變得非常鬆散。她說她「覺得怪怪的」，但她仍舊想試著上課，我們從九點半開始等。然後，沒有問候，賽斯就過來了。）

現在：你們又記起「架構二」，眞是太好了。到某個程度，談「架構一與二」的那些資料當然就是那整個想法（譯註：指羅的另編一本書的建議）的一個例子，因爲你們在不是書的口授的課裏收到很多的資料——只因爲雖然我們的書是極端自由的，它們仍舊必然會被你們對書是什麼的想法所渲染。

當然，甚至你們對創造性所持的觀念也必然會被「架構一」的想法所影響，因此，我們的課的確是追隨著一個比那個更大的模式，在書的口授及在其他的資料裏，給了你們不同角度的某些看法。儘管如此，到某個程度，這資料的較大創造模式——那的確存在並且也被感受到了——卻並沒有被直接的感知，因爲你們必然會零碎的看它們。

我曾經說過，創造行爲最接近「架構二」的作用，因爲那些行爲永遠涉及了只憑信心與靈感的一躍以及障礙的破除。

我們的每一本書都對我們其他的書有所增益，那也包括了魯柏自己的書——而那也當然包括了以你們的話來說尚未寫好的書，因此，未來的書也會影響你們所認爲是過去的書。再說一次，書的內容雖然出現在你們的時間裏，卻是來自你們的時間之外。

當你在寫一本普通的書的時候，你汲取那些你自己或別人所知的聯想、記憶與事件，那是也許你已忘懷卻又突然跑進你腦海的東西，它回應著你的意圖及追隨你的聯想。當一位畫家在畫一幅風景畫，或在尋找一種新的創造性組合時，他可能無意識的比較他在過去所看過的形形色色的上百風景，以及潑在草地與樹上的那些好像已被忘懷了的色調。藝術是他的焦點，因此，他由「架構二」汲取所有他畫畫所需的相關資料，那不但和技巧有關，也和他一生整個的視覺經驗有關。

「架構二」涉及了一個廣大得多的創造活動，在其中所涉及的藝術是你的人生——而所有爲了它的成功所需的成分，都可以在那兒得到。當你在創造一項產品或一件藝術品時，你對那產品或那個藝術品是什麼的那個想法，對結果會有很大的影響——因此，當你把人生當做一個活生生的藝術去體驗時，你對你的人生或生命本身的想法，也會對你的經驗有很大的影響。

如果你相信如一般人所接受的因果律，或者相信如一般人所接受的二元對立定律，那麼你就會被那些定律所捆綁，因爲它們將代表你的藝術技巧。你會相信你必須用它們來畫出你人生活生生的畫像。因而，你會只由「架構二」汲取那些適合的東西來結構你的經驗。你將沒有吸引其他經驗的「技巧」，而只要你執著於一種技巧，你的人生圖畫將多少會顯得單調。

再次的，作者或畫家也不只把寫作或畫畫的簡單能力帶入他的工作裏，而是他所有的經驗多少都捲了進去。當你主要對「架構一」付出注意力的時候，就好像你把一個字俐落的放在另一個字前面來學習造簡單的句子，你並沒有眞的學到眞正的表達。在你的人生裏，你正在寫像「看見湯米在跑」這樣的句子。你的心智並沒有眞正的在處理觀念，卻是在處理對物體的簡單感知，因此很少涉及想像力。你可以表現出物體在空間裏的位置，而你也可以以相似的方式與人溝通，肯定其他人也感知到的具體而明顯的屬性。

以那種說法，再用我們的比喻，對「架構二」的認知會把你由那一點帶到偉大藝術的製作，在那兒，文字不只用來表現可見的東西，也用來表現不可見的——不只是事實，還有感受與情緒——在那兒，文字本身逃脫了它們順序性的模式，而把情感送入那些不受時空羈束的領域裏。

（十點十三分。）人們有時會有這種片刻，然而每一個私人的實相都存在於一個永恆的創造性裏，再次的，你們的世界是由它躍出的。

那個更廣大的實相對你的感知並不是絕對關閉的。到某個程度，在每個人的私人經驗裏，它都是處處明顯可見的，而它也很明顯的表現於你們這個世界的存在本身。宗教多少一直感知到那個實相，然而想用這個世界已被認知的事實去詮釋，必然會扭曲那個實相。

請等我們一會兒……那麼，你們的世界是一個多次元的創造性冒險的結果，是你們目前幾乎不可能瞭解的一件藝術品，在其中，每一個人與生物以及每一個粒子都扮演了一個活生生的角色。再次的，在「架構二」裏每一件事都是已知的，從一葉之落到一星之隕，從夏日最小的昆蟲之感受到市街上一個人的可怖被殺。那些事件的每一個在一個更大的活動模式裏都有其意義。那個模式並沒有與你們的實相分離，並沒有被強加於你們之上，也沒有與你們的經驗分開。它常常看似如此，只因為你們把自己的經驗如此的劃分成隔間，以致於你們自動的把自己與此種知識分開了。

創造性與隔間無關，它丟開了障礙。不過，甚至極大多數涉及創作的人，都常常只把他們額外的洞見與知識應用在藝術上——卻非在他們的生活上。就是如此。他們跌回到因與果。

再次的，你們「架構一」的生活是建立在以下這些概念上：你只有這麼多精力，你會筋疲力盡，以及某種份量的精力消耗會產生一個特定數目的「功」——換言之，運用某一種的努力會產生最佳的結果。同樣的，人們相信宇宙的能量會消耗殆盡。所有這些都預設了沒有新的能量被挿進這個世界的「事實」。所以這個世界的源頭會看似不再存在，因已經在製造物理現象的努力中把它自己消耗光了。根據這種想法，「架構二」將是一件不可能之事。

反之，以一種與你們所講的物理定律毫無關係的方式，生命的能量經常不斷的揷入你們的世界。我說過**（十四年以前）**宇宙就如一個概念那般的擴張，而那正是我的意思。

每個生物較大的生命存在於那「最先」給它生命的架構裏，而以一種較廣義的說法，每一個生物，不論年齡，的確都在經常的重生。我把所有這些以你們世界的已知實相的措辭來表達，而且我講的只是「架構二」之中，對你們的經驗有衝擊力的局部屬性。

（在十點三十九分停頓。） 讓你的手休息一下吧！

我們極可能必須結束此節，因為有些地方轉譯變得非常困難了。就個人而言，你們倆已準備好再前進，而所給的資料也已經搆上了你們，因此，這個時候可以有領悟的重新爆發、夢的經驗以及其他這類事件。

此節結束。

（「謝謝你，賽斯。」

（當她結束了為賽斯所做的精采傳述時，珍說：「那眞是奇怪極了。」我很驚奇的發現她看起來相當的不舒服。

（珍又說：「那是第一次發生這種情形：我開始覺得非常惡心，就好像當賽斯正在傳述時，這資料眞的令我難受極了。快結束時有一種壓力，涉及了我無法轉譯的東西，就好像我差一點就要得到一些我從未聽到過的偉大東西了。我現在仍有那種感覺……」

（「也許我的感覺並不是被任何**東西**所引起，卻好像是向一個我無法達到的狀態加速前進，而非為這個世界做任何偉大的揭示。」珍稍後說。「但我那時眞的覺得不舒服。」

（她的評論與賽斯關於轉譯的困難之聲明不謀而合；不然的話，我們無法在這課資料裏找到她如此反應的理由。我建議說，那些必要的洞見她稍後應會知曉。她奇怪的狀態的確好像是來自她在下午與黃昏時的感受。）

第八二一節

一九七八年二月二十日　星期一　九點三十分

現在：口授：當然，你們是自然的一部分，也是自然之源頭的一部分。

從一個嬰兒長大到一個完全的成人，也許是你在此生所完成的最困難卻又最容易的偉蹟。當你是個孩子的時候，你與你自己的天性認同，你直覺的瞭解到你的存在是沈浸在成長的過程裏，並且是其一部分。

不管有多少知性的資訊，不管有多少事實的累積，都無法給你，完成那個成長過程所涉及的具體事件之必要內在知識。你學會閱讀，但「看」本身卻是一個偉大得多的成就——一個彷彿完全自行發生的事。再次的，它發生是因爲你們每一個人的確都是自然與自然之源頭的一部分。

在種種不同的方面，你們的宗教一直在暗示你們與自然之源頭的關係，縱使它們常常把大自然本身隔離在任何具重要性的地位之外。因爲，宗教常常把它們自己與某個十分合理的感知掛鉤，但隨後又扭曲了它，而排除了任何其他好像不合的東西。「你們是宇宙的兒女。」這是一句常常聽到的話——然而，基督故事的要點並非基督之死，卻是祂的誕生，以及那常常講的主張，說每個人都的確是「天父之子。」

在聖經裏有許多後來加上的補遺，就如無花果樹的故事，在其中，大自然被貶低了。不過，基督的「父親」是那位上帝，祂的確覺察每一隻墜落的燕子，祂知道每個生物的存在，不論牠的族別或種類。牧羊人與羊群的故事則較接近基督的意圖，在那兒，每個生物守護其他的生物。

羅馬天主教會的官員修改了許多紀錄——以他們的說法，把任何可能暗示異教儀式的東西或如他們所認爲的自然崇拜「滌蕩殆盡」。就你們的文明而言，自然與心靈變得分離了，以致於你們大半在那個範疇裏接觸你們的生活事件。那麼，到某個程度，你必然會覺得與你的身體及自然世界分離了。因此，你維持不了與大自然本身偉大的全面性情感認同。你研究那些過程就好像你是站在它們之外似的。

（在九點五十一分停頓良久，許多次之一。）

請等我們一會兒……到某個程度，你們社會的信念容許你們足夠的自由，因此你們大多數人信任你們的身體，直到你們長大成人。不過，隨後你們許多人不再信賴在你們之內的生命過程。

某些科學論文常使你們相信，除了經由做父母親而確保族類的進一步存在之外，長大就沒有什麼目的了。那時，大自然十分願意免除你的服務。他們直截了當的告訴你，你再也沒有其他的目的了（註一）。那麼，這族類本身除了一個無心的生存決心之外，就必然顯得沒有理由存在了。那些宗教的確強調人有一個目的，但在它們自己的迷惑中，它們常常講得好像是爲了要達到那個目的，就必須否認掉人在其中存活的身體，或必須「超越」那「粗鈍的」俗世特性。就是如此。在這兩個例子裏，人的天性及大自然本身都被無情的對待。

這種故事是迷思。它們的確有力量與威力。然而，以那種說法，它們代表了迷思的較黑暗面——但經由它們的模子，你們目前這樣看你們的世界，你們會按照那種對實相的假設，去詮釋你們生活的事件，以及歷史的宏偉範圍。它們不只渲染了你們的經驗，而且你們創造那些多少會符合這些假設的事件。

（停頓良久。）那些在天災裏「失去了」他們生命的人變成大自然的受害者，你們在這種故事裏看到無意義的死亡的例子，以及大自然對人漠不關心之更進一步的證明。在另一方面，你也許在這種例子裏看到一位憤怒上帝的報復之手，在此，神明再度用自然使人屈服。人本來有生也有死。死亡並不是對生命的一個侮辱，卻意謂著生命的延續——不只是在如你所瞭解的自然之架構內，而且也是在自然之源頭內。當然，那麼死亡就是自然的了。

你心靈的自然輪廓很能夠覺察到你人生的內在起伏，以及它與所有其他活著的生物的關係。直覺性的，每個人天生就有這種知識，即他不只是有價值，並且是以最精確而美麗的方式符合了宇宙的全盤計劃。每一個個人的生與死都涉及了最高貴的時機。你自己內在本質精巧的作用，天生容許你去與所有一般的大自然的面貌認同——而那個認同將引你進入對你自己在自然之源裏的角色的更深理解。

（十點十九分。）你建立你的人生於其上的那些迷思如此預設了你的存在，以致於你常在口頭上否認你內在所知道的。舉例來說，當人們在一次天災中受傷，他們常會聲稱他們對這種牽涉完全不知情。他們會忽略或否認那些內在感受，但事實上，唯有那些感受才會賦予那事件在他們生活中的任何意義。當然，這種涉入的理由是數不盡的——全都合理，然而在每一個例子裏，人和自然以那種方式都會在一個接觸中相會，那個相會從最大的全球性影響直到所涉及個人之最小的、最隱私的方面而言都是有意義的。因爲你的迷思，你做了某種區分，使得這種解釋變得極爲重要而困難。舉例而言，你們把雨或地震想成自然的事件，同時你們卻不以同樣的方式把思想或情感認做是自然事件。因此，你很難看到在情緒狀態與物理狀態之間如何合理的相互作用。

你也許會說：「當然，我瞭解天氣影響我的情緒。」但你們卻極少有人想到你們的情緒會對天氣有任何影響。你們這麼貫注於歸類、描寫及探索客觀的世界，以致它無疑好像是「那唯一眞實的世界」，它好像在對你施壓或侵犯你，或至少幾乎是自行發生的，因此，你有時對它感到很無力。你們的迷思給了事情的外在性極大的能量。

（停頓良久，然後以一種非常被抑制下來的諷刺：）在激憤的情緒中，你們有些人會把自然看做是善良與耐久的，且充滿了一種天眞與喜悅，同時在另一方面，你們把人視爲一種出身微賤的族類，一種在地球表面上的蟲害，一種不管具有任何強烈的善良意圖卻都必然會做錯每件事的生物。因此，你們也不信任人的天性。

這個迷思給予一般的自然現象很大的價值，卻單單在一個在其他方面具有教化性的故事裏把人視爲惡的。然而，與自然的一個眞正認同，會約略顯示出人在他物質行星的範圍裏的地位，而也會把他幾乎不知不覺達成之成就給帶到最前面來。

你可以休息一下。

（十點四十分。珍在出神狀態裏的步調一直相當慢，且帶著許多長的停頓。不過，我認爲這資料棒極了，且富含刺激性。在十點五十一分以同樣方式繼續。）

口授：在稍後，我會回頭來談那些成就。至於現在，我想提一提一些其他的問題，關於個人與天災或與某種流行病——那根據定義就關係到大群大群的人——的關係。

你們形成你們自己的實相。如果你們厭倦了聽我強調那一點，我只能說我希望這個重複會使你們瞭解，這個聲明適用於你所經驗的最微渺以及最重要的事件上。

有些人相信他們必須受罰，而因此他們搜索出不幸的境況。他們趨赴一件又一件的事，在其中，他們遭到報應。他們可能找出國內那些天災頻仍的地區，或他們的行爲也許是那樣，以致會吸引其他人產生一種爆炸性反應。不過，個人常常頗會爲了他們自己的目的去利用災難，作爲把他們的生活帶入清楚焦點的一個外在力量。有些人也許玩弄著死亡的念頭，而在最後的一舉中選擇與自然有個戲劇性接觸。而其他人則在最後一刻改變了心意。

那些捲入這種災難的人——倖存者——常常用這種「規模宏大的」境況以便參與那些似乎比先前乏味的存在擁有更大重要性的事件。他們追求刺激，不論其後果爲何，他們多多少少變成歷史的一部分，他們一己的生命至少有一次與一個更大的源頭認同了——而許多人由之得到新的力量與活力。社會的障礙被破除了，經濟地位被忘懷了。個人情感的範圍被給予了更大、更完滿的空間。

人的欲望與情感，多少與如你瞭解的自然之物理現象融合在一起，因此，這種暴風雨或災難是心理活動的結果，就與它們是氣候狀況的結果一樣多。

客觀的——不論其面目爲何——暴風雨、地震、洪水等等對大地的健康來講都是十分必要的。那麼，人與自然的目的都達到了，雖然一般而言，人的迷思使他對那些交互作用盲目。不論何時，涉及了疾病的時候，人們的思想與情感永遠給了你清楚的線索，但大多數人忽略這種情報。他們檢查、修剪他們自己的思想。因此，許多人變成某種流行病的「受害者」，因爲他們想要，雖然他們可能相當激烈的否認這一點。

我特別在講那些有危險性，但卻不致於致命的流行病。在你們的時代，你必須瞭解醫院是社區的一個重要部分。它們提供了一個社會服務就如一個醫藥服務一樣。許多人只不過是寂寞或過勞，有些人則是對普遍所持的競爭想法反叛，因此，流行性感冒變成了極被需要的休息之社會性藉口，而被用爲挽回面子的辦法，以使那些個人可以把他們的內在困難藏得讓他們自己看不見。以某種方式，這種流行病提供了它們自己那種親睦感——給那些在不同環境裏的人一個共同的會合之地。流行病被用爲可被接受的患病狀態，在其中，人們得到了他們至爲需要，卻覺得不應該得到的休息，或安靜的自我省思之藉口。

（在十一點二十一分停頓良久。）我並無意於暗示對那些以此種方式捲入其中的人的任何指控，卻主要是想說明這種行爲的一些理由。如果你不信任你的本質，那麼，任何疾病或微恙都會被詮釋爲對健康的一種猛攻。你的身體忠實反映你內在的心理實相。你們的情感天性意謂著在你們的一生當中你會體驗到的情感的完整範圍。你的主觀狀態是具有多樣性的。有時候悲傷或沮喪的思想提拱了一個令人清爽的步調改變，引你到一段安靜省思的時間，而且使身體安寧下來以便可以休息。

如果你曾過於無精打采，或曾陷入一個心理上或身體上的夾縫裏，恐懼——有時甚至那些看起來不合理的——可以用來喚起身體。如果你信任你的天性，你就能信任這種感受，而隨順它們自己的節奏與路線，它們就會變成其他的感受。理想的說，甚至疾病也是身體健康的一部分，代表了必要的調整，而也追隨這個人在任何特定時候之需要。（**停頓良久**）它們是在身體、精神與心靈之間互動之一部分。

我大多數的讀者都曾患過某種通常被認爲非常危險的疾病，而根本從來不知道，因爲身體正常而自然的治癒它自己。那個病沒有被貼上標籤，它沒有被承認爲一種病況。並沒有激起憂慮或恐懼，但那病卻來了又消失了。

每個人的有些部分是與他自己存在的源頭本身直接接觸的。每個人天生就知道在每一種情況裏都可以得到幫助，也知道資訊不一定只透過肉體感官而來。那麼，許多疾病之痊癒是透過了相當自然的方法，那不只涉及了身體的治癒，而且也運用了其他的事件——那些跟在幕後涉及的心理成分有極大關係的事件，而那些相互作用我們必須在「架構二」裏找。

此節結束。

（「**太棒了。**」）

謝謝你，祝你晚安。

（「也祝你晚安。」）

（十一點四十七分，快要結束的時候，珍爲賽斯的傳述變得更慢了。）

註一：賽斯是指最近有關「自私基因」之科學概念——一個珍和我今天曾談到的題目。有一些科學家——生物學家、動物學家及心理學家等等——近來出版了極被讚賞的一些書，他們聲稱，我們的基因只考慮它們自己的存活而操縱我們個人的行爲，甚至當我們自認爲正在展示像利他主義這種特性時。珍和我認爲這種自我中心的基因之行爲的想法是過於狹隘、簡單而「機械化」的——套句目前時興的科學名詞。對「自私的基因」之概念暗示了基因是有自己的**計劃**的——因而便非常危險的幾乎和幾個科學的基本教條矛盾：生命由機率升起，而它藉著隨意突變及物競天擇來延續它自己，以及基本上生命是沒有意義的。

像我偶然在寫註時所做的，我是藉由以簡單的人性化或個人化的用語來描寫一個多面的學科，而把科學簡化了。但現在看似當科學宣稱它瞭解了，好比說，一個DNA分子的運作時，科學隨後又聲稱它揭開了DNA的神祕，而把我們的機能減爲很容易被瞭解的機械性機能。但珍和我主張，瞭解了DNA神奇的作用，應該會**增加**我們對生命的神奇與神祕感。DNA的所有部分都已被曝露出來，但關於在它之內的生命這個問題仍然未曾得解。爲什麼科學要我們相信，我們是爲著我們「自私基因」的存活而被設計出來的生物？甚至那些堅持我們的機械性基礎的生物學家（及其他科學家）也帶著**情感**而這樣做！

第八二二節　一九七八年二月二十二日　星期三　晚上九點二十七分

現在：晚安。

（「賽斯晚安。」）

口授：以我們討論的用語，「架構二」是你們世界存在於其中的媒介，它代表了你們自己主觀生命所住之更大的心理實相。

世代以來，有許多人曾對那個架構略見一斑，而給了它許多名字。可是，如果你造訪一個國家，你往往會以你曾去過的小小地區來描寫整個國家，雖然其他部分也許在地理上、文化上與氣候上都相當的不同。

那麼，那些或多或少感知過「架構二」的人，按照他們自己短暫的造訪去描寫它，理所當然的認爲「『部分』是『全體』之具有代表性的樣品。」柏拉圖把它認爲是理想的世界，而在它內看到，在每個不完美的物理現象之後的完美模型。

他把那個領域想爲永恆不變的，一個完美卻冰凝的合成物，它在一方面固然的確會激勵人去獲致成就，而在另一方面，卻也責備他們的失敗，因爲他們的成就在對比之下必定好像很卑微。於是柏拉圖視「架構二」爲一個令人讚歎的絕對模型，人所有的成果都在其中有其最初的來源。按照這個觀念，人自己無法影響那個理想世界分毫。不過，他可以用它作爲一個靈感的泉源。

有些古老的宗教把神明的存在放在那兒，而認爲每個生物的「靈」存在於那個看不見的實相媒介裏。因而，「架構二」一直多少被視爲你們世界的一個來源。基督徒視它爲天堂，爲天父、祂的天使、聖人以及死去的虔誠信徒們所居之地。

一度，科學家們的理論認爲「以太」（註一）是物質宇宙存在的媒介。「架構二」是世界意識存在於其中的心理媒介。「自我」這個字頗爲遭人物議，而它在許多圈子裏，名聲都不好。可是，我把它用來表達「自己」通常有意識的取向部分，它是你對你是什麼之有意識的版本——一個精采的形容，如果不嫌我自誇的話（**好玩的**）。自我是被向外導向到物質世界的。不過，它對你們的一些「無意識活動」也有所覺察。舉例來說，它是你認之爲你的那個你，因此，它就與你一樣覺察到你的夢，而它也相當意識到那個事實，即它的存在是建立在它自己並沒擁有的知識上。

就如你有一個完全有意識的，被導向物質世界的「自我」，你也有一個導向內在實相的「內在自我」。換言之，你有一部分完全有意識的自己是在「架構二」裏。在你們普通世界——我們仍稱之爲「架構一」——裏的自我是特爲配備好去處理那個環境的，它以因與果及順序性時刻來操縱，它處理一個客觀化的實相。它可以延展它的能力，而變得比平常更覺察內在事件，但其主要目的是與「果的世界」打交道，去接觸事件。

內在自我是全然有意識的。不過，它是你的一個部分，負責處理事件的形成，而得意的沈浸在被你們特定的時空所具體排除的一個頗具韌性與創造性的活動裏。所謂的無意識，是——我以前說過——相當有意識的，卻是在另外的活動領域裏。可是，在「自己」這兩個部分之間必然有一個心理小室——這些彷佛未區分的地區，在其間發生往復的轉譯。當然，做夢時間提供了那種服務，因此，在夢裏這兩個自我能會面，而融合到某個範圍，就像在一輛夜車上可能碰頭的陌生人在交換意見，而在談了一會兒之後，驚奇的發現它們眞的是很近的親戚，它們二者都在這同樣的旅程上，雖然它們看似單獨在旅行。

（十點十四分。）以那種說法，這未區分的地帶實際上是充滿了活動的，在那兒做出了心理上的轉移與轉譯，直到在夢裏這兩個自我常常彼此融合起來——因而，你有時會帶著一種短暫的與高采烈的感覺醒來，或是帶著在夢中你遇到了一個你重視的老朋友的感覺醒來。

你們的世界住著一些人，他們專注於具體的活動，而與那些「成品式」——至少以一般的說法——的事件打交道。你們的內在自我則住在「架構二」裏，而與那些事件的實際創造打交道，那些事件隨後再被客觀化。既然「架構二」的「規則」是不同的，那個實相完全不被你們物理的假設所限制。因此，它包含了在地球上曾經活過或將來可能會活的每個人之內在自我。

我現在談到的，只是那個架構與你們世界有關的那一面——而非它與其他實相之間的關係。稍早在他自己的經驗裏，魯柏把那個架構描寫為那個英雄式的次元（在《心靈政治》裏）。他相當正確的看出，在這兩個架構——你通常在其中運作的那個「架構一」以及這另一個更總括性的實相——之間有一個偉大的交互作用。然而，他並沒透徹瞭解所涉及的創造性的分枝，因爲在那時他還沒想到，你們世界的主要工作，事實上是你在那個你存在的更廣的一面裏做好的。

具體的說，你們唾手可得某些累積的知識，那是經由歷來的口耳相傳，書的記錄及電視傳下來的客觀化的資訊。現在，你們用電腦來幫你們處理資訊，而你們對具體的知識或多或少都因此可以直接得到。你們藉由感官的運用而獲得它。知識被系統化了，在那兒，人們在某個特定的一門學問累積了事實，再以某種方法處理它。你自己的感官每時每刻都在帶給你資訊，而那個資訊，以某種說法，已經按照你自己的信念、欲望及意向被無形的處理過了。

舉例來說，你會忽視某種另外一個人會立即而緊抓住的「刺激」將它視爲「資訊」。那麼，即使在你們自己的世界裏，你的興趣與欲望也被用爲「篩檢出某些資訊」的組織過程。在「架構二」裏可得的資訊，以你們的說法，是無窮盡的。

(在十點二十八分停頓良久，許多次之一。) 它是你們世界的源頭，因此，它包含了不只是所有具體可得的知識，而是更多得多的。請等我們一會兒……在任何方面，我並不想把「內我」與一個電腦相比，因爲一個電腦並不具創造性，也不是活的。你當然認爲你所知的生命即唯一的「**生命**」。然而，以那種說法，它只是你只能稱之爲較大生命的顯現而已，你的生命是由那較大生命躍出的。這也並不是以貶抑的說法來比較你所知的實相與其他來源之存在，因爲你自己的世界包含了——如每個其他的世界一樣——一種獨特性與一種原創性，以那種說法，那是不存在於任何別處的——因爲沒有一個世界或存在是像任何其他一個的。

舉例而言，內我是覺察你轉世活動的你自己的那部分。它是你那存在於時間之外，卻又同時活在時間之內的部分。你形成你自己的實相。不過，你所覺察到的自我，顯然無法爲你形成你的身體或長你的骨頭。但它知道如何估量世界的狀況，它能演繹。你的推理能力是極爲重要的，但單靠它卻不能壓送出你的血液，或告訴你的眼睛如何看。

內我做那些帶來已決定的事件之實際工作。以非常簡單的說法，如果你想拿起一本書，而後這樣做了，你有意識的經驗到那件事，雖然你對把那個動作帶來所發生的所有內在事件相當的不察。而內我則指揮那些活動。

如果你想改變工作，而心懷那個欲望，一個新的工作就會以完全同樣的方式進入你的經驗，因爲內在事件會由內我來安排。一件身體上的事件涉及了許多肌肉關節等等的作用。就如涉及工作改變的一個事件也關係到許多人的動作，並且暗示了所有牽涉到的內我的一個溝通網。那麼，顯然的，一個具體的群體事件暗示了一種在比例上會把你們科技性溝通比下去的內在溝通系統。

你可以休息一下。

（十點四十七分到十一點二分。）

口授：那麼，再一次的，你可能不知不覺的染上一種病又恢復了，卻從來沒有覺察過你的毛病，而你被治癒是因爲一連串似乎與那病本身毫無關係的事件——因爲在「架構二」裏內我知道患病及其痊癒的理由，帶來會彌補那狀況的那些適切情境。當沒有事阻礙了復原的時候，這種事情就會自動的發生。

在內在與外在自我之間的溝通顯然應該盡可能的清晰而開放。一般而言，內我依靠你對具體事件的估量。你對你生活隱私面的關注以及你在群體事件中的參與，都與你對具體情況的估量以及你對它的信念與欲望極有關係。請等我們一會兒……舉一個非常簡單的例子：如果你想寫一封信，你就會去做。在你的欲望、信念及那個行爲的實行之間沒有衝突，因此那個行爲本身順暢的流出。如果爲了某個理由，經由一個對你現況差勁的估量，你相信這樣子的一件行爲是危險的，那麼你就會阻礙在欲望與實行之間的那個流。由內我開始的那個創造之流會被阻礙。

口授結束，請等我們一會兒……

（十一點十三分，在給珍和我們的一位朋友一些資料之後，賽斯在十一點四十二分結束此節。）

註一：珍令我頗爲驚訝：我知道她對「以太」（或發光的「以太」）的古老理論有一種興趣，然而那只是一般性的覺察，但我沒想到她對那個概念已經熟悉到能那麼簡潔的替賽斯說了出來。在我有的幾本書裏，那些作家寫到過「以太」，而珍也許讀過那些章節。我也許和她討論過那學說，但我不記得曾這樣做過。

「以太」的概念自從古希臘時代就有了，到了十九世紀的最後十年，隨著牛頓物理，「以太」被假定爲瀰漫整個空間的一種無色無臭無味之物質，它是光的電磁波及其他的輻射能，如熱的傳遞媒介——例如，就如地球本身作爲地震波傳導的媒介一樣。不過，在上一世紀的末期，一些非常巧妙的實驗卻無法證實「以太」的存在，而在一九〇五年隨著愛因斯坦相對論的發表，這理論終於永遠的被棄置了。

我認爲「以太」的概念是一個極佳的例子，表現出人如何一直在試圖把他對「架構二」天生的知識在物質實相裏做出假設或予以具象化。

第八二三節　一九七八年二月二十七日　星期一晚上九點四十三分

晚安。

（「賽斯晚安。」）

口授。（有許多停頓）然而，你透過它來詮釋你的經驗之主要迷思，告訴你，你所有的感知與知識必須透過肉體感官而來到。

這是那外在化的意識之迷思——人家告訴你這個意識只有在關係到客觀實相時才是開放的。它似乎「在另外一端」——以那種說法，那代表了你的出生——是封閉的。

那個迷思所說的意識的確可以*沒有源頭*，因爲那個迷思排除了一切，除了一個以肉體爲取向及以肉體爲機制的意識之外。那個意識不只在生前死後無法存在，並且很明顯的，它也無法獲得非由肉體感官得到的知識。就是這個迷思最爲阻礙了你的瞭解，而把你關在與你最密切相關的那些事件之更大本質之外。那個迷思也使得你自己與群體事件的關連有時顯得不可理解。

一般而言，有許多那些群體事件彷彿是沒道理的，只因爲意識複雜的內在通訊系統完全沒有被認識。

我大半是在對西方的聽衆說話，因而，在此我是爲了這個特定的理由來選用名詞，以便以一種能被瞭解的方式來解釋觀念。作爲一個適合我的目的之名詞，「內我」是很完美的。讓我再度強調「無意識」的確是有意識的——當我說它有意識，我是指它的推理並不是無理性的，它的方法並不是混亂的，而它的特性不但相等於那已知的自我的特性，還更加具有彈性及知識呢！

以正常的說法，「架構一」與「架構二」顯然代表了不只是不同類的實相，也代表了兩種不同類的意識。至少在目前爲了使這個討論盡可能的簡單起見，把這兩個架構或意識狀態想做被「未區分的區域」連在一起，而睡眠、做夢及某些出神狀態在那個區域裏活動。在那些未區分的區域，一種意識不斷被轉譯成另一種，而能量也彼此轉換。你經常的處理那些來到你私人生活裏的資訊，而那些資訊包括你們的新聞廣播及其他由全世界而來的新聞報導。

再說一次，內我可以通到數量大得多的知識。它不只覺察到它自己個人的地位——如你自己一樣——而且它也熟悉它的實相之群體事件。它密切的涉足於你自己個人經驗之創造。

我說內我會推理，但其推理並不受限於因與果之限制。內我在「架構二」的較廣範圍內之行動，解釋了許多在你們世界裏本來彷彿不合理的事件及看起來的巧合。在「架構二」之內的許多實相，無法適當的在「架構一」裏向你解釋爲事實，只因爲它們涉及了無法被轉譯爲如你所認爲的事實之心理厚度。反之，這些常常以藝術的象徵語言出現，而你們許多的夢都是一種轉譯，在其中，「架構二」的事件以象徵形式出現。

（在十點十四分停頓了一分鐘。）請等我們一會兒……在任何特定的一天，你個人生活的事件都符合它存在於其內的世界事件的較大模式。在任何一個特定的夜晚，你夢中生活的親密事件也存在於世界之夢的較大範疇裏——在其中，它們有它們的實相。

請等我們一會兒……如心理學通常描述的，以一種奇怪的方式，你們所見有的意識是像一個水果閃閃發亮的外皮——裏面卻沒有果肉；一個有著發亮表面而對陽光或雨水或溫度及其環境反應的意識；但雖然如此，卻是一個沒有果肉或果核的心理水果，卻在它的內心含著一個空洞。以那種說法，你只體驗到你一半的意識：與肉身調和的那部分。果樹有根，但你卻沒給這意識存在的根據。

容格（Jung）的集體無意識是想給你們的世界其心理上的根的一個企圖，但容格無法感知集體無意識本身存在於其中的那個清晰性、組織性及更深的範疇。「架構二」的實相與「架構一」世界裏的實相是以一個不同的方式組織的，而其推理的過程要快得多。在「架構一」裏推理過程大半是靠演繹來運作，而這個推理過程必須不斷把它們自己的結果與看似堅固的具體事件的經驗核對。內我的推理則涉及了那些經驗的創造性發明。它涉及的是在一個不同範疇裏的事件，因爲它密切的與可能性打交道。

(停頓良久。)你們每一個人以信念與意圖告訴內我,在無量的可能事件中你想遇上哪一個。在夢境,由兩個架構來的事件都被處理。夢境不只牽涉到存在於兩個實相架構之間的一種意識狀態,卻還牽涉到——以那種說法——一個連接的實相本身。在此,我想強調所有種類的植物與動物生命都「做夢」。這同樣適用於原子、分子及任何「粒子」的「心理活動」(註一)。

(十點四十分。)那麼,有所謂行爲的強度,在其中,任何生命或粒子的內在活動都被導向於那些物理力量,而參與了形成你們實相的合作性冒險。然而,當這種活動反過來被導入實相的內部本質時,會有一些變數。那麼,你們有一個內在的通訊系統,在其中,所有生物的細胞都彼此相關連。以那種說法,是有一種意識的連續體(continuum of consciousness)。

你可以休息一會兒。

(十點四十五分到十一點一分。)

要眞正瞭解你與你個人遇到的事件之關連以及它與其他人的關係,你必須先熟悉事件本身在其內形成的媒介。

舉例來說,「偶然」在你的生命裏扮演著什麼樣的角色?例如,如果你到得太晚而趕不上飛機——後來卻發現那架飛機墜毀了,算不算偶然?也許你的遲到是由於在最後一刻與一位朋友的「偶然邂逅」,或因爲機票放錯了地方,或因爲彷彿與你毫不相干的交通阻塞所引起。

你也許曾經成爲一齣天災的戲劇之一部分,或由於其他看似偶然發生的事而躲過了它。然而,那些你看起來像是偶然或巧合的事，實際上卻是活躍在「架構二」的心理實相裏令人驚異的組織與通訊的結果。再說一次，你形成你自己的實相——但，怎麼形成的呢？而一己的存在又如何的觸及彼此而形成了世界事件？那麼，在我們更進一步之前，我們必須先探索「架構二」的本質。

這將不是一個枯燥的、理性的探索，因爲這意圖本身就將開始在你的生活內觸發有關你自己親密沉浸在「架構二」的創造性裏的暗示與線索的浮現。

本章結束。

第四章

「架構二」的特性。一個對肉體取向的意識所居的媒介之創造性分析，以及事件之來源。

（十一點十三分。）下一章（四）：「『架構二』的特性」（停頓很久）「一個對肉體取向的意識所居的媒介之創造性分析，以及事件之來源。」

請等我們一會兒……在任何情況下，單單是物質元素的偶遇不會產生意識——或那些會使意識隨之成爲可能的條件。

如果你以爲你們的世界與所有它偉大的自然光輝，最初是透過「偶然」的贊助——透過一個幾乎不可能的意外——才來到的，那麼，無疑常常好像這樣的一個世界不可能有更偉大的意義。它的「活化起來」被視爲沒有在它自己之外的來源。那麼，被假設把生命帶到你們星球上的偉大「**偶遇**」迷思，以某種說法，就預設了單單由偶然而活起來的，一個個別意識。

幽默的是，這樣一個活生生的意識，居然能假設它自己是那些本身無生命卻不知怎地設法以這樣一種方式組合起來的非活性元素的最終產物，而竟令你們族類獲得了幻想、邏輯、廣大的組織力量、科技及文明。你們的迷思告訴你們說，大自然除了要存活下去之外沒有別的意圖。它對個別的個人漠不關心——只在乎個人是否有助於種族的延續。那麼，自然在它的運作裏就顯得與個人無關，然而它是無數的個人所組成，以致我們無法以其他方式來觀察它。

沒有那些特定的植物、動物、人民，甚或個別的細胞或病毒，大自然就沒有意義。那麼，你們的物質宇宙有一個非物質的源頭，而它仍偃臥在這源頭之中。以同樣方式，你們個別的意識也有一個源頭，而它也仍偃臥在這源頭之中。

（十一點三十五分。）請等我們一會兒……「架構二」代表賦予你們的世界其特性之實相的內在領域、存在的內在次元。那維持你活著、補給你們思想的能量與力量——還有照亮你們都市的能量——全都在「架構二」裏有其來源。當你打開電視機，那跳入實際用途的能量也就是容許你調準到日常生活經驗之相同能量。

此節結束。除非你有問題，口授也結束了。

（我停下來，累了：「我不知道要說什麼……」）

隨著這些課的進行，如果你倆把「架構二」記在心裏，以更多的自信去運用，而再次對那些一直在發生的「巧合」變得警覺的話，那就很好了。

祝你倆晚安。

（「非常謝謝你，賽斯晚安。」）

（十一點四十二分結束。）

註一：爲那些有興趣的人：當賽斯提到原子與分子的「心理活動」時，我直覺的強烈覺察到，他的聲明至少與兩個現代物理學原理有關。但我卻猶疑起來。我告訴珍：「我知道我的感覺是對的，但我如何以幾句話來解釋，讓人瞭解？」我也被我自己知識的不足所侷限。雖然，我特別感覺到賽斯的概念與量子力學的「測不準原理」及「互補原理」有關。

在一九二七年海森堡提出的「測不準原理」或「不定原理」，以及量子力學的一部分，替同時量度原子與基本粒子的運動與位置的可能準確性設下確定的限制；爲了這個註的目的，我心裏覺得更重要的是「測不準原理」主張在觀察者（及其儀器）與被量的物體或性質之間有一個相互作用。

「互補原理」（一九二八年爲波耳所提出）解決了彼此對立的實驗所顯出的矛盾，那些實驗顯示光如何能被視爲是由波或粒子組成。兩個實驗與結論都對，卻彼此排斥；獲得哪一個結果是看那個特定實驗的本質而定。

我懷疑在一九二〇年代的物理學家是否會關心原子、分子或粒子的心理活動，雖然當海森堡考慮由一束光射出的一個電子的自由行爲時，他已與賽斯的概念很接近了。愛因斯坦的研究則是根植於嚴格的因果律，他認爲「電子有自由意志」這種主張站不住腳，雖然早在一九〇五年，他的狹義相對論就已爲量子力學奠定了基石。

第八二四節　一九七八年三月一日　星期三　晚上九點四十分

（今晚晚餐後，珍和我有個有關進化的討論，但在談那個之前……）

晚安。

（「賽斯晚安。」）

口授：在談到宇宙的創造，以及公衆與私人事件兩者的創造之際，讓我們暫且想一想一種不同的迷思。

今晚在一個愜意的晚餐時間，我們的朋友魯柏與約瑟看了一個以灰姑娘童話故事爲藍本的電視節目。按照我先前所給的定義，這個童話故事是一個迷思。當然，看起來這樣的一個兒童故事好像和任何深奧的事，好比說像世界的創造這麼嚴肅的成人話題沒什麼關係。而確然無疑的，從這樣的一個來源，看起來好像不可能發現到有關事件本質的中肯科學資料。

當然，首先灰姑娘的故事有一個快樂的結局，而照許多教育家的說法，這是非常不切實際的（帶著諷刺），因爲它沒有適當的使兒童準備好面對人生不可避免的失望。神仙教母絕對是小說家想像出來的一件事，而許多嚴肅的、誠懇的成人會告訴你，做白日夢或許願是毫無用處的。

可是，在灰姑娘的故事裏，那個女主人翁雖然窮，地位又低，卻設法達到了一個圓滿而似乎不可能的目標。她想要參加一場華麗舞會而見到王子的願望，發動了一連串的神奇事件，沒有一樣遵循著邏輯的定律。那突然出現的神仙教母，利用日常生活中的普通物品，將南瓜變成了一輛馬車，並造成了其他同樣神奇的轉變。

這故事一直對兒童有吸引力，因爲他們認出在其後的合理性。那個神仙教母是「架構二」個人化了裏的成分之一個具創造性的人格化——因而，是「內我」的一個人格化，起來幫助肉身的自己而回應其願望，甚至當這肉身自己的意圖看來也許並不切合正常人生的實際架構時。當內我以這樣一種方式反應，甚至那平凡、普通、看來無害的環境就突然變得充滿了一種新的活力，而好像對所涉及的那個人「有利」了。如果你正在看這本書，你就已經老到不會清楚記得你幼年時經常不斷的幻想了。可是，兒童們自動的知道得十分清楚，他們在那些「對他們發生的」事件之創造上有很強烈的參與，而後那些事再彷彿對他們發生。

他們常常做實驗，而且是相當祕密的，因爲在同時，他們的長輩試圖叫孩子們順從一個既定的、爲他們大量生產出的堅固實相。

兒童實驗去創造喜悅的與嚇人的事件，以確定他們對自己經驗的控制。他們想像喜悅的或可怕的經驗。他們事實上最被他們自己的思想、情感與目的在日常事件上的效果所迷。這是一個自然的學習過程，如果他們能創造「妖怪」，那麼他們也能令它們消失。如果他們的思想能讓他們生病，那麼他們就沒有害怕疾病的眞正理由了，因爲那是他們自己的創造。可是，這個創造過程才剛萌芽就被掐掉了。到了你成人時，你看來似乎是一個在客觀宇宙裏的主觀存在，受別人的擺佈，而對你生命中的事件只有最表面的控制（註一）。

（十點二分。）灰姑娘的故事變成了一個幻想，一個妄想，甚或以佛洛伊德說法變成有關「性覺醒」的故事。你所面對的失望，的確使得這樣一個故事看似與人生眞相直接矛盾，然而，到某個程度，在你內的孩子卻記得某種只實現了一半的主宰感，記得某種他幾乎捉住而後又彷彿永遠失去了的力量感，以及一個存在的次元，在其中夢想眞正的實現了。當然，在你內的孩子還感受到更多：他感受他自己的全然在另一個架構裏的更大實相，他最近才由其中浮出——但他卻是與之密切相連的。那麼，他感覺自己被「架構二」的更大實相所包圍。

孩子知道「他是由別的地方來的」——不是由偶然而是由設計。孩子知道他最親密的思想、夢與姿勢與自然世界相連，就如草葉與田野相連一樣。這孩子知道他是一個獨特而全然原創性的事件或存在，他一方面是他自己的焦點，而在另一方面又屬於他自己的時間與季節。事實上，孩子們很少讓任何東西逃過他們的注意力，因此，再次的，他們不斷的實驗，爲的是發現不只是他們的思想、意圖與願望在別人身上的效果，並且也發現別人影響他們自己行爲的程度。到那個程度，他們是在以一種就成人行爲而言相當陌生的方法，直接與可能性打交道。

以某種方式，他們比大人更快的做演繹，而且常常是更眞實的，因爲他們沒有被一個結構式記憶的過去所制約。那麼他們主觀的經驗使他們相當直接的接觸到事件被形成的方法。

請你替魯柏開這罐啤酒。你要不要歇一下手？

（十點二十八分。「不要……」）

孩子瞭解象徵的重要性，而他們經常利用它們來保護自己——並非針對他們自己的實相，而是針對成人世界。他們經常的假裝，而他們很快的學會，在任何一個範圍裏，持續的假裝終會造成那想像活動的一個被他實際體驗的版本。他們也明瞭他們並沒擁有全部的自由，因爲某些假裝的情況，後來會以比想像的那個版本較不忠實的樣子發生。其他的則會彷彿幾乎完全被擋住，而根本沒具體化。

在孩子們熟悉傳統的罪與罰概念之前，他們發現藉希望帶來好的事件要比帶來不快樂的事更容易。孩子出生時就帶來由「架構二」提供給他的原動力與支持能量，而他直覺的知道那些對他的發展有利的願望比那些無益的較易「發生」。他天然的原動力自然引導他去發展他的身心，而當他按照那些內在衝動行動時，他覺察到一種保護效果與支持。孩子天生是誠實的，當他生了病時他直覺的知道其理由，而他十分明白是他自己帶來了那個病。

反之，父母與醫生則相信孩子是個受害者，不是爲了個人的理由生病，卻是因爲自然因素攻擊他而變得不適——或是外在的環境或是某些東西由內部跟他作對。他們也許告訴孩子：「你感冒了，因爲你把脚弄溼了。」或：「你從小明或小華那兒傳到了感冒。」他也許被告以他有一種病毒，因此他身體受到了侵犯，這看起來好像與他的意志相違。他學到這種信念是可被接受的，順著人家的意要比誠實容易些，尤其是當誠實常常涉及了他的父母可能對之皺眉的一種溝通，或涉及了相當不被接受的情感之表達。

（十點四十六分。） 舉例來說，媽媽勇敢的小大人，於是就能留在家裏，很有勇氣的忍受那個疾病，而他所有的行爲也受到寬待。小孩子也許知道，這場病是他的父母會認爲十分懦弱的情感之結果，不然的話，就是牽涉到父母根本不會瞭解的情感事實。漸漸的，小孩子變得比較容易接受父母對情況的評估。心理感受與身體實相之間的美好關係及精確的連繫，一點一滴的被侵蝕掉了。

我並不想過於簡化，在本書我們會從頭至尾的對這種行爲加上其他的詳細陳述。然而，一個隨著他班上很多同學得到了腮腺炎的孩子，知道他有加入這樣一個群體的生物學上的現象之私人理由，而通常成爲一場流行性感冒之「受害者」的成人，對這樣一個情況卻很少有意識的覺察到他自己的理由。他不瞭解所涉及的集體暗示，或他自己接受它們的理由。反之，他通常是被說服他的身體被一種病毒侵犯了，*不管他自己個人同意與否——不管他自己個人同意與否* **（最爲強調的）**。因此，他是一個受害者，而他的個人力量感也被侵蝕了。

當一個人從這樣的一個試煉中恢復，他通常把他的康復當做是他所服的藥之結果。或他也許會想他只是幸運罷了——但他並不讓他自己在這樣一件事裏有任何眞正的力量。痊癒*似乎發生在*他身上，就如那疾病*似乎發生在*他身上一樣。通常這病人無法看出是他帶來了他自己的康復，而且是對之負責的，因爲他無法承認，他自己的意向是要爲他自己的病負責的。於是，他無法由自己的經驗學習，而每一回合的病看起來會大半不可理解。

你可以休息一下。

(十一點。珍在出神狀態裏的步調比在最近的課裏快得相當多。不過，在十一點十分以較慢的速度繼續。)

口授：幾年前，在我們的課實際上開始之前 **(在一九六三年後半年)** ——就正在開始之前——魯柏有一個他在自己的書裏曾描寫過的經驗。那個事件結果成了一篇潦草的手稿——沒有出版——叫做「**物質實相是以概念建構而成的**」。他想對實相的本質有更多瞭解的欲望及熱烈的意圖，觸發了那個片段的自動書寫的稿件。在甘乃迪總統被暗殺的時候，他發現，身爲一個年輕成人他活在一個似乎沒有意義的世界裏。在同時，雖然他被他那一代的信念所制約——現在仍沾染你們這時代的那些信念——卻仍緊抓著自童年起一直沒有完全失去的支持性信念。

他的信念，聽起來不合邏輯，應用到日常生活上時又彷彿自相矛盾，這信念聲稱：個人能藉由本來就屬於他的天生能力，靠自己去感知實相的本質——那些能力本是人的傳承。換言之，魯柏感覺還有一丁點機會打開關起的知識之門，而他決定不放過那個機會。

這首先呈現在那現已發黃的手稿裏的結果，令他立即看出，他多少選擇了他生命中的事件，而每一個人是那些他私下體驗，或與他人共同遭遇的事件之創造者，而非受害者。

在那些眞是充滿了力量的幾個小時裏，他也知道了肉體感官並非就這樣感知堅固的現象，卻是實際上在事件的創造裏也參與了一手，而後，再把它看做是事實。

口授結束。

（十一點二十六分，仍在出神狀態的珍現在為我們傳過來幾段資料，在其中，有這個洞見，那是賽斯談到他對灰姑娘童話的討論時所說的：）

請原諒我的用語，但你倆都相信「神奇的力量」，不然這些課永遠不會開始，你們相信實相比感官所顯示出來的要多。也相信你們在一起可以完成先前所未有的成就——你們多少可以對世界的問題提供有意義而眞實的解決之道……

（在十一點三十四分結束。）

註一：第八〇六節的本文可以在第二章裏找到，但在那節中被刪除的部分裏，賽斯傳述了有關兒童的一些評論，與他今晚的資料很相符：「威力之點是在現在。不論何時，可能的話，就把一個難題的重要性儘量降低。忘記一個問題，它就會走開。當然，這是個癡愚的忠告，或看起來好像如此。但兒童們知道它的眞實性。如果你把心中的阻礙減到最低，它們就眞的變得最低了。如果你誇大心中的阻礙，實際上它們就會很快的膨脹成巨無霸。」

第八二五節 一九七八年三月六日 星期一 晚上九點三十一分

晚安。

(「賽斯晚安。」)

(帶著許多停頓：) 口授：如魯柏在上一節提到的經驗裏所感知的，物質宇宙是由概念建構而成的。(在十一點十分)

那個感知並不是被你們的科學所承認的那種公認的感官資料。魯柏並沒有經過推理而認識到世界的精神性來源。也沒有任何普通的身體感知能給他那情報。他的意識離開了身體——許多受過教育的人認爲不可能的一件事。魯柏的意識雖然仍維持著他自己的個人性，卻與他窗外的樹葉，與窗櫺裏的釘子融合在一起，而在同時向外與向內旅行，因此，就像一陣精神性的風，他的意識旅遊過其他心理上的街坊。

你們宇宙的根源是非物質的，而每一個事件不論多偉大或多渺小，都在「架構二」的環境裏誕生。那麼，你們的物質宇宙是由那內在架構升起的，並且繼續在這樣做。

那補給你們思想的力量也來自同一個源頭。以一種說法，如你們所瞭解的宇宙連帶它包括的所有事件，在其重要的過程裏「自動的」運作，就如你自己的身體一樣。你個人的欲望與意圖指揮你身體自發過程之活動——那就是說，因爲你的願望，你的身體在你的命令下走過地板，雖然所涉及的過程必須「靠它們自己」發生。

你的意向對你身體的健康影響很大。以同樣方式，在任何既定的時間，所有活著的人們共同的「指揮」宇宙的事件以某種方式運轉，雖然那過程必須靠它們自己發生，或自動的發生。不過，其他的族類在這裏面也插上一脚，而你們多多少少都指揮世界的「身體」之活動，就如同你們每一個指揮你們自己身體的行爲。

（九點五十分。） 請等我們一會兒……你們天生就有朝向生長的原動力——自動的被賦予了一個內在藍圖，會導向一個完成的成人形體。不只是那些細胞，還有那些組成它們的原子與分子，都含有積極的意向，去合作形成一個身體，去完成它們自己，那麼，它們就不只是預設了要存活下去，而且還預設了一種理想化，要導向最好的發展與成熟。

所有那些特性都在「架構二」裏有它們的來源，因爲在「架構二」裏的心理媒介會自然的傳導創造力。因此，它不只是一個中立的次元，卻在它自己內包含了一個自動的傾向，朝向本來就在它內的所有模式之完成。如詹姆士在魯柏的書裏說的：「宇宙的確具有善的意圖。」再次的，它是自動的傾向於「善」的事件之創造。我暫且把「善」這個字放在引號裏，因爲你們對善惡本質的誤解，那一點我們稍後會加以討論。

那麼，到那個程度，物質宇宙像每一個物質身體一樣都是「神奇」(magical) 的。我故意用這個名詞，因爲它推翻了你們成人推理的指令，而藉由這樣推翻你所認爲的理性的東西，我也許能在你內喚起一點點我所謂的更高理智。

推理本身只能處理對這已知世界所做的演繹。它無法接受那來自「他處」的知識，因爲這種資料不會符合理性的範疇，並且弄亂了他的因與果之運作模式。能推理的力量來自「架構二」。以這個討論的用語來說，你能推理是因爲那些使得推理本身成爲可能的「神奇」事件之結果。「神奇」這個字一直只被用來描寫理性所無法解答的事件——那存在於「理性感覺自在的架構」之外的事件。

你們的科學家們認爲他們自己相當理性化，但他們許多人當試圖描寫宇宙的開始時，如果他們承認單是理性無法提供任何眞正的洞見，至少還比較誠實。你們每一個人對所謂宇宙的誕生，就如你自己所認識的意識對你自己肉體的誕生一樣，具有同樣程度的熟悉，也有同樣或遠或近的距離，因爲一個嬰兒的覺察力與感受力的啓動所帶來的問題，眞的就和宇宙的誕生所涉及的那些問題一樣。

母親無法有意識的控制導向「出生」的身體上之過程。以最眞實的說法，出生神奇的發生，就如生命在地球上首度出現那樣的神奇。對大腦的科學分析不會告訴你運轉你思想的力量，也無法暗示腦的能力之來源。然而，在你們世界的存在本身，以及在涉及你的想像力、情感與信念和那些組成你經驗的私人與共享的事件之關係裏，「架構一」與「架構二」之間經常不斷的活動是明顯可見的。

你可以休息一下。

（十點十三分，休息來得早了一點，在珍進入出神狀態才四十二分鐘之後。她說：「在上課之前，我有點心不在焉，也許今天下午在寫《「未知的」實相》的序時，我累了。在過去幾天我由賽斯那兒得到爲今晚的課的一些書的資料，但我們今晚得到的卻並不符合它們中的任何部分……我又有了那種感覺，好像當我在出神時，時間應該過去得更多：我以爲現在應該晚得多了。有點像是，當資料很好的時候，我預期得花更多的時間去得到……但那個流就那麼中止了，因此休息的時間就到了。」)

(在十點二十五分繼續。)

我並無意以貶抑的說法來談理性，因爲它非常適合它自己的目的，那在你們的實相裏是很重要的。而以最深的說法，你們也眞的尚未發展你們的推理能力，因此，你們對理性的看法必然會產生一些扭曲。

我也並無意叫你們利用直覺與感受到犧牲理性的程度，反之，我在本書後面會建議其他的路子。不過，如你們現在所用的推理，主要在與實相打交道，藉著把它分門別類，形成區別，追隨因果「定律」——而其領域大半是在檢查已被感知的事件。換言之，推理處理在你們世界裏已是事實的已確定事件之堅固本質。

在另一方面，你們的直覺卻追隨著一種不同的組織，你們的想像力也一樣——牽涉到將事件帶到統一之中，那常常是不爲因果的限制所侷限的。那麼，以那種說法，「架構二」與聯想打交道，因此在它內，物質世界的可認知事件可以無數的方式放在一起，然後再按照你心理上形成的那些聯想所給它們的指示，出現在你的私人經驗裏。

那些好像發生的巧合、偶遇、未預期的事件——所有這些之所以來到你的經驗裏，都是因爲你以某種方式吸引了它們，即使它們的發生可能好像有不可克服的抗力。那些抗力——那些阻礙——在「架構二」裏並不存在。

（十點四十分。）到某個程度，你的直覺引介你一件事實，即你在宇宙裏有你自己的位置，而那宇宙本身是對你有好感的。那些直覺說出在那個宇宙的組織裏，你獨特而重要的角色。那些直覺知道宇宙偏向你這方。然而，你的推理力卻只能處理你肉體感知的結果——至少以你們社會所容許它的訓練而言。事實上，你不讓你的推理力獲得重要資料的結果，因爲你曾教它不信任心靈的能力。孩子們的童話故事則仍攜帶著一些那種古老的知識。

到目前爲止，我一直在分開的說「架構一」與「架構二」，而爲了你的方便與瞭解，我將繼續這麼做。當然，實際上這兩者是融合在一起的，因爲你「架構一」的存在是浸在「架構二」裏的。再次的，你的身體一直不斷在「架構一」裏得到補充，就因爲它同時存在於「架構二」裏。「架構二」一直在將它自己外在化，以「架構一」的形式出現在你的經驗裏。不過，你如此徹底的專注於外在的實相，以致常常忽略了你的肉體存在之十分明顯的更深來源。其結果是，你如此完全的運用區別與分類，以致於看不見聯想性的組織，雖然你經常在自己最親密的思想過程裏用到它們。

除非你有問題，此節結束。

（「你對珍幫我寫《「未知的」實相》卷二的序作何感想？」）

（強調的：）我認爲那是一個非常好的想法，我正在讓事件神奇的浮出，當它們在你們生活的表層下生長時——因爲魯柏喜歡驚喜。他現在在其他的層面非常活躍，並且正在善用我們的資料。祝你們晚安。

(「謝謝你，賽斯晚安。」)

(十一點五十六分。)

第八二六節 一九七八年三月八日 星期三 晚上九點三十五分

現在，晚安。

(「賽斯晚安。」)

口授：你們必須瞭解，「架構二」在一方面可說是物質宇宙的一個無形的版本，然而，在另一方面，它卻遠較那個爲多，因爲它在其內包含了物質宇宙的可能變奏——從那最廣大的尺度一直到任何實際一天之最微渺事件的可能版本。

以簡單的說法，你的身體在「架構二」裏有一個看不見的副本。不過，當你活著的時候，那個副本是與你自己的肉體組織連在一起的，以致說這兩者——可見與不可見的身體——是分開的可能會引起誤解。以同樣方式，你的思想在「架構二」裏有一個實相，而只爲了說一個有意義的比喩，思想可以說是物體的相等物；因爲在「架構二」裏，思想與情感比物體在物質實相裏要重要得多。

在「架構二」裏思想即刻形成模式。它們是在那個心理環境裏的自然元素，它們混合、融合並組合以形成——如果你願意這樣說——組成事件的心理細胞、原子與分子。以那種說法，你們感知或體驗到的物質事件，可以被比喻爲像是以物質的堅固性存在時空之中的「心理物件」。這種物質事件通常好像開始於時空的某處，而也同樣清楚的在那兒結束。

你可以看著一個物體，像是一張桌子，而見到它在空間裏的確定性。當然，到某個程度，你離心理實相太近而無法以同樣的方式感知它們，但通常的經驗卻好像有一個起點及一個終了。反之，你所經驗到的事件通常只牽涉到表面的感知。你觀察一張桌子的表面爲平滑而堅固的，雖然你明瞭它是由運動不已的原子與分子組合而成的。

以同樣的方式，你把一個生日宴會、一次汽車意外、一場橋牌賽或任何心理事件經驗爲心理上是堅固的，帶有一個凝聚在時空中平滑的可觸表面。不過，這種事件是由那些永遠不會顯現的、看不見的「粒子」與超光速的感知所組成。換言之，它們包含了由「架構二」流入「架構一」的心靈成分。

（停頓良久。）因此，任何事件都有一種看不見的厚度，一個多次元的基礎。你們的天空充滿了微風、氣流、雲彩、陽光、塵埃等等。蒼穹覆蓋在整個行星之上。「架構二」無形的蒼穹含有無數的模式，與雲彩一樣的變化——它們混合並融合起來以形成你們心理的氣候。思想有我們暫且名之爲電磁屬性的東西。以那種說法，你們的思想與別人的思想在「架構二」裏混合與配合，創造出那集體模式，它形成在世界事件背後的整體心理基礎。然而，再說一次，「架構二」並不是中立的，它自動的傾向於善或建設性的發展。它是一個生長的媒介，建設性的或「積極的」情感或思想比「消極的」要較容易被具體化，因爲它們與「架構二」的特性一致。

（十點五分。）設非如此，你們自己的種族不會存在得像它已經存在的這麼久。而文明的構成——藝術、商業、甚或科技——也不會可能。「架構二」結合了秩序與自發性，但它的秩序是屬於另外一種的。那秩序是一種圓形的、聯想性的、「自然有秩序」的過程，在其中，自發性自動存在於最能完成意識的潛能之整體秩序內。

在出生時，每一個人都自動配備了自然成長的能力，那種成長最能完全滿足他自己的能力——並沒有對其他人不利，卻是在一個整體的範圍裏，在其中，每一個個人的完成確定了每一個其他人的完成。

以那種說法，有一種與你密切相連的「理想的」心理模式。內我不斷的將你向那個方向移動。在一方面來說，那個模式並不僵化，卻有足夠的彈性來利用在變化的境況，就像一盆植物會轉向太陽，雖然你把它由一個房間搬到另一個房間，而同時陽光的方向也改變了。可是，內我並不像你一樣存在於時間裏，因此它依靠你對情況的評估，那是你的推理配備足以應付的。

顯然有各種尺寸、耐久性與重量的物體，有屬於個人的物品也有屬於公衆的物品。那麼，也有「碩大的心理物體」，例如範圍很大的群體事件，也許牽涉到整個的國家。也有各種不同程度的群體的自然事件，好比說，一大片地區的氾濫。這種事件涉及了所有當事者之心理上的「形狀」，因此，被這種事件所觸及的那些生命，其內在的個人模式多少有一個共同目的，那在同時也符合在一個自然的行星之基礎上的整體利益。爲了要持久，這行星本身必須被捲入於經常的改變與不穩定中。我知道這很難理解，但你所感知的每樣物體，草或石，甚至海浪或雲，任何物理現象，都有它自己不可見的意識、它自己的意向與情感色彩。每一個也被賦予了朝向生長與完成的模式——並非對自然的其餘部分不利，卻是其反面，因而，自然的每一個其他的成分也可以被成全（**全部帶著很重的強調**）。

在某些層面，這些人的意圖與自然的意圖可能會合在一起。我現在是以非常簡單的說法來說的。但那些捲入於一場洪水裏的人，好比說，希望過去被沖走，或希望被一陣有力的情感——正如災難常會帶來的——所淹沒。他們想重新感受自然的力量，而常常他們雖然遭到蹂躪，卻用這個經驗來開始一個新生活。

那些有其他意圖的人會找藉口離開這種地區。也許會有一次偶遇而造成了一次倉促的旅行。另一個人憑著預感，也許突然離開那個地區去找一個新工作，或決定去拜訪在另一州的一位朋友。那些他們的經驗不與大自然的經驗混合在一起的人，那樣說來，就不會是那群體事件的一部分了。他們會按照由「架構二」而來的資訊行動。那些留下來的人藉著選擇去參與其事，也是按照同樣的資訊行動。

（**停頓良久。**）當你進入時間與肉體生命的時候，你已經覺察到它的狀況。在生理與心理上自然都很容易在那個豐饒的環境裏成長，並且在所有的層面上，對你們族類的成就有所貢獻——但更甚於此者，還把你自己獨特的看法與經驗，加到那包括了你的更大的意識模式上。

你們正開始瞭解那些存在於你們物質環境裏的密切連繫。然而，心理上的連繫還更複雜得多，因此，每一個人的夢與思想與每個其他人的都交織在一起，形成了不斷改變的欲望與意向之模式。這些中有些浮出爲具體事件，而有些則否。

你可以休息一下。

（十點三十七分到十點五十五分。）

口授結束。

（雖然賽斯說他今晚已做完了《群體事件》的口述，但他現在所觸及的第一個主題——昨天早上我做的夢——無疑是與剛在休息之前他所做的聲明有關，就像這一個：「當你進入時間與肉體生命的時候，你已經覺察到它的狀況。」我認爲我的夢是那個哲學的一個極佳的例子；昨天我曾與珍討論過那個夢，而預備在今晚請賽斯對它加以評論，如果他沒自動這麼做的話。我並沒聲稱這個夢給了他今晚課的靈感，或它是預知性的，因爲我在夢裏「接收到了」他今晚的主題，而把這個夢環繞著它的一部分來建構，以便給我自己那份特定的資料。也許我應該問賽斯關於這種可能性，但當他在說話，而我在忙著做筆記時，我並沒注意到那些話的涵意。

以下是從我夢的筆記裏摘錄下來的，爲了讀者的方便，我加上了所有相關之人的年齡資料：

〔「夢，一九七八年三月七日星期二早上。」

（「非常生動並且如常的有顏色：我夢見我在我們艾默拉坡居的廚房裏，正準備走到後院去，而我的母親——她五年前去世，享年八十一歲——與我在一起。她在夢裏的年齡不定，我也一樣，而我相信她是在告訴我，在外面會碰到什麼事。可是，我也知道會遇見什麼。」

（「到了外面的草地，我看到他們：我已逝世的父親及他的母親。我父親七年前去世時也是八十一歲。我估計他享高齡的母親是在一九二六年去世的，那時我大約七歲［我現在幾乎五十九歲了］」。

（「一個很不尋常的夢。我的父親及他的母親正在等我。奇怪的事情是，祖母看起來比她的兒子——我父親——年輕得多。她年約三、四十歲，一位美麗的婦人，有著棕色直髮與懾人而充滿強烈磁性的藍綠色眼睛。

（「現在，我的祖母在草地上直挺挺的跪著，我也在她面前跪了下來，我們像老友般的互相問候，一邊互擁著一邊談話，並且活潑的互吻。我們眞高興見到彼此！我記得我父親的腿，他站在我們身邊。不過，他在整個夢裏都比較模糊，不像他的母親那麼實在和眞實。我也沒更清楚的看到我自己的母親——他的妻子。我們全都不斷在講話，但我不記得我們任何一個所說的話，除了我們的會面是一個愉快的場合之外。

（「我不記得曾做過任何這種夢，當它結束時——或褪出了我的感知之外——我醒過來而感覺到它代表了某些相當不尋常的事，珍在我身邊睡意朦朧的翻動，而我告訴她我有一個相當奇怪的夢。當我們在七點左右起床的時候，我詳細描述給她聽。」

(賽斯在休息過之後立刻說了以下有關那個夢的話：)

以你們的說法，你父親的母親已準備好再進入時間了。你的父親在把你指給她看，並且也讓她熟悉家裏面其他還活著、還在時間裏的人。許多人這樣做，在心理上對仍活著的親戚變得覺察，雖然在未來生活裏你們也許根本不會見面。

比如說，如果你所有的親戚都死了，你在人生裏可能覺得很寂寞。以同樣方式，在進入人生的時候，你常常爲自己確定過去的朋友或親戚已經先在那兒了。

(這個夢暗示了許多賽斯沒有談過的主題，而我將之留給讀者思考：轉世、年齡的改變，以及在夢中記憶與時間的不相干等等。我對祖母的確有幾件清晰而有意識的記憶；最後一次我看到她時，她正在生病，那是在五十二年之前，她死前的幾個月。但很奇怪的，我能有意識的接受我的祖母已逝世了不只半個世紀，卻較不能接受我自己的父母已各自死了七年與五年之久。

(賽斯在談這個夢之後又短短的交代了兩件其他的事，而後在十一點五分結束此節。)

第八二七節　一九七八年三月十三日　星期一　晚上九點五十九分

晚安。

(「賽斯晚安。」)

一篇雜文。遺傳在所謂個性的形成上扮演的角色比一般所假設的要少得多。就那方面來說，環境方面的影響也是一樣的。可是，你們文化上的信念使你們傾向以遺傳及環境來詮釋經驗，因此，你們的焦點主要集中在這些信念上面，以之作爲行爲的主要原因。這轉而造成了本來沒有必要的那麼具結構性的經驗。你們不曾專注在例外上——那些並不符合他們家庭的模式或環境的兒童們，因此當然也沒有人企圖去觀察那種「非公認」的行爲。

因此之故，在人類活動背後的大的「組織性模式」常常幾乎完全逃過了你們的注意。舉例來說，你經常讀到有些人非常受到虛構人物、過去的人物或完全陌生的人的影響，好像比他們受自己家庭的影響還多。這種情形被認爲是怪事。

人類人格對所有各種刺激遠比我們假設的要開放得多。如果認爲資訊只透過肉體的途徑而爲個人接收的話，那麼，當然，遺傳與環境必然被視爲是人類動機背後的原因。當你們明瞭人格能夠，而且的確對其他種類的資料有不只肉體上的通路之時，那麼，你必然會開始想，那些資訊在個性的形成與個人的成長上有什麼影響。孩子們在出生時的確已擁有個性，而他們生命的整個可能意圖在那時就已存在，這就如他們後來將擁有的成人身體之可能計劃也已存在一樣的確定。

意識形成基因，而非其反面，而將出生的嬰兒是個媒介體，意識透過它把新資料加進染色體的結構。孩子從生下來，對所有各種物質事件的覺察就多得超乎你們想像。但除那以外，孩子利用早年去探索——尤其是在夢境——適合他自己幻想與意圖的其他種資料，而他不斷接到完全與他的遺傳或環境無關的一連串資料。

舉例來說，在這些其他層面上，這孩子知道在差不多和他同時代出生的人。每一個人「個人的」人生計劃與他同時代的人多少相符。那些計劃彼此溝通了，而可能性即刻在「架構二」裏開始運轉。舉例來說，到某個程度，做了一些計算，因此某甲三十年後會在市場上遇到某乙——如果這符合雙方意圖的話。在每個人的一生裏，會有某些「基本接觸」，那被設定爲很強的可能性或個人將來會長成爲的計劃。

那麼，有一些事件的「身體」，那是你會以某種方式具體化的，這幾乎就像是你由胎兒的結構具體化出你自己的成人身體一樣。以那種說法，身體處理物質的東西，雖然這些東西有它們自己的意識與實相。

很明顯的，你的精神生活是處理心理上的事件，但在所謂的正常覺知之下，兒童朝著那些將組成他人生事件之「精神身體」生長。那麼，那些使得每個個人特殊化之獨特意向存在於「架構二」裏——而一旦出生，那些意圖立即開始影響「架構一」的物質世界。

很明顯的，每個兒童的出生改變了世界，因爲他建立了一個即刻的心理動力，而開始影響在「架構一」與「架構二」兩者裏的行動。

（十點二十六分。）舉例來說，一個兒童可能天生就有強烈的音樂才能。假設這孩子是個非凡的天才，在他還沒大到可以開始任何一種的訓練時，他在其他層面就會知道在他一生裏當代音樂會採取的可能方向。他在夢境裏會與其他「年輕的」剛萌芽的音樂家認識，雖然他們也是嬰兒。

再次的，可能性將被設定進入運轉狀態，以使每一個孩子的意圖都得以向外伸展。然而，有很大的彈性，而按照個人的目的，許多這種兒童也會與過去的音樂認識。到某個程度，這適用於每一種領域的努力，就如每一個人增益了世界的現況，並且就如每個人的意圖增益了其他人的意圖，其效果相乘，而造成了你們世界的成就（註一）。而成就的缺乏當然也產生出那些也是如此明顯的匱乏。

請等我們一會兒……有些讀者有兄弟或姊妹，或兩者皆有，其他人則是獨生子。你們對個人性的想法於你們有很大的妨礙。再說一次，意識的每個部分雖然是它自己，但或多或少也都包含了所有意識的潛力。因此，你們關於這個世界的私密性情報，其實遠不如你所想像的那麼私密，因爲在任何一個事件的經驗背後，你們每個人都擁有那事件的有關其他次元的情報，那是你通常沒知覺到的。

如果你被捲入任何一種群體事件，從一場音樂會到一次雪崩，你在其他的層面上也覺察到了導致那個特定事件的所有行動。如果說房子是由相當可見的磚所建造的，那麼，群體事件就是由許多微小而不可見的事情所形成的——不過，每一個都頗爲精確的砌合在一起，在一種你們每個人無形中都參與了一手的心理砌磚工程裏。這同樣適用於大規模的皈依以及天災。

口授結束——那是書的口授。

（十點四十三分，當他進行這一課的時候，我開始希望賽斯是在做這本書的口授；最後我決定要把它插入在書裏，即使他不是這個意思。

（當然，以下的不是口授，反之，卻是關於珍前天做的一個非常栩栩如生的夢，以及今晚賽斯對它的詮釋。我們把那個夢的資料在這兒講出來，因爲它包含了一般人會感興趣的成分，並且談到了有些讀者在他們給珍的信裏提到過的一些事。珍的夢令我有一點嫉妒［即使那是一個涉及了一些恐懼成分的夢］，因爲我從未有過任何類似的夢。她寫道：

（「夢，一九七八年三月十一日，星期六下午。

（「我睡了一個午覺，醒來時記得有這樣子的一個夢：首先，我在一個房間裏，向一群人問關於『會議』（the council）的事——我想知道是否有這一回事。立刻，有一道如門板寬的白光由地板直沖過天花板，在光上面或者裏面有一些符號。我立刻呼的一聲竄進那道光裏，以極大的速度上升穿出了房間。我變得有點害怕而想回來；我想我是怕會完全失去自主性。我不知道我看到了什麼。我立刻回到了房間，但卻忘了我是如何做到的。

（「後來我在像是一個卜卦算命的地方，告訴一個女人我的經驗。當我說我是賽斯資料的作者時，她變得不高興，說他們不接受它，但這並沒令我困擾。

（現在賽斯這樣說——：）

我知道魯柏是在找那個「會議（council）」。但事實上他是在尋找一種最高層的「忠告」（counsel），卻因同音而變成了「會議」——附帶說一句，這是個極好的名詞，代表對任何一個人所可能有的最切身並且最高層的忠告。

他在找一種更高的意識狀態，那代表了一種獨特卻又宇宙性的資料和啓示之源。這樣的一種泉源的確是對每個人都存在的，不管它是如何的被詮釋。在這種情形裏，白光是一個特有的象徵。他無法消化這資料而變得害怕起來，至少到某個程度，因爲所涉及經驗的龐大而被嚇著了，就好像是他爲了個人的理由而在追求的那古老卻又常新的知識是如此無所不包，以致於他自己的個人性沒辦法一邊處理它，同時一邊還能維持住他自己必要的關係架構（frame of reference）。一個相當自然的反應，只因通常他對這種經驗很不熟悉。

不過，他曾沐浴在那光裏，被它充滿，而恢復了精神，並且得到了新的理解，而那理解現在將以一種個案方式出現在他的經驗中，而被消化同化於他正常的關係架構裏。那麼，甚至在此也用到了轉譯，而接觸也重建了起來。

（賽斯又花了幾分鐘爲珍講了一些別的東西，然後在十一點十分道晚安。）

註一：賽斯談個人創造力的資料，令我想起他在一九七一年四月十二日第五八〇節裏被刪掉的一段個人資料，我這麼喜歡以下的摘錄，以致於我將之拷貝下來做參考——在我的情形，我是把它釘在畫室的牆上。這件小事是一個標準的例子，顯示出某些好東西如何會在繼續滋長的賽斯資料中被忽略了；即使我們這麼努力在做索引的工作，仍然非常難追蹤像這樣單單的一句話：

「如你所知，魯柏是極有創意的。而大多數藝術家所沒有瞭解的是，自己本身就是那第一個創造。他們不把自己當做是他們自己創造力的產品。因爲魯柏的能量及創造力，他總是完美，甚或有些誇張的反映「內我」的狀況、活動以及內在姿態。」

那麼，很明顯的，賽斯的觀察不止適用於從事藝術的人，並且也適用於每一個人。

第八二八節　一九七八年三月十五日　星期三　晚上九點五十三分

晚安。

（「賽斯晚安。」）

現在，以歷史性的角度來看，早期人類比你們現在與「架構二」有一個更有意識的關係。如魯柏在《心靈政治》裏所提到的，意識有許多層次，而如我在《心靈的本質》裏所提到的，早期人類以不同於你們所熟悉的其他方式運用他的意識。舉例來說，他常常把你們所謂想像的產品看做是多少已在物質世界裏客觀化了的感官資料。

想像力總是與創造力有關的，而當人類開始決定採用一種處理「因果」的意識時，他不再像以前一樣直接具體看到他想像力的產品。舉例來說，在那些早期時代，因爲他對他自己想像力的鮮艷特性有一個遠較直接的體驗，他知道疾病就與健康一樣，一開始都是想像的結果。在想像與實際的體驗之間的界線對你們而言已模糊了，而當然那些界線也被其他的信念以及由這些信念所產生的經驗所改變。

我在這兒是非常簡化的說，實際上要複雜多了——然而，舉例來說，早期人類開始覺察到沒有人會受傷，除非那個事件首先多少被想像了出來。因此就用上了想像的治療，而在其中就想像性的治癒了一個具體的疾病——而在那種時候，這些治癒眞的有效。

不管你們的歷史怎麼說，那些早期的男人與女人是相當健康的。他們齒牙強健，不過，以一種現在非常難懂的方式，他們透過對想像力有意的運用來應付物質世界。他們明白他們必然會死，但他們對「架構二」之更大覺察給了他們一個較大的身分感，因此，他們瞭解死亡不只有其自然的必要性，並且也是得到其他類經驗與發展的一個機會**（見第八〇三節的註一）**。

（在十點十分停頓良久。）他們敏銳的感受到他們與自然的關係，而以一種與你們截然不同的方式體驗到它。他們覺得自然是他們自己的情緒與氣質的較大表達，是個人事件的具體化，那些個人事件是太廣大了，而無法被包容在任何一個人或任何一群人的血肉裏。他們對念頭的去向感到好奇，而他們想像那些念頭以某一種方式變成了也在不斷改變的鳥、石頭、動物和樹木。

不過，他們也覺得他們是他們自己；而作爲人類，他們是自然之更大表達之具體化，那是太精采了而無法只被包容在自然的架構裏。他們覺得自然需要人類去給它另一種聲音。當人們說話時，他們是在爲自己說話，但因爲他們覺得如此是自然環境的一部分，以致於他們也在爲自然以及所有自然界的生物說話。

在你們的詮釋裏，有許多的誤解。在那個世界裏，人們知道自然是平衡的，動物與人兩者都必然會死。如果一個人被動物獵食，如有時會發生的，他的同伴不會捨不得讓他給那個動物吃掉——至少在最深層的說法是如此。而當他們自己殺了別的動物而吃牠的心時，舉例來說，他們不只是想獲得該動物「剛勇的心」或「無懼的心」，並且也是企圖去保有那些特質，因此，透過人類的經驗，每個動物多少會繼續活著。

在那個時代，人們保護自己、對抗風暴，然而，以同樣的方式，他們也不會捨不得把受難者交付給風暴，他們只不過改變他們意識的聯盟，把他們的身分從「在血肉之內的自己」變爲「在風暴之內的自己」。人與自然的意圖大半是相同的，並且也有這樣的瞭解。在那些古早的時候，人們並不像我們現在假設的那樣害怕自然力。

（十點二十五分。）早期人類所知的一些經驗現在對你們顯得相當陌生，但以某種方式，那經驗經由世代而傳了下來。再說一次，早期人類把他自己看做是他自己——一個個人。他覺得大自然爲他表達了他自己情感的龐大力量。他把自己向外投射到自然裏，到天界裏，而想像那兒有偉大的個人化了的形像，而那在後來變成了譬如說奧林帕斯的神祇。不過，他也覺察到在自然界最微小的部分裏的生命力，而在感官資料還沒有變得這麼標準化之前，他以自己的方式知覺到那些個別化了的意識，這些意識在很久之後變成了地水火風等元素，或小精靈。但整體來說，他是覺察到大自然的源頭的。

當他自己的意識不斷嶄新的進入存在時，他也充滿了好奇。他尚且無法以你們自己意識已達成的那種平順的連續性去罩住那個過程——因此當他想到一個念頭的時候，他就充滿了好奇：它從哪兒來的呢？於是他自己的意識永遠是一個歡愉之源，其多變之特質就像多變的天空一樣的引人注目，而且明顯。因此，你們自己意識之相對的平順性——至少以那種說法——是犧牲了某些其他經驗而獲致的，否則的話，那些經驗是可能的。如果你的意識像它以前一樣的喜好遊玩、好奇、並且富創造性的話，你就無法居住在你目前「有時間的世界」裏，因爲那樣的話，時間也是以非常不同的方式被體驗的。

也許對你而言，這很難瞭解，但你現在認知的事件也同樣是來自想像力之領域，這就好像早期人類把你們現在視爲幻覺或純粹想像的事件看做是眞的事一樣。

在你看來，很顯然——大自然的群體事件完全是在你的管轄之外的，除了當你經由科技而對它施以控制或是傷害它，你覺得你與自然無關。你承認天氣對你的情緒有影響，但大多數人認爲，在你與自然力之間不可能有任何更深的心靈或心理上的關連。

（十點四十分。）請等我們一會兒……可是，你們會用像「被情感淹沒」這樣的句子或其他非常直覺性的聲明，這顯示出你們自己對事件更深一層的認知，那是當你們光透過理性去檢查時視而不見的。人眞的是自己招來暴風雨的。他尋求它們，因爲在情感上他十分瞭解它們在他自己私人生活中所扮演的角色，以及它們在物理層面的必要性。透過大自然的顯現，尤其是透過它的力量，人感受到自然的源頭以及他自己的源頭，而知道那力量可以把他帶到情感上的了悟，那對他自己更大的心靈與精神的發展是有其必要的。

死亡並非一個結束，而是意識的一個轉換。大自然以其季節的更替不斷帶給你那個訊息。依照那樣的觀點，並且以那種瞭解，天災並沒有奪去人命：大自然與人一同在實相的更大架構裏演出它們必要的角色。

不過，你們對死亡以及自然的觀念強迫你們把人與自然視爲敵對者，而也安排了你們對這種事件的經驗，使得它們好像肯定了你們已經相信的事。如我先前（在第八二一節裏）提到過的，每一個被捲入於流行病或天災裏的人都有選擇那些境遇的個人理由。不過，這種情況也常涉及了一些事件，在其中，那個人感受到一種更大的認同感——有時甚至重生出一種目的感，那在平常是講不通的。

口授結束。

（十點五十一分，賽斯給了珍半頁的資料之後，在十點五十八分結束此節。）

第八二九節　一九七八年三月二十二日　星期三　晚上九點三十分

（星期一晚上賽斯給了珍一節非常短的私人課，在那節中賽斯說他「正在爲魯柏準備一些特別的資料，」但除了珍從那時開始體驗到絕佳的鬆弛效應之外，我們不知道還會涉及別的什麼。

（在珍的情形，當我說「鬆弛」的時候，我是指跟一般人想像的不同的東西。最近我才自《「未知的」實相》卷二附錄十九的註四裏摘錄了她的話，下面是其中一部分：

（「那是一種超級鬆弛，幾乎有些玄，並且是身心同時的。跟光是打哈欠完全不同，雖然也許我的確在打哈欠。它涉及了一種奇怪的向內掉落的感覺，一種慢慢的沈入我們通常知覺的實相之下的感覺……那麼，這樣的一種鬆弛幾乎是生物性洞見的一個延伸。」

（即使當她沈浸在最舒服的狀況裏，珍仍想上課。她說：「我想我知道他今晚的主題，但我不知是不是書的口授……」然後她拿下了眼鏡，進入出神狀態。）

晚安。

（「賽斯晚安。」）

現在：不管你們目前的想法如何，動物的確具有想像力。不過，人類有這麼高的天賦，以致於他大半透過運用想像力去指揮他的經驗，並且形成他的文明。

你們根本沒有清楚的瞭解這一點，但你們的社會組織、你們的政府——這些都是建立在想像出來的原則之上的。你最密切的經驗的基礎，以及在所有你們有組織的結構背後的架構，都建立在一個實相上，但那個實相卻不爲透過其支助而形成的那些制度所承認。

現在復活節快到了，一年一度對基督之復活與升天等所謂的歷史事實的慶典也快來了。世代以來，不知有多少人曾以種種方式紀念那件事。個人的生活、大衆的情緒與宗教的熱忱結合在一起了。曾有過數不清的鄉村慶典或親密的家庭聚會及教會儀式，在現已遺忘的復活節主日舉行。

也曾有血戰為同樣理由而起，還有私下的迫害，在其間，那些不同意其中某些宗教教條的人們在「為了他們靈魂的好處」的說法下，就這樣被殺了。

由於復活節的意義，曾有過靈性上的重生與更新——也有不神聖的屠殺。那麼，這無疑觸及了血與肉，而因此也改變了那些人的人生。

所有那些你們認為合理的宗教與政治的結構，都是由基督升天的「事件」所起，因為一個概念而存在。那個概念是一個想像力的壯舉，那然後躍上了歷史的景觀上，突顯出那個時代所有的事件，因此它們變得真是被神聖與超凡的光所照耀。

人能死而復生這個概念並不新，一個神明的「降」世，這概念也很古老。不過，那古老的宗教神話適合另一種不同的人們，而在過去曾流傳了幾個世紀，正如基督教影響到將來一樣長。可是，後來想像力與歷史性時間的奇妙融合變得愈來愈不搭調了，因此，只有儀式還留了下來，而舊的神明再也抓不住人的想像力了，所以基督教發生的時機成熟了。

（九點四十九分。）因為人並沒有瞭解想像世界的特性，他乃一直堅持把他的神話變成歷史事實，因為他只把事實的世界當做是真的世界。那麼，一個實際上有血有肉的人必須毫無疑問的證實，每一個其他的人類也會死而復活——當然，通過死亡而後復活，肉眼能見的升入天堂。每個男人的確會死而復生，而每個女人也一樣**（暗暗好笑的）**，只有這樣一種實事求是的族類才會堅持一個「神—人」身體的死亡做為「實證」。

（熱切的：）再說一次，基督並沒有被釘上十字架。歷史上所謂的基督是一個被心靈實相光照的人，祂徹悟到：任何一個人憑他本身的存在，就是「一切萬有」與人類之間的一個連繫。

基督在每一個人身上看到神性與人性的相會——而人類憑著他在神性內的存在能戰勝死亡。無一例外的，與基督教義相連的所有可怖之事，都來自「遵循法律之文字而非其精神」，或因堅持字面的解釋——而同時在其下的靈性的與想像的觀念則被忽略了。

再說一次，人透過想像力的運用來指揮其存在——一件使他有別於動物的偉蹟。將人們連在一起或分開的，就是概念的威力及想像力的力量。愛國心、家庭的忠誠、政治的聯盟——這些東西背後的概念，在你們的世界裏有最大的實際效用。透過自由想像你們的成長，你們像小孩一樣把自己投射到時間裏，你們獨特的想像過程即刻渲染了實質經驗及大自然本身。除非你相當一貫的——並且深入的——思想，否則想像力的重要性就常爲你所忽略，但它眞的形成了你所經驗的世界，以及你居住其間的群體世界。

舉例來說，進化學說是一個想像的構築，但好多代的人都曾透過它來看世界，不只是你們認爲自己不同，而且你們眞的體驗到一種不同的自己。你們的制度也隨之改變它們的面貌，因此，經驗與你們對它的信念相符。你以某種方式做事，你以一種以前不存在的方式看這整個宇宙，因此，想像力與信念隱隱然構築了你的主觀經驗和你的客觀環境。

（十點十分。） 舉例來說，在所有其他想像的構築裏，不論它們的利弊如何，人都覺得他自己是一個計劃之一部分。計劃者也許是上帝，或大自然本身，或在自然中的人或在人中的自然。也許有許多神或一位神，但宇宙必然有個意義，即使是「命運」的想法也會教人去反抗，而激勵他去行動。

（全都帶著很重的強調及諷刺：）不過，一個無意義的宇宙這個概念，本身就是個非常具創造性和想像力的行爲。舉例來說，動物就無法想像出這樣白癡的事，因此，那學說顯示出一個顯然井然有序的心智與理性之不可置信的成就，居然能想像他自己是「無秩序」或「混亂」之結果——人具有「繪製他自己大腦地圖」的能力，卻想像大腦之不可思議的、規律化的秩序可以由一個本身無意義的實相裏浮現出來，那麼，那理論眞的是說這有秩序的宇宙是魔術般的出現了——而進化論者多少必然相信一個「機率之神」或者是「偶然之神」，因爲否則的話，他們的理論就完全說不通了。

想像力的世界的確是你與你自己的源頭的接觸點，它的特性與你目前能接觸到的「架構二」裏的特性最爲接近。

你對歷史以及每日生活的體驗，在無形中都由只存在想像裏的那些概念所形成，然後再被投射到物質世界上。這適用於你個人對自己的信念，以及在想像裏你看自己的方式。你們又再度在猶太人與阿拉伯人與基督徒之間掀起了戰爭，因爲你們強調的是心靈性眞理字面上的詮釋。

在每一個人裏，想像的世界，挾其衝勁與力量滙集成歷史性的實相。在每個人裏，「一切萬有」之終極的、不可侵犯的、不可壓抑的力量被個人化了，而住在時間裏。人的想像力能帶他進入其他的領域裏——但當他試圖把那些眞理強行擠入一個太小的架構，他就扭曲了內在實相，以致於造成了歪扭的教條。

你可以休息一下。

（十點二十六分到十點四十分。）

基督教基本教義派最近的興起，是一個對進化理論的反彈，於是你們就有了一個「過度補償」，因爲在達爾文派的世界裏沒有意義，也沒有定律。沒有對或錯的標準，以致於大多數的人覺得虛浮無根。

基本教義派的人回到一種權威式的宗教，在其中，最微末的行爲也必然受到規範，他們讓情緒得到發洩，因而反叛了科學的理性主義。他們將再度以黑與白的方式來看世界，善與惡都以最簡單的方式被描繪了出來，藉以逃脫了一個滑溜溜的宇宙，因爲在那宇宙當中，人的感受似乎讓他完全站不住脚。

很不幸的，基本教義派的人對直覺性實相的詮釋拘泥於字面，以致於更進一步的把心靈能力流通的管道弄得更窄了。在這段時候，基本教派的架構雖然充滿了熱忱，但卻不豐富——並不像過去的基督教那樣有許許多多的聖人。反之，它是一種盲信的清教徒傾向，爲美國人所獨有。那是限制性而非擴張性的，因爲情緒的爆發是被非常嚴格架構起來的——那就是說，在生活大部分的範圍裏，情緒都受到限制，而只有在某種情況下，才容許一種爆炸性的宗教性表達，在那個時候，那些情緒並不是很自發的表達出來，卻像是由通常的壓抑之水壩突然釋出一樣。

想像力永遠尋求表達，它永遠是富創造性的。在社會架構底下，它提供了新鮮的激勵以及成就的新途徑；那兩者可以經由狂熱的信念而被利用。當這發生了的時候，你們的機構就變得更具壓制性，而結果就常出現了暴力。

如果你尋找上帝報復的徵兆，你隨時隨地都可以發現得到。一次雪崩或洪水或地震就不會被看做是大地自然創造力的自然行動，反倒成了上帝對罪惡的懲罰。

在進化論裏面，人的天性是無關道德的，而爲了倖存的緣故，什麼都可以不管。就大多數進化論者而言，根本就不可能有任何靈性上的倖存。基本教義派者則情願相信人類天生的罪惡本性，因爲至少他們的信念系統提供了一個他可以藉以得救的架構。然而，基督的訊息則是，每一個人天生性善，並且是神性個人化了的一部分——但人類卻從未嘗試過建立在那個前提上的文明。基督教的廣大社會結構反之是建立在人的「罪惡」本質上——那些組織與結構並不能讓人變好，或獲致基督十分清楚看到的人本已具足的善良。

（十一點一分。）當你隨時隨地都碰到相反的事時，要說人性本善幾乎像是褻瀆了神明，因爲人太常顯出好像一個天生殺手的動機。你被教導不要信賴自己存在的本來面目。如果你相信你天生低下，或是天生有汚點，你無法期待自己一貫的做出理性或利他的行動。

等我們一會兒……你們是大自然中已學會做抉擇的一部分，你們是自然界中會自然的、自動的製造夢和信念的一部分，你們隨即繞著它們來組織你的實相。有許多你們並不喜歡的效應，但你們擁有一種獨特的意識，在其間每個個人在「世界實相」的整體形成上都參與了一手，而你們都在一個存在層面裏參與其事，在其中，你們在學習如何把充滿可能性的想像領域轉換成明確化的、被具體體驗的世界。

以某種方式而言，你從一個無限、無窮盡、無法計數的概念裏選擇，再把這些雕塑成物質的碎片，以組成正常經驗。你以這樣一種方式來做這事，以致於那無時間性的事件在時間中被體驗，而因此它們混合在一起以符合你實相的次元。在這過程中，你們有一些成就，那與任何一種生物所能產生的成就一樣的寶貴。也有很大的失敗——但這是因爲想像力閃亮的內在知識爲你揭示了那些理想，相形之下，你的行爲才看似失敗。

那些理想在每個個人之內都存在，它們就是朝向成長與完成的自然傾向。

以上是口授。本章也到此結束——祝你有個美好的晚上。

(「非常謝謝你，賽斯晚安。」)

(十一點十六分。我認爲賽斯自休息後所說的精采內容，大半都與他在八二五節裏的一些資料有關，包括這一句話：「因爲你們對善惡本質的誤解，所以我暫且把『善』這個字放在引號裏，但我們稍後還會對那點加以討論。」)

第五章

經驗的機制。

第八三〇節　一九七八年三月二十七日　星期一　晚上九點十五分

晚安。

(「**賽斯晚安。**」)

我們開始口授，新的一章（五）：「經驗的機制。」

那麼，你們的世界及其中的每樣東西首先存在於想像裏。你被教導把所有注意力集中在具體事件上，因此，它們對你而言就代表了可靠的實相。思想、情感或信念顯得是次要的、主觀的——或者可以說不太眞實——而它們彷彿只是對具體資料昇起的反應而已。

舉例來說，你通常認爲你對一件事的感受主要只是對那件事的反應。你很少會想到那感受本身可能才是主要的，而那個特定事件卻可說是對你情緒的一個反應，而非其反面。最重要的是你的焦點，它大半要爲你對任何一件事的詮釋負責。

那麼，讓我們來做一個練習，想像一下，你思想、情感、心像及幻想的主觀世界代表了「岩床實相」，從那兒個人的具體事件露了出來。可以說換個方式，由內而外看這個世界。想像你具體的經驗是你自己主觀實相之具體化。忘掉你所學過有關反應與刺激的事。暫且忽略你所相信的每件事，而把你的思想看做是眞實事件。試著把正常的具體事件看做是你自己情感與信念在時空中堅實的具體反應。因爲的確是你的主觀世界引起了你的具體經驗。

在給這章命題的時候，我用了「機制」這個字，因爲機制暗示了平順的科技性運作。雖然世界並非一架機器——它的內在運作是任何科技都永遠無法模擬的——這涉及了一種自然的機制，在其中，所有意識之內在次元浮現出來以形成一個具體化的、前後一致的物質存在。

再說一次，你對「身分」的詮釋教你以這樣一種方式去集中知覺，使得你無法追隨把你與大自然的所有部分連在一起的那些「意識束」。以一種說法，這世界是像生長在時空中的一株多重次元的奇特植物，每一個思想、夢、想像的邂逅、希望或恐懼自然的生長綻放——一棵具有不可思議的變化之植物，沒有一瞬是相同的，在其中，每個最小的根、莖、葉或花都有一個角色去演，而且是與整體相連的。

甚至那些在知性上同意你們形成自己實相的人，情感上也會覺得在某些地方難以接受這事實。當然，你們眞是被催眠到相信你們的感受是由於事件而來的反應，可是，眞象是你的感受引起了你知覺到的事件。隨後，你當然再對那些事件反應。

（九點四十五分。）你被教以你的感受必須與明確事件連在一起。舉例來說，你感到悲傷，也許是因爲一個親戚死了，或因爲你失業了，或因爲你被你的情人峻拒，或爲任何一個其他可被接受的理由。你被告以你的情感是對正在發生或已發生事件的反應。當然，你的感受常常「在事先發生」，因爲那些感受其實是最初的實相，而事件由之流出。

一個親戚也許準備好要死了，雖然沒有顯出外在的徵兆。那個親人的感受很可能是錯綜複雜的，包含了釋然及悲傷，而後這感受也許被你知覺到——但主要的事件是主觀性的。

在你們的時代裏，要了悟到你事實上眞的形成了你的經驗和世界，多少有點像一個心理上的巧技，只因證據的法碼看似極偏重於相反的一端，但這只是由於你們的知覺習慣。那種了悟很像是有些人在夢境中所發現的一樣，當他們仍在夢中卻突然「清醒」時，首先覺悟到他們是在做夢，而其次覺悟到是他們自己創造了所經驗的戲劇。

若要瞭解你創造你自己的實相，就需要在正常的醒時狀態中有那種同樣的「清醒」——至少對許多人而言是如此。當然，有些人比其他人更抓到了這種竅門。就你們而言這個了悟本身的確眞的改變了「遊戲規則」到一個相當大的地步。爲什麼我在這裏，而非在先前的書裏提到這一點是有其理由的。的確，我們的書跟隨著自己的節奏，而這本書，以某種方式而言，是對《個人實相的本質》更進一步的詳盡陳述。（註一）

只要你相信好事與壞事，都是由一位人格化的神按照你的行爲而施的賞或罰，或者在另一方面，如果你相信事件大半是個偶發性達爾文世界之糾結大網裏的無意義、混亂、主觀的結，那麼你就無法有意識的瞭解自己的創造力，而你也無法扮演，作爲一個個人或作爲一個族類，你在宇宙裏的角色。反之，你會住在一個世界裏，在那兒，事件發生在你身上，在那兒，你必須向某種神明獻祭，或視自己爲一個不在意你的大自然之「受害者」。

一方面你仍要保持你所瞭解的具體事件之完整性，同時你們每個人必須多少改變注意力的焦點，以開始知覺，在任何時間你的主觀實相與你知覺的那些事件之間的關連。你是那些事件的始作俑者。

這個認識的確涉及了你自己意識的一種新演出，一個精神上與想像上的躍進，那使你開始可以控制、指揮你一直在做卻未有意識覺察的成就。

如我先前提及的（在第八二八節裏），早先人類對主觀與客觀實相是有這樣一個認識的。可是，作爲一個族類，你們發展了一個可謂是第二天性的東西——一個科技世界，那也是你們現在生存其中的世界，而複雜的社會浮現出來。要發展那一類的結構必須要區分主觀與客觀。可是，非常重要的是，你們要瞭解你們的地位，而成就意識的操縱，那會讓你對你的行動和你的經驗負起眞正有意識的責任。

你可以從你正常的醒時狀態「清醒過來」，而那就是意識要自然追隨的下一步——那是你的生理構造已經讓你準備好去走的一步。的確，每個人不時眞的能獲得那個認識。它也帶來了勝利與挑戰。在人生那些你覺得滿足的領域，你應該歸功於自己，而在那些你不滿意的區域，提醒你自己你是涉足於一學習的過程裏;你已勇敢到可以去接受你行動的責任了。

不過，讓我們對你的個人世界造成你的日常經驗的方式，以及它又如何與別人的經驗會合起來的方式看得更清楚一些。

你可以休息一下。

(十點二十五分。賽斯在十點三十七分回來，給珍和我一大堆的個人資料，而後在十一點六分結束此節。

(他剛剛說的那些，關於接受自己行動的責任，提醒了我們，伴隨著我們在自己肉身生活裏選擇的角色所帶來的個人挑戰，珍和我試著把賽斯在一九七七年六月二十五日的私人課裏說的這些話記住:

(「因爲你們個人及共同的直覺性瞭解與知性的判別力，使你們很早就能清楚的知覺人類的困難。這鼓舞你們去質疑你們文明的整個架構。你們能做到很少有人做到的:在直覺上及精神上躍過你們自己的時代——在知性上與精神上，並且有時在情感上拋開同時代人短視的、不幸的宗教、科學與社會性的信念。」

(「不過，社會上那些舊的信念在情感上還能抓住人，而有些有用的信念也被過分利用，而繼續得太久了。因爲你們能如此清楚看到你們時代的失敗處，而同時會將它們誇大，或將注意力集中在上面，以致於你們在情感上沒有安全感。而你們的反應是建立起自衛……」)

註一：珍和我也曾認爲《群體事件》是賽斯第二本書《個人實相》的延伸。對我們而言好像不可置信，時間過得這麼快，賽斯製作《個人實相》到《群體事件》之間竟隔了五本書——而距今有五、六年了；他在一九七二到七三年間口授那本書。

第八三一節　一九七九年一月十五日　星期一　晚上九點二十二分

（去年秋天，玫瑰似乎流連了許久，在一九七八年九月二十八日，當我由攀附在我們坡居東北角廚房窗邊的棚架剪下幾朵玫瑰時，珍寫了這首小詩：

塵世的玫瑰
包含了
永恆的種子
整個宇宙

（以及你我）
都含攝其中

（珍的詩也可用來作爲一個象徵，以顯示她已有四十二週沒有爲《群體實相》上課了。的確，一九七八年的秋與冬都已過去，而我們已進入下一年了。不過，我們在這九個半月裏也完成了許多事，包括舉行了五十六節非寫書的課。不論是否是私人課，那些課當然已比珍給《群體實相》的二十二節課數目多了不止一倍。有關我們對在這本書的製作期間好幾次長時間中斷的感覺，可參見我在第八一五節開始的註——尤其是那些關於同時性時間以及我的聲明：「我們並不準備問賽斯這本書何時會完成。」

（在這段期間我們完成了《一個美國哲學家的死後日誌》《超靈七號更進一步的教育》《心靈的本質》。

（且說，在一九七八年十月又發生了一件對珍和我都極爲重要的事：蘇·華京斯寫了一本書講珍從一九六七年秋天到一九七五年二月開辦了七年半的ＥＳＰ班，這本書將命名爲《與賽斯對話》。這是一件珍自己從來沒有想到會去做，卻希望被辦到的事——而蘇身爲班上一員，自己又有心靈的稟賦，而且有從事報業工作和作記者的背景，所以對於做這件工作是再理想也不過了。

（那麼，自從去年三月，我們一直每週兩次的上私人的或非寫書的課：它們有規律的製作，變成了在我剛才提到的，所有其他常常令人暈頭轉向的活動背後，一個穩定而令人心安的創造之流。那五十六節課是太多了而令人無法給它一個有意義的摘錄，甚至也難短短的予以摘要。不過，當我在寫這些時，珍的確曾爲我提示了一下，而以下是她研究之後寫的東西的一個略爲删節的版本：

（「現在回顧那九個半月的課，很明顯可以看出賽斯想做什麼，在一開始，在開始《群體事件》之後不久，他在私人課裏給了我們『架構一』與『架構二』的資料。但即使賽斯也在一打左右的寫書的課裏討論過那些心靈的架構，最後他仍然用這麼長一段的休息時間來『再教育』我們，以『架構一』和『架構二』的觀點來看看我們自己先前的信念，以及整個世界的信念。

（「以一種很重要的方式，那些私人課與他《群體事件》的資料平行……那些資料的確令我們以十分不同的眼光，來看這個世界及當前發生的事件。例如，有好幾次，我們問到關於本地的一些致命的意外，而奇怪不知這事件是如何契入『架構一與二』的活動的。這些課中有一些完全是在談我們的私人信念，但通常賽斯把這種信念放在更大的範疇裏。在悲慘的圭亞那瓊斯鎮事件發生了四天後，他開始談論那涉及了一九七八年十一月十八日在那南美小鎮裏九百多人自殺或被謀殺的事。

（「自那以後，我們常常希望賽斯會在這本書中談談整個圭亞那瓊斯鎮事件，他不可能不知道我們的願望！因此，穿插在所有那些私人資料裏有些極佳——並且活潑的——討論，那是有關當時世界裏正發生的事件，以及關於創造性與『架構二』之間的關連性之論述，此外，他還談到像精神異常的行爲及早期文明等林林總總的題目。就好像是賽斯在試圖幫助我們一勞永逸的打破舊的聯想。無疑的，他已盡了力，若有任何做不到的地方，那就是我們自己的問題了。

（「我們像任何人一樣有傷腦筋的事。賽斯『從未答應我們一座玫瑰花園』，而當我們遭逢人生日常的喜悅、冒險及不幸時，我們也有生活中的高潮與低潮。在這一大堆的課裏，賽斯談到幾項我們個人的問題：羅偶爾會有些微恙，或被各種不嚴重卻討厭的症狀所擾；以及我自己長期關節嚴重僵硬的問題。如果賽斯沒給我們一座玫瑰花園，那他的確曾試圖告訴我們野草從何而來！這些個人資料的確給我們的種種挑戰一個廣大得多的觀點，而使我們在克服它們上有一些進步。像任何人一樣，我們必須靠自己來學習利用賽斯的資料。問題是，通常我們是這麼忙著取得資料，並且準備它以便出版，以致於我們沒有時間像讀者那樣眞的下功夫研究它，賽斯試圖在那些私人課裏爲此做些補償，藉由空出時間來幫助我們把這資料做更大的個人性利用。」）

晚安

（「賽斯晚安。」）

口授。這是繼續已開始的那章「經驗的機制」。

有組織的宗教犯過許多重大錯誤，但世代以來，基督教提供了一個被大部分當時的世界所接受的架構，在其中，經驗可以有非常明確的「規則」來評判——經驗雖然被仔細審視、修飾，但卻也容許一些豐富的表達，只要它仍停留在宗教教條所限定的範圍內。

如果一個人是個罪人，仍然有贖罪之道，而當然，靈魂之不朽性也大多不被質疑。幾乎所有各種的社交及宗教經驗都有固定的規則可循，而所有的人都接受爲出生死亡以及其間的重要階段所設定的儀式。教會即權威，而個人終其一生幾乎自動的把個人經驗結構成符合被接受的規範。

在那些界限內某種經驗興旺起來，而當然其他的則否。在你們現在的社會裏沒有這種整體的權威。個人必須在槍林彈雨般形形色色的價值系統中走他自己的路，並且做決定，那是一個在子承父業，或交易婚姻的時代過活的人根本想像不到的。

因而，你們現在的經驗與中世紀的先人十分不同，而你們已無法領會你們現在主觀態度、社交種類及特質與過去的不同。基督教雖然有那許多的錯誤，但它最好的地方是告知了每個人人生的終極意義。在那時人生之有意義是絕無疑問的，不論你同不同意那指定給它的特定意義。

（九點三十五分。）人們的夢在那個時代也是不同的，它充滿了多得多的形而上的形象，且更常有聖人及魔鬼活躍其間——但整體上有一種信仰架構存在，而所有的經驗都以那個觀點被加以評判。這麼說來，你們有多得多的決定要做，而在一個具有彼此矛盾信念——透過報紙及電視被帶到你們的客廳裏——的世界裏，你們必須試著去找到自己人生的意義，或生命本身的意義。

（停頓。）你們可以以實驗的想法來想事情。你們可以嘗試這個或那個。你們可以從一種宗教跑到另一種宗教，或從宗教跑到科學，或其反面。在某一方面來說，這的確是中世紀時代大多數的人不可能做到的。光是通訊方法的改進就使你們隨時隨地被形形色色的學說、文化、狂熱教派及學派所包圍。在某些重要的方面來說，這意謂著經驗的機制實際上變得更明顯，因爲它們不再隱藏在一個信仰系統之下了。

（**九點四十三分。**）等我們一會兒……你們的主觀選擇性要大得多了，但因此，把那些主觀經驗放進有意義的詮釋也就更必要了。如果你相信你形成自己的實相，那你即刻的就面對了一整群的新問題。如果個人與集體的，你們確實構築了自己的經驗，那麼爲什麼有那麼多經驗看來好像都是負面的呢？你創造你自己的實相，還是它是替你創造好了的？這是一個無緣無故肇生的宇宙，還是不是？

（**停頓。**）那麼，在中古時代有組織的宗教，或有組織的基督教，提出了一道信念的濾網，而個人*透過*它來看自己。自己那個無法透過濾網看到的部分對這個人而言幾乎是隱形的。所有的困難都是上帝送過來的懲罰或警告。經驗的機制隱藏在濾網後面。

現在：達爾文與佛洛伊德的信念，合起來形成了一個不同的濾網。只有當經驗濾過了那個濾網才被接受並且被看到。如果基督教把人看做是被原罪所摧折，那麼達爾文和佛洛伊德則把人看做是一個有瑕疵族類的一部分，在其中，個人的生命不穩定的存在著，隨時聽命於族類的需要，而以苟活爲主要目標——*可是卻是一個沒有意義的苟活*。心靈的偉大被忽略了，個人與大自然的歸屬感也被侵蝕了，因爲彷彿是人類需要犧牲大自然才能苟活。一個人最偉大的夢或是最深的恐懼都變成是腺體分泌不平衡，或是童年創傷所致的精神病的結果。

然而，就在這些信念當中，每個個人都在尋求一個架構，在其中他的生命具有意義；他尋求一個可激發人去行動的目的；尋求一場戲劇，在其中個人的行動會有重要性。

人生有知性上的價值和感性上的價值，而有時有一種情感性的需要，那是必須被滿足的，不論知性上的判斷如何。教會提供了一場宇宙的戲劇，在其中就連罪人的生命也有價值，縱使只是爲了顯示上帝的慈悲。可是，在你們社會裏，貧乏無生氣的心靈環境常常導致的反叛：人們採取行動來把意義及戲劇帶入他們的生命，即使在理性上他們拒絕去瞭解其背後的緣由。

休息一下。

（九點五十九分，對於賽斯回到寫書上，珍並不太驚訝，因爲在課前她已經想到賽斯會這麼做了。然而，她還是「相當緊張，雖然這樣好像很愚蠢，但我仍覺不知在停了這麼久之後我做不做得到。不過，這些東西完全不像我以爲我會得到的……」我們覺得難以置信，上一次寫書的課已是九個多月以前的事了。）

（在十點七分繼續。）

對大多數人而言，當上帝走出窗外之後，命運就取代了祂的位置（停頓良久），而意志力也變得受到侵蝕了。

既然一個人的特性、潛能及缺陷泰半被看做是他無法掌握的機率、遺傳及無意識機制的結果，那麼他既不能爲個人成就感到驕傲，也不能因爲失敗而被責難。比喻性的說，魔鬼走入了地下，因比魔鬼許多惡作劇的特質及邪惡的特性都被派給了無意識。人被視爲自我分裂且與自己作對的東西——一個有意識的傀儡，很不安穩的歇在無意識的獸性上。他相信他自己是被遺傳及早期環境定好了程式，以致於好像他永遠必然對自己的眞實動機無所知覺。

他不止被設定與自己爲敵，而且他還把自己視爲是一個不關心人的機械宇宙之一部分，那是個缺乏目的、意圖，不在乎個人而只在乎族類的宇宙。那眞的是個奇怪的世界。

（**停頓。**）就許多方面而言，它是一個新世界，因它是第一個世界，在其中很大比例的人類相信他們是孤立於大自然與上帝之外，並且崇高偉大不再被承認爲靈魂的一種特性。的確，對許多人而言，靈魂這概念本身變成不時髦，令人困窘，並且過時了。我在這裏把靈魂與心靈兩個字當做同義字。心靈在尋求表達其活力、其目的與盎然生機時，它愈來愈浮現而出。它尋找新的架構，以便在其中表達終於溢出貧瘠信念之邊緣的一個主觀實相。

當然，心靈透過行動來表達它自己，但在它背後它帶著生命自其湧出的推動力，而它尋求「個人」的完成——並且它自動企圖產生豐饒而有創造力的社會風氣或文明。它把欲望向外投射到物質世界上，想要透過私人經驗及社會接觸來實現它的潛力，並且以這樣一種方式使得別人的潛力也受到了鼓舞。它尋求賦予它的夢以血肉，而當這些在社交生活裏找不到回應的時候，它仍會以一種它自己「私人宗教」的方式來做個人的表達。

等我們一會兒……基本上，人透過宗教而企圖看見他生命的意義，它是一個建立在深層心靈知識上的結構。不論它被冠以何名，它代表了天人與宇宙之間的關連。

口授結束。現在還有一些話要講。

（十點二十七分。賽斯爲珍傳過來半頁資料——那即此節刪去的個人資料——然後在十點三十四分結束此節。「我對自己這麼沒把握，一定講得糟透了。」珍一離開出神狀態就說，「我眞高興賽斯又回到書上來了，我一直自忖『講得好不好？講得好不好？』我知道它是很好的，但因爲那段空檔使我又有那種空虛的感覺……」）

第八三二節　一九七九年一月二十九日　星期一　晚上九點十一分

（自從珍兩週前上了第八三一節之後，她和我一直在忙著出版的事宜，到二十四日才忙完。然後第二天，珍在一陣典型的靈感爆發中，開始寫她第三本「七號」的書：《超靈七號與時間博物館》。

（今晚的課與最近那些差不多長——包括休息在內約一個半小時——但賽斯只把前面短短的一部分給了這本書。）

晚安。

（「賽斯晚安。」）

在你們的社會裏，一般都認爲，如果一個人想要具有生產價值、快樂或滿足的話，他就必須有一份正當的職業、一個家庭或其他的親密關係，良好的健康以及一種歸屬感。

更好的社會計劃、更多的就業機會，保健計劃或都市方案常常被認爲是能帶給「群衆」滿足的方法。鮮少有人談到個人感覺其生命有目的及意義的天生需要，很少有人說到個人對戲劇的天生需要，那是一種內在的心靈戲劇，在其中，一個人可以感到一個比他自己更大的目的，而他自己又是其中的一部分。

在人內心有一種需要，那是去感受並表現英雄式衝動的一種需要。他眞正的本能導致他自發的有一種改善他自己及其他人生活品質的願望。他必須把自己看做是世上的一個力量。

動物也會戲劇化，牠們擁有情感，牠們覺得自己是季節的戲劇之一部分，以那種說法，牠們的確充滿了生命力。變化萬千的大自然是如此豐富的爲動物所觸及，以致於大自然之於動物，就等於文化結構與文明之於你們一樣。牠們以一種不可能描寫的方式對大自然豐富的細微差異反應，因此，牠們的「文明」是透過你們不可能知覺到的感官資料之交織而建立起來的。

動物以一種你們無法辦到的方式，知道牠們的個別存在對實相的本質有一個直接的衝擊，那麼，牠們和自然是有個聯盟的。一個個人可以擁有財富與健康，可以享受令人滿意的關係，甚至令人滿足的工作，但卻過著一種缺乏我所謂的那種戲劇的空洞生活——因爲除非你覺得生命本身有意義，否則每一個人的人生必然好像是無意義的，而所有的愛與美只落得朽腐的下場。

當你相信宇宙是意外形成的，當你認爲你是一個意外肇生的族類之一員時，那麼，個人的生命就彷彿失去了意義，而事件就可能看起來很混亂了。被認爲是源自一個上帝的憤怒之災難至少還能在那個架構裏被瞭解，但你們許多人住在一個主觀世界裏，在其中生活中的事件顯得好像沒有特別的理由——或者有時它的發生好像與你的願望還正相反呢……

當人們覺得無力，當他們的人生好像被奪去了意義的時候，他們又能形成哪種事件呢？而在那些事件背後的機制又是什麼呢？

口授到此結束，我還有幾句話……

（九點三十四分，不過賽斯講的是其他的事，他在十點三十八分道晚安。

（我告訴珍我認爲賽斯講動物的感官資料相等於人類的文明，是我聽過這類話中最好的——的確是發人深省。我希望賽斯在結束此書以前再多談談這個題目。）

第八三三節　一九七九年一月三十一日　星期三　晚上九點二十一分

（珍最近在努力寫她「超靈七號」的第三本冒險史，她寫得很開心。）

現在：口授。

只有當人找不到藉以生存下去的目標時，他才會爲「一種主義」而死。而當世界看起來空無意義的時候，那麼有些人就會透過他們的死之方式來做某一種聲明。

我們不久就會回頭來討論這種「主義」，以及它們與一個人覺得人生有無意義的關係。

讓我們暫且來考慮一個非常簡單的行動。舉例來說，你想走過這個房間去拿起一份報紙。那個目的是夠簡單而且直接的了。縱使你並不有意識的覺察到所涉及的內在機制，那個目的卻自動的以適當方式推動你的身體前進，你不會想像在你路上會有阻擋物存在，譬如說像由意外、命運或設計而放在你路上的額外家具之類。你在正確的方向走一條簡單的直路。那個動作有意義，因爲那是你想要做的事。

不過，有些目的可不是這麼容易描寫的了，那是一種心理上的意圖，一種不是這麼容易歸類的想要滿足的渴望。人經驗到一種極爲情感性的雄心、欲望及好惡——而同時他對自己、他的感受及世界有一些知性的信念，這些知性信念是受到訓練的結果，因爲你照你被教導的方式去用你的心智。

一個人也許想成名，甚至也擁有某些他想去發揮的能力，而那的確會帶來他想要的名聲。這樣一個人可能也相信名或利會導致不快樂、放蕩或以某些其他方式帶來不幸的情況。此地他有一個清楚的目的去用能力而得到名聲，但他也有另一個頗爲相反的清楚目的：避免出名。

有些人想要娶妻生子，而他們也具有做父母的極佳條件，可是，這些人裏同樣的又有一些人也許信服愛是錯的，或性是令人墮落的，或孩子是表示個人青春的結束。於是，這種人可能會發現他們自己沒什麼道理就與異性中斷了一個良好的關係，或強迫對方主動與他們分手。此地我們又有兩個清楚的目的，但它們卻彼此爲敵。

那些相信他們生命有終極意義的人能受得了這種壓力，而常常這種兩難之局以及其他類似的問題都有一個相當適當的解決之道。至於那些相信生命本身少有意義的人，則失望、矛盾與無力感可能會開始對其人格造成不幸的侵蝕。這種人一定會開始想像在他們的路上有阻礙物，就像任何一個想走到屋子另一端的桌子旁邊的人，也可能想像實質的阻礙物突然被放在他與那桌子之間一樣。

(九點四十分。) 當你只是想到達在空間中的一個目的地的時候，有地圖以解釋陸地與水道的性質。不過，當我們在談到目的地在心理上的角色時，卻有更多的東西要考慮。

再說一次，當你要移動的時候，你的身體就會被動員起來，它對你的意圖與目的反應。至於就心靈來說，你有一個私人的內在環境，你心理上的意圖即刻在一個心靈層面上動員你的能量。你有一個我將暫且稱為的「思想的身體」，而在你的意圖之下立即躍入行動的就是那個「身體」。當你想要到城中心時，你知道那個目的地存在，縱使你也許離它好幾里遠。當你想要找一個對象時，你視為當然有一個可能的對象存在，縱使你不知道他（她）在時空中的何處。可是，你想要找對象的意圖送出了由願望及意圖所組成的「意識束」，像偵探一樣，它們搜索這世界，以一種與真的警探完全不同的方式去偵察。它們心裏懷著你的特性去探查世界，尋找一個他（她）的特性最適合你自己特性的人。而不論你的目的是什麼，都涉及了在心靈層面的同樣過程。

你的感受、信念與意圖的組織指揮你的焦點，你的物質實相是圍繞著它而建立起來的。這過程具有完美無缺的自發性及秩序。舉例來說，如果你相信世界充滿了罪惡，那麼你將從正常的感官資料中找出那些證實你信念的事實。但超過那個，在其他的層面你也以這樣一種方式組織你的精神世界，使得你吸引那些會證實你信念的事件。

就像出生一樣，死亡也是你的一部分。死亡的重要性隨著個人而有所不同——而以某種方式來說，在任何一生裏，死亡是你做一個重要聲明的最後機會，如果你覺得你先前沒有這樣做的話。

有些人的死亡是安靜的句點，其他人的死亡則是個驚歎號，以致於在後來人們可以說，那個人的死幾乎像是比生命本身的重要性還大。有的人年紀輕輕的就死了，當他們還充滿著生命豐盛的可能性，尙被童年的榮光弄得半暈眩，而準備以得意洋洋的心情踏上成年的門檻時——或者表面上看起來如此。許多這種年輕人情願死在那種時候，當他們覺得成就的可能性是多樣並且無窮的。他們常常是理想家，而在這所有的底下——在他們的熱忱、聰明以及有時候很特殊的能力之下——仍感覺到人生只不過會玷污那些能力，打溼那些靈性之翼，而且晦暗那些永遠不可能實現的允諾罷了。

無論如何，這並不是所有這種死亡的理由，但在它們裏面通常有一個暗含的聲明，使得那死亡好像有促使家長們及同時代的人去質疑的另一重意義。這種人通常選擇一種極具戲劇性內容的死亡，因爲不管表面看來如何，他們一直未能在這個世界裏把他們心靈之戲劇性內容完全如實的表達出來。他們常常把他們的死亡變成給別人的教訓，強迫那些人去問以前不會問的問題。不過，那些聚到一起去死，在死亡中就像在人生中那樣找伴的人，也做了同類的集體聲明。那些覺得無力以及那些找不到活下去理由的人，於是可以聚到一起，而爲了一個並沒能給他們活下去的意志或理由的「目標」而死。他們會去找他們的同類。

（十點五分。）情感與信念的內在機制是很複雜，但這些是感到物質生命已令他們失望的人。

他們在社會裏沒有權力，他們的思想是黑白分明的，而在他們的情感以及他們對情感的信念之間的矛盾，使他們在一種僵硬的信念系統裏尋找庇護，那會給他們可資遵循的規則。這種系統導致狂熱宗派之形成，而那些可能變成其成員的人會找出一位領袖，而他一定會滿足他們的目的，就像他們似乎也滿足了他的目的一樣——透過一個每一個成員至少都有點覺察到的內在機制。

口授結束。我還有幾句話。

（十點十分，在給了珍兩段資料之後，賽斯在十點十五分結束此節。珍對這個迅速的結束甚感驚奇；她的傳述一直是穩定又有力的。她嚷嚷道：「哇！我覺得好像那兒有大量的資料——眞的好多哦！雖然沒有說出名字來，我覺得好像我快要談到『圭亞那』了。」我們認爲——並且希望——賽斯的確像是快要在本書裏討論到瓊斯鎭悲劇。）

第八三四節　一九七九年二月五日　星期一　晚上八點五十九分

（晚飯之後，珍看了我最近寫的一些筆記，在其中我猜測我爲何從我的想像中畫人像——我稱它們爲「我的頭」——而不用「眞人」來做模特兒的理由。我常常好奇，是否我以這種方式畫畫的某些動機是來自轉世人格或「對應人物（Counterpart）（註一）」的靈感。今晚我提起如果賽斯肯討論這個主題那就再好不過了，而珍回答說，她想賽斯會這樣做。

（事實上，那個聲明加上她想請賽斯對她自己的一個問題給些資料，令她奇怪不知道今晚我們會不會收到任何寫書的口授。然後當我們一坐下等上課時，她就立刻叫我寫下來她將要講的話，因爲不論賽斯會不會講到它，她已經得到了這個資料：「一個新的部分或一章的標題：『害怕自己的人。控制下的環境，以及正面與負面的集體行爲。』我告訴她，我認爲賽斯不僅有許多時間來回答我們各自的問題，並且也會傳過來一些書的口授，而事實的確如此。」

（我們把賽斯給我的資料放在這兒，是因爲它適用於一般人。即使當賽斯處理我自己畫出的形像時，並沒有提及轉世或對應人物這些字眼，但他仍然眞的透露出這種「心智的居民」是如何組成了每個人對他自己更偉大的「自己」的天賦知識之一部分。）

（耳語：）晚安。

（「賽斯晚安。」）

關於你的資料及有關事項，如我常常說的，有些觀念極難解釋，尤其是關於意識的本質，因爲在你們的參考架構裏常有某些十分合理的觀念，卻可以顯得彼此矛盾，以致於其一看來彷彿會使另一個無效似的。

我試著很強烈的聲明個人的原始獨特性，我也說過你自己是沒有限制的，這兩個聲明可以顯得是彼此矛盾的。當你是一個小孩時，在你一般的經驗裏你的身分感並不包括老年的你。當你是一個老人時，你不認同自己爲一個小孩。那麼，你的身分感隨著年歲具體的改變。以某種方式而言，好像你透過經驗而豐富了你自己，變得「比以前的你更多了」。你進出於可能的自己，而卻在同時——常常毫不費力的——維持住一個你自己的身分。意識的馬賽克拼圖眞是絢麗耀目。

當我說到馬賽克的時候，你也許會想到小小的碎片，亮亮的，並且有不同的形狀與大小，但是意識的馬賽克卻更像是光，透過它們自己，透過百萬種的光譜放出光。

嬰兒在出生之前，在眼睛睜開之前，看見精神性的形像。對你而言，你的記憶彷彿是你自己的——但我告訴過你，你有一些其他存在的歷史。你記得其他的面孔，縱使你稱爲有意識的那個心智也許並不認識那由更深的內在記憶而來的形像。心智必須常常把那些形像穿上幻想的衣服。你是你自己。你的自性在其身分感裏是安全的，在其特性裏是獨特的，以一種從未發生過也永遠不會再發生的方式去遇見生命——但是你仍然是你更大自己的一個獨特版本。你們分享著某一個整體模式，那在其本身也是原創性的。

這就像是你們分享一個心理的星球，上面住著有同樣根源、同樣存在基礎的人，如同你們分享同樣的大陸、山嶽與海洋。不同的是，你們分享的是某種發展模式、意向、記憶與願望。這些都反映在你們的肉體生命裏，而你們多少以同樣的方式分享你們生命的要素。

（九點十五分。）你畫的臉代表了這樣的一個認識。你一直認爲你的繪畫天分應該就夠了，你認爲它應該是能讓你完全投注激情的東西，但你從來不「覺得」它是——因爲如果它是的話，你就會心無旁騖的去追隨它了。**（停頓良久）**對你而言，繪畫必須與一種更深的瞭解結合在一起。繪畫甚至在扮演一個老師的角色，領你穿越並且超越過形像，而又再回到它們來。

你的繪畫意在以形像的方式從你存在的隱密處帶出你累積的經驗——並非那些你在街上碰到的人，而是「心智的居民」之畫像。心智的居民是非常眞實的。以某種方式而言，他們比你父母和你的關係更親近，而當你表現他們的實相時，他們也在表現你的。所有的時間都是同時的。只因你的每個部分的時間幻象才使得你們無法彼此問候。到某個程度，當你在畫這種畫像時，你是在形成你自己與那些其他自己之間的心靈橋樑：你自己的身分擴大了。

以下所說的只是一種說法，有某些——（**幽默的**）一個必要的界定辭——「威力自己」或人格；那是你自己更大身分的一部分，他們以非常建設性的方式利用到相當不得了的龐大能量。那能量也是你自己人格的一部分——而當你在畫這種形像時，你無疑的會感受到一陣陣雄心的爆發，甚至旺盛的生命力。這些感受會讓你認出它就是這種人格的形像。

（**「上星期我認為我有那種感受，當我在畫我的最後一個『頭』時。那就是我為什麼寫那些筆記的緣故——但我沒有花時間去和珍討論它們。」**）

那就是我爲什麼提到它的理由，因爲我知道你沒有告訴魯柏。當然，畫筆眞的可以是通往其他世界的一把鑰匙，而你自己情緒化的感受，也轉移到這裏來了。

（**九點二十九分。**）等我們一會兒……無論如何，你一定要鼓勵夢的活動，而在你的夢、你的繪畫和寫作之間將會有一種相互關係（註二），每一個都鼓勵另外一個。你的寫作由你的繪畫裏，而你的繪畫也由你的寫作裏獲得活力——而做夢的自己在某一個時候是與所有你實相的其他面相接觸的。

（九點三十一分。現在賽斯傳過一些資料來回答珍的問題，然後在九點三十八分讓我們休息。在九點五十六分繼續。）

口授：如果你無法信任你私人的自己，那麼你就不會信賴在與別人或社會的關係中的你自己。

如果你不信賴你私人的自己，你就會害怕權力，因爲你怕你必然會誤用它。那麼，你可能會故意的**（傾身向前，安靜的強調，但帶著一絲揶揄。）**把你自己放在一種軟弱的地位，而卻一直聲稱你是在追求影響力。因爲不瞭解你自己，你就會身處窘境，而經驗的機制就會顯得神祕而反覆無常。

不過，在某些情況裏，那些機制可以清楚的被看到，因而，就讓我們來檢查一些這種情況吧！**（停頓）**有一些我要討論的情形可能顯得有點誇大，因爲它們在大多數人的生活中並不是「正常的」情況。可是，它們那相當古怪的性質卻會像聚光燈一樣，將常常出現在十分正常的男人或女人的生活裏之意圖、目的及齟齬照得一清二楚。

當人們爲了不論什麼理由確信自己是不可信賴的，或宇宙是不安全的，那麼他們就不會縱情的去利用他們的能力，或探索物質與精神的環境，反而會開始向內收回他們的世界——收縮他們的能力，並且過度控制他們的環境。他們變成被嚇著了的人——而被嚇著了的人並不要精神上或身體上的自由。他們要掩護，一套明確的規則。他們要被告以什麼是好什麼是壞。他們傾向於強迫性的行爲模式。他們尋找領袖——政治上的、科學上的**（幽默的）**或宗教上的——而他會爲他們規範生活。

那麼，在這本書的下個部分，我們將討論害怕他們自己的人們，以及他們在個人性與社會性行爲裏追求的角色。到某個程度，我們將討論封閉的環境，不論是精神上或實質上的，在其中質疑變成是禁忌且危險的。這種環境也許是私人的，就像一般所謂精神異常患者的情形，或它們也可能被許多人所分享，譬如說，在集體的偏執狂裏。

有宗教性的狂熱派，也有科學性的。有些人追隨一種純粹個人性的狂熱，他具有與獨裁者頒佈給一些受驚害怕的追隨者同樣嚴格的規則與規範。上述這種情況的確存在，而我希望這樣一個討論會導致更大的瞭解。當然，本書的一大部分是用來介紹一些私底下會鼓勵更大的生產力與創造力的觀念，而因此自動的有助於更健康並健全的社會方式。

現在：魯柏所給的標題：下面這一個是第三部的標題：「害怕自己的人。」

在第二章之後的應該叫做第二部：「架構一」與「架構二」。

魯柏的其他標題組成了下一章（六）的部分標題，但要再加進去：「宗教性與科學性的狂熱派，以及個人的偏執狂。」

此節結束。（**「好的。」**）你有沒有問題？（**「我想沒有。」**）

那麼我就祝你晚安。

（**「賽斯，謝謝你。」**）

（**在十點十五分結束。**）

註一：在《「未知的」實相》卷二裏，賽斯開始發展對應人物的理論——就是說，我們每個人更大的心理性自己或存有，在任何一個世紀裏並不只示現出一個肉體生命，而是好幾個，爲的是要以種種不同的角色去獲得多得多的經驗，這些角色包括了不同的年齡、國籍與語言、性別認同、家庭角色等等。

就我所瞭解的對應人物理論來說，一個人也許會，也許不會碰到他們某些對應人物，雖然他們散布在地球上不同的國家及文化裏。不過，珍和我已碰到過幾個我們各自的對應人物，那主要是透過現已停辦的ＥＳＰ班。

註二：賽斯提到在我的夢、繪畫與寫作之間有一個「相互關係」，因爲才在最近我畫了一些我比較生動的夢中形像的小油畫。

當我試著把遊移不定的、燦爛的夢中成分縮減成我們如此習以爲常的靜止畫面時，我發現那非常好玩——而比我預期的具有多得多的挑戰性。就技術與情感兩者而言，每張小畫都變成了一個獨特的探索，但並非每一次都成功。但我後悔不及的在想，爲什麼我沒在年輕得多的時候就試著畫我的夢中形像；並且爲什麼這麼少聽到有其他的畫家在做同樣的事。我個人並不知道有任何畫家以這種方式來作畫。

第三部

害怕自己的人。

第六章

控制下的環境，以及正面與負面的集體行爲。宗教性與科學性的狂熱派，以及個人的偏執狂。

第八一二節　一九七七年十月一日　星期六　晚上九點三十三分

（當賽斯本來在十六個月前給我們第八一二節時，他告訴我它將是「本書稍後一章的一部分……」［見我在第八一四節開始的註］，第八一二節是在珍和我遇到一位不速之客後舉行的，雖然這些摘要根本不是私人性的，不過，它們非常適合當本書的資料——的確，當賽斯確認珍所給的第三部及第六章的標題之後，我們立刻就知道我們爲這資料找到了一個好地方。附帶一句，我們並沒問過賽斯就這麼決定了。）

（耳語：）晚安。

（「賽斯晚安。」）

現在：主題：偏執狂及其展現。

偏執狂是極爲有趣的，因爲它顯示出私人信念能如何扭曲了關係到個人和其他人之間的那些事件。那些事件是「被扭曲過了」，然而，雖然那個偏執狂確信那些事件是可靠的，這並不會改變其他人對這同一事件的認知……

在這兒我想強調的是偏執狂對無害的個人或群體事件的錯誤詮釋，而且也強調實質事件可以被象徵性的組合的方式，因此，一個實相可以經由它們而被創造出來，而那幾乎一部分是實質而一部分是夢幻的。

你當然必會以個人的方式來詮釋事件。你創造事件。然而，多少也有被共享的實際接觸之一個會合處，一個「感官高原」(sense plateau)，爲一個集體分享世界之協議提供夠穩定的基礎。就大多數的精神錯亂而言，你是跟一種人打交道，他們的私人象徵是如此強烈的加諸主要感官資料上，以致於即使是那些資料有時也幾乎變得看不見了。這些人常以大部分人利用夢中世界的方式來利用物質世界，因此對他們而言，很難分辨一個私人和一個衆人共享的實相。

許多這種人是非常具創造性與想像力的，不過，通常他們在與一個群衆共享實相打交道時比其他人少了一些堅固的基礎，因而他們就會試圖把自己私人的象徵強加於世界上或試圖形成一個完全私人的世界。我現在是一般性的說，而以那種說法，這種人對人際關係是多疑而處處提防的。每個人形成他自己的實相，然而，那個個人實相必然也被其他人分享，而也必然被其他人的實相所影響……

現在等我們一會兒……作爲居住在時空之內的生物，你們的感官提供給你極爲明確的資料，以及一個相當前後一致的物質實相。每個人也許會以一種非常個人的方式對季節反應，然而，你們卻全都分享那些自然事件，它們給經驗提供了一個架構，而再靠意識心來盡可能清楚正確的詮釋感官事件，這容許了心靈與身體活動必須的行動自由。你們是一個有想像力的族類，而因此，物質世界是被你們自己想像的投射物所渲染及充電的，而且被情感的偉大威力供以動力。但當你心亂或生氣的時候，把注意力轉回自然世界以感覺它對你的影響，是一個絕佳的主意，它對你的效果是與你自己的投射物不同的。

你形成你自己的實相。然而，如果你冬天是在美國的西北部，那麼你最好還是經驗到一個具體的冬天**（幽默的）**，否則，你就與主要的感官資料距離得太遠了。

偏執狂者有某些信念，讓我們拿一個假設的人做例子，這個人確信他有一個健康的身體，並且對他的精神穩定性頗爲自傲，讓我們稱這個朋友爲彼得。

〔爲了他自己的理由〕彼得也許認定他的身體，而非比如說聯邦調查局，要來找他麻煩並且懲罰他，他可能象徵性的選出一個器官或一種機能，而他將誤解許多「身體事件」就像另一個人可能誤解群體事件那樣。任何所謂的公益宣傳，宣揚與他的敏感區域相關的症候，立刻就會令他警覺，他會有意無意的集中注意力在身體的那個部分，而預期它的故障。我們的朋友眞的能改變他身體的實際情況。

彼得會以一個負面方式詮釋這種身體事件，並且視之爲具威脅性，以致於，舉例來說，某些頗爲正常的感受起了像對警察的恐懼同樣的作用。如果他繼續這樣做，經過一段夠長的時間，他就眞的會讓身體的某個部分緊張，而透過告訴別人這件事，他也會漸漸開始不只影響他的個人世界，而且也影響到他所接觸的群體世界：人家會知道他有胃潰瘍或不論什麼毛病。在每個這種情形裏，我們都在處理對基本感官資料的一個誤解。

當我說一個人誤解了感官資料，我是指在心與物之間的平衡變得太過偏向於一個方向。那麼，是有某些聯繫世界的事件。雖然，總括來說，這些事件是來自世界秩序之外，但無論如何它們卻經常出現在其內。它們的實相是種種力量精確平衡的結果，因此，某些精神事件顯得十分眞實，而其他的則是外圍性的。你們有黃昏也有黎明，如果在半夜你完全清醒，但你卻相信那時實際上是黎明，而無法分辨你個人的實相與物質實相，那麼，那個平衡就受到干擾了。

偏執狂者按照他的執念來組織心理世界，他切掉每樣不適合的東西，直到所有一切都符合他的信念。在任何一點上，只要檢查一下未被成見所影響的感官資料，就會馬上爲他帶來釋放。

你可以休息一下。一個小註：這將是談群體事件那本書稍後一章的一部分。

（十點三十一分。現在賽斯離開這個資料而爲珍說了一番話。他在十一點三十分結束此節。）

第八三五節　一九七九年二月七日　星期三　晚上九點十一分

（**珍在課前非常的放鬆。**）

晚安。

（**「賽斯晚安。」**）

第六章。有一個非常迷人的暗示被人鄭重的覆誦了許多次，尤其是在本世紀之初：「每一天在各方面，我都會變得愈來愈好。」（註一）這可能聽起來是個有點太過樂觀，而令人愉快的廢話。可是，到某個程度，那個暗示對無以數計的人有用。它並非一帖萬靈丹，它並沒有幫助那些相信他們自己的天性基本上不可信賴的人。不過，這個暗示卻絕不是虛張聲勢，因爲它可以成爲，並且的確成爲了新信念環繞著它而聚集的一個架構。

不過，在我們的社會裏經常給人一個相反的暗示：「每一天在各方面，我愈來愈糟，而世界也是如此。」我們有尋求災禍的冥想，有會邀來私人與集體悲劇的信念。這些信念通常被穿上習俗所接受的禮貌性外衣。（**暫停**）舉例來說，在某一次戰爭裏可能有成千上萬人死掉，那死亡幾乎被接受爲理所當然的事。這些人是戰爭的犧牲者，毫無疑問，但卻很少人會想到這些人其實是信念（**強調的**）的犧牲者——既然槍砲是相當眞實的，炸彈與戰事也是。

敵人是顯而易見的，他的意圖是邪惡的。戰爭基本是集體自殺的例子——不過，從事這種自殺的人，帶著所有戰爭的行頭，透過集體暗示，而且透過國家的偉大資源來實現它，這些人確信宇宙是不安全的、自己是不可信賴的，而陌生人是永遠有敵意的。你理所當然的以為，人類是具侵略性而好戰的。你必須在你自己被毀之前先下手為強。這些偏執性的傾向大半隱藏在國家主義之旗幟下。「目的可以使手段合理化。」這是另一個最有害的信念。宗教戰爭永遠有偏執狂的傾向，因為狂熱份子永遠害怕互相衝突的信念，以及包容那些信念的系統。

（停頓。）你們偶然會有流行病的爆發，而很多人得病而死。部分來說，這些人也是信念的犧牲者，因為你們相信這個自然的身體是病毒與疾病的天然獵物，而你個人對那些病毒及疾病是束手無策的，除了那些醫藥所提供的幫助之外，在醫界流行的全面暗示是強調並且誇張身體的脆弱，而減低身體自然治癒能力的重要性。當人為了自己的理由準備要死，他才會死。沒有一個人毫無理由的死去。可是，並沒有人這樣教你，因人們並沒有認出他們自己要死的理由，而且也沒有人教給他們要活下去的理由——因為你們被告以，生命就是在宇宙的機率遊戲中的一個意外。

（九點三十三分。）所以你無法信任自己的直覺。你認為你在人生中的目的必然是作別的東西或別的人，而非作你自己。在這樣一種情形裏，許多人尋求主義，而希望把那主義的目的與他們自己未被認出的目的合在一起。曾有許多偉大的人捲入主義裏，而把他們的精力、資源與支持都給了那些主義。不過，那些人承認他們自己存在的重要性，而把那份活力加到他們相信的主義上。他們不把他們的個人性屈居於主義之下，卻反而堅持他們的個人性而變得更是他們自己。他們擴展了眼界，向前推進而超越了因襲的精神景觀——被熱情與活力、好奇與愛，而非恐懼所驅策**（非常強調的說以上所有的話）**。

許多人在最近圭亞那（瓊斯鎭）的悲劇裏失去了生命，他們在他們領袖的命令下心甘情願的服毒自盡。沒有軍隊包圍那個地方，沒有炸彈落下，沒有傳染衆人的病毒，也沒有裝飾這事件之機制的衣服。那些人毀於一個信念的流行病，毀於一個精神上與物理上都封閉的環境。「惡徒」包括下面的概念：世界是不安全的，而且每下愈況；人類本身是被一個致命的意圖所玷污的；個人對他自己實相沒有主控力；社會或社交情況本身像是固定的東西，而它們的目的直接與個人的完成相拮抗；而最後一點是目的使手段合理，而在這個世界裏任何一種神明的行爲都是無力的。

死的那些人是理想主義者——具有誇張的求全癖，他們想要「求善」的願望本身就被上述的信念所玷汚及扭曲，因爲那些信念必然會漸漸從你的經驗裏去除掉你對「善」的知覺。（註二）

人具有善良意圖。當你隨時隨地在人的意圖中——在你自己及別人的行爲裏——見到惡，那麼你就會與自己及你的同類爲敵。你專注於你的理想與經驗之間的鴻溝，直到那個鴻溝成了唯一的眞實，你不會看到人的善良意圖，或你會諷刺的那樣做——因爲在與你的理想相比之下，世界裏的善看起來是如此微小，以致於成了一種笑話。

（九點五十六分。） 當到了這個程度時，經驗變得封閉了。這種人害怕自己以及他們生活的內涵。他們也許是聰明的或愚笨的、有才氣或平庸的，但他們害怕經驗自己的本來面目，或是害怕按照自己的願望去行動。他們協力創造使自己「變成其犧牲者」的那些教條或系統或祭儀。他們期待領袖替他們行動。到某一個程度，這個領袖吸收了他們的偏執，直到在他內它變成了一種不可抑制的力量，而他變成了他們的「受害者」，正如他的追隨者也是他的「受害者」一樣。

在圭亞那事件裏，你看到「熱血的美國人」死在一個異國的海濱，但卻不是在戰旗之下，若如此則在某種情況下會是可被接受的。你並沒見到美國人死在一次血淋淋的革命裏，或被困於恐怖份子手中，反之，你卻見到美國人在異國毀於某些信念，那些信念是美國人特有的，而且是自家的產物。除了今晚較早所給的那個清單之外，你們還有一些美國式的信念，比如金錢會解決幾乎所有的社會社題，以及中產階段的生活方式是正確的「民主的」方式，而尤其是黑人白人之間的問題可以藉由貼上社會的ＯＫ繃獲致解決，而非靠攻擊在問題背後的基本信念。

許多年輕的男女曾在高級社區的精美牧場式房屋裏長大成人，他們看來會像是在人生的顚峰，是美國所能提供的最佳產品。也許他們從來不必工作謀生，他們也許上過大學——但他們是第一個了悟到這種優勢並不一定增益了生活的品質，因爲他們是第一個到達這樣一個令人羨妒的位置的人。父母們曾努力去給他們的孩子這種優勢，而父母們自己也多少爲他們孩子的態度感到困惑。可是，金錢與地位常常是因相信人的競爭本性而獲致的結果——而那個信念本身卻又反過來摧毀了它所製造的那些獎品：水果嚐到了之後才知道不甜。很簡單的，許多父母相信人生的目的是賺許多的錢，而美德包含了最好的汽車、房子或游泳池——一個人能在劍拔弩張的世界裏生存的證據。但孩子們則在奇怪：那在他們意識裏蠢動的感覺又是怎麼回事呢？他們感受到的那些目的又該如何呢？他們有些人的心像眞空一樣的等著被充滿。他們尋找人生的價值，但在同時他們卻感覺到他們是一個被玷污的、不知所措的、沒有清楚目標的族類之子女。

他們嘗試種種不同的宗教，而從他們自己的觀點來看，他們先前的優勢彷彿只更進一步的貶損了他們。他們嘗試社會計劃，而找到與弱勢團體的一種奇妙的歸屬感，因爲那些人也是無根的。於是，弱勢與優勢的人一起結合在一個無望的聯盟裏，賦予一位領袖他們自認爲沒擁有的力量。（在十點十四分停頓良久。）他們終於由他們所知的世界撤退到孤立裏，而由麥克風裏傳出來的領袖的聲音，就是他們自己合起來的聲音的放大。在死亡裏，他們完成了他們的目的，做出了一個集體聲明。而那聲明會令美國人質疑他們的社會、宗教、政治及信念的本質。

（在一熱烈的傳述裏之長久停頓。）每個人都是自己決定去跟著那條路走的。

除非你有問題，否則此節結束。

（十點十七分。我問：「你想不想說什麼有關珍的事？」賽斯很快的過來對她講了兩行鼓勵的話。然後……）

此節結束。

（我笑著說：「好的。」）

（十點十九分。珍一自出神狀態出來就說：「我還是那個樣子，相當放鬆，」她是指她的非常有益而放鬆的情況。「現在，我的右太陽穴、右膝與我的右脚全都在咻咻咻……」而我可以補充說，她的放鬆狀態，增加了課的精采性。）

註一：賽斯援引法國治療師愛彌兒・庫艾(Emile Coué，一八五七～一九二六年)著名的自我暗示，不過賽斯頭兩個字引用錯了，他應該說：「日復一日，在各方面我都會變得愈來愈好。」庫艾是研究暗示的先驅，而在一九二〇年寫了一本談暗示的書，他的概念當時在歐洲頗爲盛行，但在美國卻並非如此。

註二：在這一節後，當珍告訴我瓊斯鎮悲劇對她而言是個充滿了情感性的主題，而賽斯也知道這一點時，我相當驚奇。其實我該知道。她解釋說那件事困擾她，「因爲整件事是一個瘋狂的幻想家，能如何以宗教之名把他的追隨著導向毀滅的一個例子。」當然，在她的感受裏涉及了她自己年輕時與天主教會的衝突，那使她在十八歲時放棄了有組織的宗教。這裏也還涉及了她牢不可破的感覺，那即反對把賽斯資料用爲任何一種狂熱派的基礎，而以她自己爲其領袖。所以她會繼續不斷的以非常嚴苛的眼光檢查賽斯的啓示性資料——以及她自己的，以確定她不是「一個引人誤入歧途的自欺瘋子」。宗教的狂熱主義使她害怕，因爲她認爲它只不過比基本教義派——它正在這個國家興起——超前一小步而已。見第八二九節賽斯談進化與基本教義派的資料。

當我問珍爲什麼以前沒告訴過我她對瓊斯鎮的感受，她笑起來說：「你從沒問過我。」她補充說她不是想要守密，而只是把她的態度接受爲是建立在她自己的強烈信念上的。瓊斯鎮的集體死亡事件（一九七八年十一月）是發生在我們未做書口授的那段長時間當中，但賽斯幾乎立刻在我們的私人資料裏開始討論那件事，如珍在第八三一節裏描述的。現在她告訴我，賽斯以那種方式介紹那個題目使得她能比較自在的在這本書裏談它。

第八四〇節　一九七九年三月十二日　星期一　晚上九點二十八分

（自從賽斯講了第八三五節後，已過了差不多五週了。自從那個時候，賽斯也傳過來四節課——最後三節是因我們的小貓比利二月二十八日的意外死亡而來的。

（首先，二月十二日，第八三五節之後五天，珍和我收到《「未知的」實相》卷二的校對稿，而比照原稿逐字校對那四九九頁的稿子，使我們在其後的十三天裏注入了全副精力。

（可是，當我二十六日早起一些以便把稿子包起來時，我留意到比利看起來有點不舒服。當我去郵局時，珍看著牠。當我回來時，牠並沒有好轉，而當上午過去時，我們開始發現牠有泌尿的問題。那天下午我帶牠去看獸醫，他將牠留下來醫治，問題滿嚴重的；到那時貓已經很痛了。珍和我都覺得奇怪：爲什麼是比利呢？爲什麼一個看來這麼完美的年輕生物突然莫名其妙的病了？「毫無疑問的，我們感到震驚（註一）。」我在第八三六節，珍在那天晚上給的私人或非書寫的課裏寫道。在那節裏賽斯討論了一下比利的病，同時給了我長久以來的一個問題第一部分的答案：我對寄主——不論是人、動物或植物——以及它感染的疾病之間的關聯感到好奇。這個病是被，比如說，一種病毒所「引起的」。我在這篇註的最後會再回到這個問題上。

（星期二那天，獸醫用電話告訴我們比利已好些了，而「也許」我們第二天下午可以帶牠回家；但開過整個市區去接牠之前，最好先打個電話。然後星期三下午，在我該查詢之前一小時電話響了，很自然的我腦中閃過了我們獸醫的名字，而果然是他，他遺憾的解釋說比利約在一小時前死了。那獸醫曾離開辦公室去打個電話，當他回來時發現比利已死在籠子裏了。他不知道那隻貓爲什麼會死……我們眞覺得糟透了——但那晚珍堅持要舉行第八三七節（註二）。

（我們的生活仍在繼續。三月二日一位好友帶給我們兩隻剛剛由附近農場來的六週大的小貓，珍和我立刻爲牠們命名爲比利二世與米奇：比利二世，顯然是因爲牠也是一隻老虎貓，而與死去的比利非常相像；米奇的黑白兩色長毛則立刻讓我想起兒時鄰居的貓。這兩隻貓在一個專門照顧動物的穀倉裏住過，而牠們是這麼害羞，以致於牠們在客廳沙發下躲了好幾天。在這期間我們都忙著書的事情，四月五日晚上珍給了第八三八節，星期三晚上珍又舉行了第八三九節。

（至於關於我對病毒的問題：我在第八三六節裏寫道：「在寄主與病之間的眞正關係是什麼？」近來珍和我談到世界衛生組織這個月稍早宣布的，天花顯然在被撲滅的消息，而奇怪這個病是否眞的被消滅了，或者天花會不會再出現，比如說在十年之後。我不只一次跟珍說，如果天花像我們一樣會「思考」，它不會認爲自己是壞，或是這樣一種恐怖的疾病，或禍害。如果它是這麼可怕的話，那麼一開始它又爲什麼存在於自然界呢？在生命形態的全套裝備裏，它的角色又是什麼呢？那個病有一天是否會從它占據的可能性裏再回到我們的實相裏，因而看似是再生了呢？如果那樣的話，我們人類又會怎麼說呢？天花的重現無疑的會被合理化：它曾躲在或潛在於人類的某些未被調查的區域裏，或它是一種突變，不知怎的，從一個密切相關的動物病毒又「演化」成天花。

（在那同一課裏，除了別的以外，賽斯對我的問題給了這些答案：

（「任何一種的病毒對穩定你們星球的生命都是重要的，它們是這星球生物上的傳承與記憶的一部分。縱使在任何的既定時間，你消滅任何一病毒所有的分子，你仍然無法消除那種病毒。它們存在於地球的記憶裏，任何時候若有需要的話，就會被再造出來，如它們以前那樣。當然，這同樣也適用於任何被認爲已絕種的動物或植物。只有像人這種調準到客觀化的意識才會想像一個物種的實質消滅就毀滅了牠的存在。」

（在下面三節私人課裏，賽斯雖然主要在談比利之死，但今晚他談得更明確些。雖然他並沒稱這第八四〇節是書的口授，不過我們仍在這兒列出它的一部分，因爲這資料與本書的

主題相當切合。）

現在：晚安。

（「賽斯晚安。」）

（有力的：）沒有病毒你們無法活下去，而如你們所知的現存的生物世界也不能存在。

（停頓。）病毒看起來像是「壞蛋」，一般而言，那是因爲你們把它們分開來想，譬如說，你想它是天花病毒或其他。可是，有一種所有病毒都參與的整體聯繫，在其中，微妙的平衡是被生物性維持著的。每個身體都包含了無數的病毒，那在任何既定時間，並且某種條件下是可以致命的。我盡可能簡單的說，這些病毒在身體內，按照身體整體狀況輪流扮演活動或不活動的角色。在某些階段是「致命的」病毒在其他階段卻不是，而在那些後來的階段裏，它們在生物上以頗爲有益的方式反應，帶來可增益身體穩定性的任何細胞活動之必要改變。這些轉而又觸發了其他同樣有益的細胞改變。

舉一個另一種範圍的例子，譬如有毒物質。顚茄可以是相當致命的，但人們早就知道小劑量的顚茄可以對病體有助。

（九點三十八分。）等我們一下……在體內的病毒過著一種社會性與合作的生活，而它們的效應只有在某種條件下才變得致命。那時病毒必須被觸發到進入破壞性的活動，而這只在某一點才會發生——在當事人主動尋找死亡或生物上的危機狀況時。

在這種情形，最初的感染永遠是情感性與精神性的，那通常都涉及了社會狀況，因此一個人，好比說，是在一個貧窮社會環境的較低層（**停頓**），或在一種環境，當他作為社會一員的個人價值被嚴重削弱時，他就會成為一個可能的受害者。

現在：就像在這樣一個社會裏的一員可能會先出現不滿的情緒、火大、爆發、做出反社會行為。因此，以同樣的方式，這樣一個人反之可以觸發病毒，破壞它們生物性的社會秩序，因此，它們中有一些立刻變得致命了，或者失控了。因此，當然，所引起的病就是傳染性的了。到那個程度，這是一種社會病。這不是說一種病毒突然變成破壞性的，毋寧說是所有病毒涉足其中的整個合作性結構變得不安全及受到威脅了。

我告訴過你（**在私人的第八三六節裏**）病毒會突變，情形常常就是如此。去相信以接種來對抗這種危險的疾病彷彿十分的科學——而無疑的，科學上來說，接種彷彿有效：舉例來說，在你們這個時代的人現在就不再被天花所擾。有些文化曾相信疾病是由惡魔引起的，透過某些儀式，巫醫會試圖把惡魔從身上趕走——而那些方法也有用。那信念系統是緊密而被接受的，只有當那些社會與「文明的觀點」相遇，那信念系統才開始衰退。

不過，如果你稱那些惡魔為「負面信念」，那你已向前跨了一大步。人們繼續死於疾病。有許多你們的科學措施，包括接種，它們本身就會「引起」新的疾病。給一個病人天花和小兒痲痺的預防接種並沒有幫助，如果最後他因負面信念而死於癌症。

（**九點五十五分。**）等我們一會兒……我對病毒所說的也適用於所有的生命。病毒是「非常聰明的」——意指它們迅速的對刺激反應。它們對情感狀態也會反應，它們是社交性的。它們的生命長短變化相當大，而有一些可能好幾個世紀不活動而又重新活起來。它們有很廣大的記憶模式，那是生物性的被印上去的。它們中有些可以在幾秒鐘內繁殖上萬倍。在很多方面它們是生物性生命的基礎，但只有當它們顯出「一張致命的臉」時，你才會覺察到它們。

你們對一直在保護身體的內在病毒軍隊並不覺察。寄主與病毒兩者彼此需要，而兩者都是同一個生命週期的一部分。

現在，等我們一會兒……一個短註：在課開始之前，魯柏有一陣子有點不高興——鬧脾氣。他認爲他並不想在九點半上課來試圖解決世界的問題。他只想看電視而忘掉一切，而隱藏在那個脾氣之下有一個很好的理由：這些課是你們個人和共同的好奇心的表現——對於實相本質的一個高度而絕佳的好奇心——而也是你們想要知道的欲望的一個結果；想要知道這知識是否可以被你們拿在手裏像一個水果，這知識是否可以被當做藥送給一個生病的世界。

我當然瞭解你們想使這知識在物質世界變得實用，而儘可能的幫助別人，但那不可能是唯一的目標——因目標必須永遠是對意識的極爲個人性的探索，而那也許是無以名之的創造性與藝術的追求。你不做鞋來給人穿，你不製造除臭的化妝品來止汗。如果你做了這二者，你就會立刻看到物質的結果——物質的結果：穿著所製之鞋的人以及不出汗的人**（帶著些幽默）**。**（附帶的說，這種除臭劑是非常不利的。）**

你並不在處理物質的細節，甚至不在處理心靈能力的細節。反之，你卻在創始比那些目前流行的好得多的一個信念架構，它大到足以包括所有的細節，透過它們，人們的確可以學著去更瞭解他們自己。你在提供一個靈性與知性之光的整體氣氛，那可以幫助別人，正因為你沒有執著於細節，卻專注於細節由之而出的實相之更大層面……

（十點十分。）等我們一會兒……

（在停頓很久之後，賽斯開始講了與本書主題不相關的許多資料。他在十點二十六分說再見。）

註一：我們感到震驚是因為比利意料不到的——而且嚴重的——疾病提醒了我們幾乎普遍為人接受之看法：生命是可怕的脆弱，任何一種生命都是。

在第八三六節裏，賽斯提醒我們說「動物並不是以壽命的長或短，而是以一個燦爛的現在來『想』，那燦爛的現在以某種方式與你的架構比較起來，是沒有開始或結束的……，你們所謂的時間對牠們而言並不存在——而以最深的說法，在一個人類的尺度上，一個生命之品質也並不能以它的長度來做主要的評判。」

這裏我可以加上另外一個對珍和賽斯之間的關係的洞見——這是我們繼續在找的那種資料。在八三六節開始之前，珍發現她自己在悲悼比利可能的死，而後她由賽斯那兒得到的資料大概的意思是「對一隻貓而言，時間是在現在……在某方面牠的生命對牠而言是永恆的，不論牠活了十個月或十年。」在當時（她後來爲我寫了下來）她在情感上非常強烈的反對賽斯的那個訊息，因爲「它彷彿是讓渡一隻貓的生命——或其他任何生命——之一個太容易的方法了。而我的確接受賽斯那說法爲眞實的，或最接近於我們所能得到的實情……」

她繼續道：「幾年前我這種即興的反對眞的會令我不安，而我會坐在那兒和賽斯爭論，以致於課不會立刻開始；只有當我心裏閉嘴之後，課才會開始。當我們爲第八三六節準備，我提到了這，而羅說我以前從沒有告訴過他，我猜我只是從沒想到要告訴他罷了。」

註二：在第八三七節裏，賽斯主要在處理比利之死的問題，我們深深的困擾，因爲所涉及的還不只是損失了一隻貓，（雖然在我們的反應裏，比利之死要占第一位）；我們也感受一群感性與知性的副產物由那件事昇起，我們仍無法相信比利已一去不返了。因爲我們沒有遺體來對我們「證明」牠的死，而這更增加了這個效應。我沒有去取回牠：因爲地被冰封了，所以我無法把牠葬在後院裏威利的身邊，而那位獸醫答應我們處理牠的遺體。

三年前當威利死去時，我們也有同樣的感受，而現在——如她那時一樣——珍悲傷的說：「如果我能回答我們關於那隻貓的死亡的問題，也許我也就可以回答我們對每件事的問題……」藉著賽斯資料的幫助，我們仍舊在試著得到答案，我想珍因著賽斯**已經**對我們族類關於生與死的更大問題獲得了一些瞭解。在第八三七到八三九節裏，當賽斯在談比利時，他談到了那些問題，但他的資料太長了，而無法印在本書裏——而甚至也太長了，令我們無法以任何適當的方式觸及重點。不過，下面有賽斯在那些私人課中所給我們資料的一些摘錄。

二月二十八日的第八三七節的摘錄——比利死的那天晚上：「我親愛的朋友們，存在是大於生或死的。生與死兩者都是存在的狀態。一個身分（本體）存在，不論它是在生的狀態或在死的狀態。你們貓的意識從來不依賴牠的物質形像，反之，意識自己選擇當貓的經驗。並沒有任何人決定說：『這個意識必須是一隻貓。』」

「比利屬於另一個可能性，而在某一方面來講，當你們從動物收容所——在那兒牠會很快的被處死——把牠領回時，你們為牠調換了可能性，雖然沒有經過牠的同意。牠跟你們在一起的三年代表了牠的一個被寬限的時段……牠自己並沒有選擇這個可能性，因為牠另有你可稱之為『其他的承諾』或，不如說，其他的目的。」

「基本上來說，沒有什麼叫做貓的意識或鳥的意識這種東西。以那種說法，反之，只有選擇採取某種焦點的意識。我們沒有觸及某些這類的問題，而有些問題又是最難解釋的，因為我們想避免扭曲。這與魯柏本身不相干，而只關係到在這個發展階段裏，你們把觀念組合在一起的方式。」

從三月五日的第八三八節：「我想避開人的靈魂輪迴為動物的故事——那是一些完全不同的事的一個扭曲得很厲害的版本。如果沒有『被剪裁』為一隻貓或一隻狗的意識的話，那麼也沒有預先包裝好的、預先注定的特定意識要來當人……」

「你們兩人都知道比利快要死了，你們屋裏的植物及門外的樹木也知道。『牠極可能會死』

的這個細胞的宣告已經做出來了，因爲每個細胞的生與死都被世界裏所有的細胞知道……」

（要知道談細胞溝通之資料，見第八〇四節十點四十五分之後。）

「細胞的溝通快得你無法追隨。然而，那隻貓可能改變牠的心意，但那信號已發出，並且是在事先。〔有幾個寫信給你的人〕接收到那可能性……」珍和我曾帶著一些驚奇在我們收到的信裏意識到這一點，那些信是緊接著比利之死由朋友及陌生人那兒來的。

由三月七日的第八三九節：「身分的特性比你們所瞭解的要神祕得多了，因爲你們以一種一網打盡的方式給每一個活的東西指派一個身分。現在你們的死貓，活在以下這種方式：

「那組織以形成牠的身分那些意識單位，仍然形成那個模式——但卻非實體的。那隻貓存在爲牠自己，在牠自己『更大』自性之更大而活生生的記憶裏。牠的組織——那個貓的——不可被侵犯的存在，但卻是作爲牠所來自的更大心靈組織的一部分。

「比利的那個身分，仍是活生生的，以你們的說法，不論牠是否再被發動，牠仍然知道牠自己的身分。這並不必然永遠是如此——還有很大的種種變化——但比利與同胎所生的四隻小貓之『更大的組織』認同〔那是指牠的兄弟姊妹，牠們也全都死了〕，而那些小貓的意識現在是在一起了。牠們在形成一個『完型』(gestalt)，而那五個意識將會合在一起形成一個新的身分。」比利死後不久，在不同的日子裏，珍和我都有栩栩如生的心靈經驗：我們各以自己的方式看見「更眞實」的牠，牠的動作具有令人訝異的活力與優雅。那經驗栩栩如生到幾乎令我害怕。珍想用這兩件事加上她寫的以動物做科學實驗的一些資料，來寫一本她自己的書。

註三：顛茄是一種產於歐洲多年生的草藥。它的抽取液包含了顛茄精(alkaloid atropine)，用來緩解肌肉痙攣，並用於眼外科手術來使瞳孔放大。有意思的是，在中古歐洲，較大劑量的那種抽取液被女巫及別的狂熱教派成員用作迷幻藥。

第八四一節　一九七九年三月十四日　星期三　晚上九點八分

（耳語：）晚安。

（「賽斯晚安。」）

現在：我相信我在書的口授裏（在第八三五裏）說過瓊斯鎮的人是死於一種信念的流行病——或之類的話。我說過那個意思的話。

再說一次，那個例子之所以驚人，是因爲其明顯的自殺行爲，畢竟，留有那些毒藥爲證。倘若同樣數目的人被發現死於（停頓）一種惡性疾病——天花或不論什麼——那麼，所涉及的病毒就成了「惡人」了。我想要討論思想與病毒，還有它們與身體健康的關係。

你們認爲病毒是具體的，而思想是精神性的。你們應該知道思想在身體裏也有他們具體的一面，而病毒在身體裏有它們精神的一面。你倆都曾問過，爲什麼一個病毒不就單純的堅持它自己，而利用它的治癒能力拋棄掉一套既定的信念與思想的負面影響。

當你把思想看做是精神性的，而將病毒看做是具體的，你們才會產生那樣的問題。思想並不只是影響身體，雖然它們的確影響，而是它們每一個都代表了一個觸發性的刺激，帶來賀爾蒙的改變，改變了在任何既定時候的整個身體情況。

(九點十六分停頓。) 你的實質身體是你們思想的「身體」生出的有血有肉的、活生生版本。你的思想並不只在身體內觸發化學反應而已，你的思想除了可被認出的精神面之外，還有一個化學的實相。我必須要用一個比喻，這不是最好的比喻，但我希望它能夠讓你們瞭解這一點：就好像是，你思想變成了你身體形形色色的附加物。**(強調的)** 它們確實在你身體裏有一種隱形的存在，就像病毒那樣。你的身體並不是只有那些透過X光或屍體解剖所能顯露出的那些東西所組成的，它還涉及了實質上完全看不出來的深奧關係、聯盟與聯繫。你的思想就像病毒一樣與你的身體具體相關，一樣的活生生並且可以自我增殖，而它們自己本身形成了內在的聯盟。它們的活力自動觸發了 **(停頓良久，眼睛睜著)** 所有身體的內在反應。當你在想思想時，它們是有意識的。你以句子或段落，或也許是形像來想那些思想。我盡我所能清楚的解釋這一點，那些思想是從你們所不覺察的內在組合裏昇起的。

當一個思想被想了之後，它又再分裂成那些組合部分。你的思想有一個情感的基礎。在你體內最小的細胞也都助成了那情感的實相，並且即刻對你的思想反應。

（九點二十八分。）等我們一會兒……以那種說法，思想比病毒當然移動得快得多。病毒的行動跟隨著思想。每一個思想都生物性的登記有案。基本上，當你對一種病有免疫力的時候，你事實上是有一種精神性的免疫力。

你把病毒想做是邪惡的，也許從一個國家散布到另一個國家，去「侵略」許多肉體機構。其實，思想是「傳染性的」。你對所有不符合自己目的及信念的思想有自然的免疫力，而自然的**（停頓，努力在找適當的字）**，你被對你自己思想的健康信任與信念所「接種」。巫毒教的老概念認識某些這種觀念，但卻以對惡的恐懼、靈異侵略、靈異殺人等等來把它們扭曲了。你無法分隔精神與身體的健康，你也無法分隔一個人的哲學和他的身體情況。

請等我們一會兒……當我在說所有這些關於思想及病毒的話時，記住這討論的範疇，因為一個人永遠可以從「架構二」得到新的資料與洞見，而身體的確也送出它自己的信號。

你對那資料有沒有任何問題？

（「沒有。我想先研究它一下。」）

那些死在瓊斯鎮的人相信他們必須要死。他們想要死。他們的思想怎麼能容許他們帶來身體的死亡？再說一次，只有當你瞭解你的思想就與病毒一樣是你身體具體的一部分時**（熱切的）**，這個問題才有意義。

（九點三十七分，在討論了一些別的事情之後，賽斯在十點五分結束此節。不過，那些「事情」之一導致了註一。）

註一：在第八〇四節的註一裏，我說過我們最近得到對珍和賽斯關係的一個洞見，並且提到我們又是如何的注意這種線索。珍想出了那一個，強調她個人的反應。我們也渴望學到關於珍或賽斯本身所能學到的一切。那麼，今晚在課被刪除的部分，賽斯給了對他自己個性的洞見，帶著幽默、很大的力量及一絲的諷刺：

「我並不是什麼了不起的哲學家，可以將我自己的思想與作品與〔你們讀者中提到的〕那些著名的專家相比，我認爲我是比那些其他的紳士們實在些——以我自己的方式。

「我是——又是以我自己方式——喧囂而好玩的。『眞理』是個很嚴肅的字，而當它被重複得愈多，它就好像離得愈遠而更不可及了。我並不在我自己的理論上貼標籤，而我藉著摻進一些風趣、一撮幽默、一絲自以爲是的謙虛來解釋我『深奧的』聲明。我認爲我自己是一個生意盎然的心理探索者，發現我自己——應我自己的要求——快樂的遨遊於宇宙之間，並能夠以一種大而開心的聲音，把我已發現及還在發現的新聞從假設的一岸吼到另一岸。」

第八四四節　一九七九年四月一日　星期日　下午四點一分

（自從上節以後，珍都在忙其他書的事，忙碌之餘，她還上了四堂課：兩節私人課及兩節〔八四二到八四三〕談無關此書的事的課。

（上星期三一早，一件惡兆性的事件在三哩島核能電廠展開，它坐落於賓州哈里斯堡下方，色斯奎漢那河中一個島上。看起來好像是由於機械故障及人爲疏失，使得第二號機組——兩個反應爐之一——過熱，洩出輻射性的水到河裏，而且開始放出小量的輻射性氣體到大氣裏。（整個電場現在停工，因爲一號機也已經在先前爲了添加燃料而關閉。）可是，到現在情況又嚴重多了：在那受損的反應器核心，鈾燃料棒可能會產生災難性的「鎔化」——那是在這種情況裏，除了爆炸之外，可能發生的最糟糕的意外了，而且那是一種核能擁護者一直說「幾乎絕對不會發生的」意外。如果這鎔化發生，就會噴出大團大團的輻射物質的雲霧到大氣裏，而幾十萬人可能終會以各種方式傷亡。

（已經有人說，要把住在三哩島周圍上百萬的居民疏散。已有難民來到了我們住的艾默拉區，而在查看地圖時，珍和我驚奇的看到我們只在哈里斯堡北邊大約一百三十哩直線距離的地方。我若有所思的跟珍說：「奇怪，世界上有這麼多核能電場，我們偏偏和出了毛病的那個住得那麼近……」

（我們這個區域被假定是危險區之外——但關於主要的風向會不會令我們受到一個鎔

化的後效影響，有很多彼此矛盾的報導。甚至在現在，本地的民防官員每天都用輻射測量器來監測空氣。我跟珍說，瓊斯鎮是在遠遠的另一個島上，但三哩島的悲劇就在我們個人世界的邊緣盤旋。這整件事有一種不眞實的迫切之感，因爲什麼都看不到，也因爲我不認爲大多數人眞的瞭解所涉及的可能性。我又說，只在六個月之內就發生了瓊斯鎮與三哩島事件這兩件事，幾乎不是一個意外，而它們代表了人類目前主要信念之兩極：宗教與科學。

（我們當然希望當賽斯繼續口授時，會對三哩島有很多的評論，就像他正在對瓊斯鎮所做的一樣。事實上，談三哩島的資料在今天下午的一課裏已開始了，那就是我們決定在這兒給這些摘錄的理由。

（實際上，這課也許應該被稱爲一節珍／賽斯課，因爲珍自己的意識在最上層，騎在賽斯的位處下層的，而且具穩定性的影響上。這個頗不尋常的情況，是因爲今天午餐後，她對我最近的兩個夢寫了些極佳的分析。當我們坐在餐桌旁討論她的分析時，珍覺得她可以進入一個她自己的出神狀態，而非「只」是一次賽斯的出神狀態。她開始用她平常的聲音，以一種愼重的步調傳遞那資料。當我發現她想要有一課的時候，我馬上叫她等我找到筆和筆記本再開始。然後，珍繼續傳來談夢的非常發人深省的資料——我們摘錄這一課的第二個理由。其中一些個人性的部分則放在註一。）

（四點三十分。）現在這些還很散，但我有兩點要說……

其一是因爲物體反正只是源自人的想像，那麼在物體與人的夢之間永遠有一個很強的聯繫。

物體扮演了內在實相的象徵，因此，不論他知覺與否，自然的人以這樣一種方式來看物體，以致於物體代表了首先源自他的夢的那些象徵。這也與大的事件有關係，爲了方便之故，你暫且可以把它當做心理性的物體——也就是說，就像物體一樣，事件是被一大群人所看到而認知的。

基督的戲劇正是這樣的一個例子，在那兒，私人與群體的夢隨後被投射向外，而進入歷史性的時間範疇裏，然後人們再以這樣一種方式對它反應，以致形形色色的人變成了外在的參與者——但卻是在一個大得多的群體的夢裏，那個夢隨之以最眞實的具體方式被詮釋出來。即使它是如此，它還是讓人得到了那個訊息，雖然那個內在戲劇本身並沒被憶起；而當夢與歷史事件混在一起時，當它被這麼多人詮釋時，它的訊息也變得被扭曲了——或毋寧說，它與其他這種夢混雜在一起了，而那些夢的訊息是極爲不同的。

看看你們在哈里斯堡的核能電場的麻煩。整個核子動力的概念，首先是在一個夢裏——每個個人私下的一個想像力的活動——然後經過小說與藝術變成許多人的一個夢。立刻，可能性——廣大的潛能與危險——由那個夢向四面八方蔓延。

這個特定情況首先在一個電影裏描繪出來，而到達了社會的氛圍，這絕非偶然。

顯而易見的，核子動力代表力量。它是好還是壞？它以屬於上帝的樣子站在人的夢裏：宇宙的力量**（專注的）**。以你們的說法，人一直認爲自己是與自然分開的，因此，他必然覺得與自然的力量分開——而在他夢裏，兩者之間必然有一個非常大的分界。那麼，事實上，核能以一個夢中象徵的樣子來到，而浮出世界裏，作爲一種我們要處理的東西。

基督教基本教義派認爲核能是一種上帝可能會用來，好比說，毀滅世界的力量。在哈里斯堡的那個事件對他們有一種意義。有些科學家把核子動力與人的偉大好奇心相提並論，而覺得他們把這個偉大能量從自然那裏搶了過來，因爲他們比自然「更聰明」——比自然更聰明，比他們的同胞更聰明——因此，他們以他們自己的方式來看那些事件。當然可能性仍然在一波一波的出現，而在私人與群體的夢裏，人們會爲那個特定的故事嘗試各式各樣的結尾。

大體來說，涉及了上百萬的人，當然他們或多或少都會受到影響。

(四點四十五分。珍在一個短短的沒有事先宣告的休息時間說：「今天下午我學到了一些事，我以前也曾想到過，但最後我才想清楚，當我沒有任何顧慮的時候，這些課就好得多——而當我覺得有所顧慮時，我發現難以進入情況。以某種方式，剛剛快要完的時候，我開始留神起來……不然的話，我想我們會得到更多談有關核能的事。」她卻不認爲這層顧慮是與害怕做出後來證明是錯的任何預言有關。

(「我記得賽斯剛才甚至幫我弄有關基督戲劇的東西，」珍說，「哦！又來了——」而她幾乎立刻回到「她的」出神狀態。)

那兒有一個關連，那就是「基督劇」的發生是人類至少會達成同胞愛——一種安靜、安全的意識，以及一種在物質世界裏會支持住人的道德氣氛——這個夢的一個結果。

「基督劇」的確濺出到歷史性的實相裏。人對於未能達成同胞愛、未能達成一種安全的意識狀態或一種可行的道德體系的恐懼，導致了他毀滅的夢，不論那些夢是怎麼被表達出來的。而的確，如現在存在於靠近哈里斯堡的發電場這個當前的實質事件，很可以被比喻爲——並且也「是」——一個警告性的夢，要人去改變他的行動。

（在四點四十七分結束，珍說：「好了。我就知道在基督的事與今天這個世界裏所發生的事間有一些聯繫，而那就是了。」）

註一：珍在出神狀態中，談每個人如何個人性的利用夢的這個資料，大部分爲的是回答我們近來常常在臆測的一個問題：如果大部分的人，大部分時間都不記得他們的夢，那他們的夢對他們又能有什麼用呢？這個問題其實是建立在我們相信任何事都是有意的、有用的基礎之上；所以夢必然的在生活中擔負了重要的角色——但以普通的話來說，那是如何做到的呢？以下摘錄的是珍在今天的出神狀態裏所給的答覆：

「即使你無法有意識的記得你的夢，你還是得到了那個訊息。它的一部分會以某種方式出現在你的日常經驗裏——在你的對話或日常事件裏。」

「因爲夢是由內在環境與外在環境而來的刺激的一個完美組合，其他事件常被用來觸發內在的夢中訊息，其反面也常發生。好比，當三個人聚在一起看同一齣電視劇時，他們每個人也許會詮釋那節目的不同部分，因此，那個部分與他們前一晚個人的夢相關，而用來以一種他能接受的方式帶給他們的夢中訊息……。那需要很大的辨識力；舉例來說，報上的一條新聞被注意到，而其他的則被忽略，是因爲那條新聞的某個部分代表了某些夢中訊息。而其他的部分也許來自一位鄰居——卻是由這個做夢者對鄰居的話的詮釋，那更進一步帶出了夢中訊息。在這種例子裏，這個人很少會覺察這當中涉及了一個夢……

「你也許會夢到開車作一個長程旅行，卻發現當你開得太快的時候，一個胎爆了。你也許從來沒記起那個夢。可是，不管怎麼樣，你會碰到某種情形——也許是一齣電視劇的一部分，在其中，一個車胎爆了。或者你會在報上看到那樣的一則報導，或你會聽到一個有關同類困境的故事。當然，圍繞著你的實質刺激是那麼多，使得在任何一天裏都可能有類似的情況會引起你具體的注意力。即使如此，你也許並沒想起那個夢，但引起你注意力的那個情況本身也許會令你檢查你的車胎，決定延你的行期，或反之引你到一個內心臆測，想想你是否在某個方向上進行得太快，而在此時對你造成不利。但你總會得到這個夢的訊息的。」

第八四五節　一九七九年四月二日　星期一　晚上九點二十五分

（雖然賽斯並沒有稱這一節爲書的口授，但爲了兩個理由，珍和我決定把它的一部分放在書裏。一、在註一裏的資料可以被當做是賽斯在第八二五節裏討論理性與直覺的一個延伸。二、我們想給大家賽斯對瓊斯鎮與三哩島的評論，即使它們不是在「正式的」書的課裏出現。

（現在，在事件發生一星期之後，在三哩島癱瘓的核能電廠，情形還是非常緊張。少量的輻射繼續漏進大氣裏。聯邦的核子安全顧問稱那困境爲「穩定的」，而今天總統爲了安撫人民而去訪問了三哩島——但二號機組過熱的「反應爐的核心」仍可能會鎔化。在反應爐之燃料設備內，一直在阻止冷卻水到達控制棒上端的氫氣泡，現在正被非常緩慢並且小心的釋放到大氣裏——這個氣泡是具輻射性的，而且有爆炸的可能——這是計劃中消除氣泡的第一步。在三月三十一日，在電場五哩之內的兒童與孕婦被勸導疏散，而今天賓州東部之縣市民防指揮官收到指示，爲了防患未然，要疏散在二十五哩半徑圈內的每一個人。有些反制「趁火打劫」——據估計那會在疏散後兩、三小時後開始——的計劃。當地的牛乳是可安心飲用的，因爲乳牛吃的玉米與乾草已經儲存了好幾個月，但沒有人眞的知道輻射線對廠區內許多母牛所懷的未出生的小牛會有什麼影響。因此，整個國家——的確，整個世界——都在等著看三哩島將會發生什麼事。

（賽斯事實上是在今晚的課開頭的時候傳過來註一的資料，然後，後來在十點十二分，珍在出神狀態裏停頓一下之後……）

你有沒有問題？

（「我沒有太多時間去想問題，但今天我和珍談過瓊斯鎮與三哩島之間的關係——關於

這兩件事如何代表了宗教與科學的兩個極端。」）

當然，你的確說得對，而在這個情形裏，你們也是在與狂熱派的行爲打交道，每個都牽涉到一個封閉的信念系統、僵化的態度、強烈的情感充溢狀態，而也與幾乎可稱得上是強迫性的行爲有關。瓊斯鎮的人認爲世界跟他們作對，尤其是已有體制以及這個國家的政府。他們表現出偏執狂的傾向。這同樣適用於那些科學家，他們現在覺得文化氛圍正轉而反對他們，而人們不再信任他們，因此他們害怕他們會從高高在上的地位被拉下來。

到某個程度，科學家們對所有不瞭解他們語言的人——非精英的人——已經變得有些輕視了。他們厭惡必須從政府，從非科學家那兒拿到錢，而他們的反應是建立了一種錯誤的全能感——而那使得他們沒有他們應該的那麼小心。他們反而覺得被公衆誤解了。

他們沒人想要任何災難，但他們中有些人認爲這災難給了人們一個教訓——因爲人們從而也許會了悟到政客們並不瞭解科學，而科學家終究應該作主：「我們必須有足夠的錢，否則的話，誰又知道會出什麼差錯？」科學精英當然能代表一個可能性，在其中，它能創造出普通人無法了解其運作的一個世界。在你們國家裏，你們其實有一套很好的制衡。而現在你們的電視劇有系統的演給你們看舊的「科學怪人」電影，正當你們的科學在深思所有種種假設會帶來生命的實驗，這可不是一個巧合，因爲人們的集體心智能夠做出某種共同的聲明，而那些聲明被聽見了。

你有沒有別的問題？

（「我想沒有。」）

此節結束，並祝晚安。

(「非常謝謝你。」)

(十點二十五分，現在看註二的資料，那是談此節的一個有趣的後續。)

註一：「舉例來說，」賽斯今晚告訴我們，「人與一種二元的自己打交，因為他把自己想作是身與心的一種不愉快的混合。他主要是與我所謂的他意識的一個有限部分認同，那個他視之為與心智或智力相等的部分。他認同他自覺能在某程度上控制的事件。」

「舉例來說，人想到行為、行動及作為，但他卻不與使行動與作為成為可能那些內在過程認同。他與他所認為的他的邏輯思考以及推理能力認同，而這些彷彿暗示他擁有一種高貴的、冷靜的與自然之分離，那是動物們所沒有的。再說一次，他不與那些使得他的邏輯思考成為可能的過程認同，那些過程是自發而「無意識的」，因此看起來好像任何在他有意識的控制之外的事，必然是無紀律或是混亂的，並且完全缺乏邏輯。

「宗教與科學兩者都是建立在這種信念上。任何「自發的」發生的事都被投以懷疑的眼光。那個字彷彿暗示那些失控的成分，或從一個極端到另一個極端的移動。看起來好像理性心智才有任何像秩序、紀律或控制這類的概念。因此，人在他自己的心智裏就注定了與他的天性作對，而他認爲他必須控制它。但事實是，人的意識的確能變得覺察——覺察那些自發性的過程。但他自己已大半關閉了理解之門，因此，他只與他所認爲的理性認同，而盡可能的試著忘記心智如此得意洋洋的騎於其上的那些自發性過程。」

註二：「在昨晚的課（第八四五節）之後，」珍寫道，「當羅出去散步時，我在看電視。當我坐在那兒時，我開始從賽斯那兒得到課裏所提到的一個主題的更多的資料，不過，那資料是以概念的方式而來，而非以賽斯的『完成了的稿子』而來。當羅回來時，我告訴他這件事，而今早我要看看我能回想起多少。

「那概念是說，科學家的信念體系必然會造成某些破壞性行爲；那是說，今日之科學家暗涵的心態，導致他們對生命比他們應該的較不小心，並且以一種方式令他們與自然分離而導致他們對個別的生物有點輕視。宗教狂熱派的領袖們——如瓊斯鎮的領袖——過度誇張兄弟愛，舉例來說，同時卻禁止一個個人對另一個人自然的愛之表達——攻擊家庭關係等等。結果是，那被理想化了的愛變得越來越遙不可及，而罪惡感與絕望也越來越加深了。

「以同樣方式，科學界談到人勝過星球與自然的浮誇理想。同時，這些理想更進一步的把科學家們與他們同胞的日常實際經驗分了開來；而既然他們把動物看作是物體，那他們必然也會以多少同樣的方式去看人命。好比說，在一次核能意外裏犧牲了上千性命，在他們的腦海裏變得可以合理化，如果它是朝向學習如何「人定勝天」這崇高目標的一個方法。再次的，這個意圖自動的把他們變成了機械師。

「科學家為這個疏離所重壓，而在他**心**裏他必須希望他的任務失敗——因為如果它成功的話，他就已在信念世界裏把人與人的天性有效的分開了，而在哲學上來說，這就等於是把人當做無意義的心理破片般的拋開而任其漂流。因此，科學界常常扯它自己的後腿。」

第八四六節　一九七九年四月四日　星期三　晚上九點三十分

（三哩島危機已過去了，那是說，那個電廠二號機組核子反應器的可能鎔化，因而產生即刻災難的威脅已過去了；工程師們已經消除在反應器核心裏的氫氣泡，但核心的溫度仍然高出正常不少，而兒童及孕婦仍被勸告不要接近該區。）

現在：口授。

（停頓。）瓊斯鎮災難發生在我們開始這本書之後很久。但就在最近，另外一件事發生了——在靠近賓州哈里斯堡的一個核能電廠的一次故障幾乎釀成災難。在我其他的書裏，我很少對任何性質的公眾事件下評論。不過，這本稿子卻是專門談發生在個人與群體經驗之間的相互作用，而因此，我們必須與你們全國性的夢，及它們在私人與公眾生活裏的具體化打交道。

以科學的說法，在瓊斯鎮的災難裏沒有涉及「落塵」，但當然有一種心理上的落塵，以及全國各行業的人都會感受到的影響。瓊斯鎮的情況的確涉及了我所形容過的，屬於一個狂熱派的所有特徵，其中有狂熱主義、一個封閉的精神環境、喚起了一個朝向某種理想的希望，而這理想之彷彿無法達成是因為太專注於看似擋在中間的所有阻礙物。

大多數的狂熱教派都有它們某種特別的語言——不斷重複的特定句子——而這特殊的語言更進一步的把獻身者與其餘的世界分開。這種作法也為那些在瓊斯鎮的人所遵循。對朋友與家庭的忠誠不被鼓勵，而因此，那些在瓊斯鎮的人已經把強烈的親密連繫留在後面了。他們覺得被世界威脅，但那個世界是由他們的信念所畫出來的，因此，它呈現了一幅不折不扣的邪惡與腐敗的畫面。（停頓）所有這些到現在應該已經被看得很清楚了。那個情形導致了上百人的死亡。

哈里斯堡的情形有可能會威脅到好幾千人的性命，而在那類事件裏，狂熱派的特性比較不易被發現，但它們是在那兒的。你們有科學性的狂熱派就如有宗教性的一樣。

宗教與科學兩者都大聲宣稱它們對眞理的尋求，雖然它們看起來好像是涉足於完全相反的系統裏。它們兩者都把它們的信念當做是眞理，那是沒有人可以擅改的。它們尋求「開始」與「結束」。科學家們有他們自己的辭彙，那被用來加強科學的排他性，現在在此我是在講一般性的科學之體系，因為，以某種說法，的確有一個科學的體系，那是每個個別的科學家參與的結果。一個科學家也許在他的家庭生活裏與他作為一個科學家有相當不同的舉止。舉例來說，他也許愛他家養的狗，而在同時，在他的職業範圍裏，卻不會認為以致病原注射到其他動物的身上有什麼不對。

不過，不論怎麼說，狂熱派之間會彼此作用，所以在一個像狂熱派那樣運作的宗教與在一個在像狂熱派那樣運作的科學之間關係不淺。現在，你們狂熱派的宗教是因應著科學的狂熱行爲而存在。科學堅持它並不處理價值的問題，而把那些留給哲學家。可是，在聲明宇宙是一個意外的創造、宇宙是被一個無情的主宰所形成的一個無意義的偶然聚成物時，它就十分清楚的說出了它的信念，即宇宙與人的存在都沒有價值。所剩下的只有從人的「個人生物性過程」裏所能勉強獲得的一些樂趣或成就而已。

（九點五十八分。）在一本全國性雜誌裏最近有篇文章，「意氣風發」的談到在心理學界最近的進展方向，說人將會明白他的情緒、思想與情感是在他大腦裏旋轉的化學物的旋律之結果。那個聲明貶低了人的主觀世界。

（停頓良久。）科學家聲稱他們擁有一種偉大的理想主義。他們聲稱他們有走向眞理之路。他們的「眞理」是藉著研究客觀世界、物體的世界，包括動物與星辰、銀河與老鼠而找到的——但他們看這些物體卻好像它們本身沒有固有的價值，好像它們的存在沒有意義似的**（熱切的）**。

那麼，那些信念把人與他自己的天性分開了，人無法信任他自己——因爲誰又能依賴賀爾蒙與化學物偶然的沸騰起泡而不知怎地形成的所謂「意識」的一鍋燉品**（較大聲而頗諷刺的）**——那至多只是一鍋滋味不好的食物罷了。因此，科學界將永遠避免向任何對生命意義的偉大看法開放。

（停頓良久）它無法珍重生命，而因此在它對理想的追求上，它的確能在它的哲學裏，把一個可能會透過直接或間接方式殺掉許多許多人，並且也殺死未出生的胎兒，這種意外之可能性加以合理化。

在科學性的計劃裏，的確就表露了那種可能性。是有當災害發生時應採步驟的計劃，但那卻是有毛病的計劃——因此在你們的世界裏，那個可能性存在，並且並非秘密。作爲一個團體，科學家激烈的反對心電感應或天眼通，或任何把這些帶入焦點的哲學之存在，只在最近才有一些科學家開始思考「心影響物」的說法，而甚至這樣一種可能性都令他們深深困擾，因爲它粉碎了他們的哲學基礎。

（**停頓**。）科學家們久已站在「知性與理性」、邏輯思考與客觀性這邊。他們被訓練成不動感情、站在他們經驗之外、把他們自己與自然分開，而以一種諷刺眼光看他們自己的任何情感特性。再次的，他們聲明他們在價值的世界裏是中立的。直到最近爲止，他們已變成了新的祭司。看起來好像所有的問題都可以被科學性的解決，這適用於生活的每一方面：適用於與健康有關的事、社會的不安寧、經濟學，甚至戰爭與和平。

（**十點十七分**。）這種科學紳士，帶著所有他們精確的行頭，帶著所有他們客觀而合理的觀點，又怎麼會產生一個出問題而威脅現在與未來生命的核能電廠這樣的意外呢？而住在附近的那些人又怎麼辦呢？

等我們一會兒……此章結束。

第七章

善、惡及大災難。瓊斯鎮，哈里斯堡以及理想主義者何時成了狂熱份子？

（十點二十分。）第七章：善、惡及大災難。瓊斯鎮，哈里斯堡以及一個理想主義者何時成了一個狂熱份子？

請等我們一會兒……（停頓良久）口授到此結束。

（十點二十二分，現在賽斯傳過來給珍和我一些資料。包括他對我最近三個夢的詮釋——以他通常尖銳的方式。在十點四十一分結束。）

第八四八節　一九七九年四月十一日　星期三　晚上九點二十一分

（今天晚餐的時候，珍和我在看，關於昨天黃昏時一連串的龍捲風襲擊北德州與南奧克拉荷馬州——所謂的「龍捲風窄巷」——的報導。到現在爲止，死亡人數已超過五十，還有上百的人受傷，上千的人無家可歸。我們以前曾經開車經過這次受損的一些社區。我們談到，爲什麼人們會選擇住在一個這種風暴每年都必然會出現的區域。我們的問題當然也適用於住在這星球上任何危險環境裏的人。

（耳語：）晚安。

（「賽斯晚安。」）

口授。（大聲的）形形色色——這是下一章（七）的開始——標題已給了——形形色色的政府代表了意識各不同面之演習。

（停頓。）美國的民主實驗是大膽、創新而且英雄式的。以你們所瞭解的歷史來說，這是頭一回一個國家的所有居民在法律上被認爲是彼此平等的公民。那應該是，並且也的確是一個眞正的理想。當然，就實際狀況而言，常常有不平等的存在。在市場裏，或在社會裏的待遇常常顯出與那個宣稱的全國性理想有很大的出入。但那個夢是美國全國人民生活的一個重要部分，而甚至那些無廉恥的人也必須至少給它一個有口無心的承諾，或做出陽奉陰違的計劃。

（停頓良久。）在過去，並且在現在，世界的大部分地區許多重要的決定並不是由個人，卻是由國家或宗教或社會做出來的。在這個世紀幾個問題來到了美國文化的最前端：有組織的宗教——已經變成一個社會性而非靈性的實體——的外在化，以及科學與技術和金錢利益之結合。此地魯柏談威廉・詹姆士的書會是一個很好的背景資料，尤其是談到民主與靈魂學的部分。無論如何，在一方面而言，每個人被認爲應與每個別人平等。舉例來說，婚姻不再是被安排的，一個男人不再需要子承父業，年輕人發現自己面對了許許多多的個人決定，而那在別的文化是多少自動被決定的。交通的發展打開了這國家，因此，一個人不再被侷限於他的家鄉。所有這些意謂著人的意識心快要擴張它的力量、它的能力及它的範圍了。這國家當時是——並且現在仍舊是——充溢著理想主義的。

（在九點三十七分停頓良久。）可是，那個理想主義與佛洛伊德與達爾文思想的黑雲撞個正著。一個國家又怎能被那些人——那些人再怎麼說不過是以人的形像橫衝直撞的化學物，帶著自兒時就深埋心中的神經質，被一個在其中找不到意義的無意義宇宙所拋擲四散的瑕疵族類之兒女——有效的管理呢**（非常熱切的）**？

有組織的宗教覺得受到了威脅；而如果它不能證明人有一個靈魂，它至少能保證，透過適當的社會工作身體的需要能被照顧到，而因此，它放棄了許多也許會增加它力量的原則。反之，它接納了將清潔與美德視爲相等的許多陳腔濫調——當然，因而有你們止汗除臭劑的廣告，以及市場的許多其他面**（好笑的）**。

在大衆的心裏，究竟是魔鬼還是有瑕疵的基因，令一個人注定要有一個他彷彿無法控制的人生並無多少區別。他開始覺得無力。他開始覺得社會行動本身並沒有多大價値，因爲如果爲了任何理由，人的邪惡是天生固有的話，那麼哪裏還有任何希望呢？

至少，在尋找更好的個人生活條件這件事上是有些希望的。在所能找到的不論什麼外在的分心事裏，忘記個人的疑惑是有些希望的。理想主義是頑強並且持久的，而不論有多少次它好像被殺了，它總以不同的形式回來。因此，那些感覺宗教令他們失望的人重新看向科學，而它應承——應承——提供最近似的人間天堂：物品的大量生產，每家有兩部汽車，每種病都有藥醫，每個問題都有解答。而在一開始看起來彷彿科學終於不負衆望，因爲世界不過在一眨眼之間就從燭光變到電燈到霓虹燈，而一個人可以在幾個小時之內旅行過他父親或祖父要花幾天才能走完的距離。

而當科學提供了日新月異的舒適與方便時，很少有人提出問題。可是，毫無疑問的：外在條件已經改進了，但個人看起來卻並沒更快樂。到這個時候已經很明顯了，科學的發明也可以有更黑暗的一面。如果科學的知識被用來顚覆生命基礎的本身，那麼，生活的外在便利還有什麼相干呢？

（停頓。）各式各樣被公衆忠實服用的藥品，現在常被發現有非常不幸的副作用。用來保護農業的化學物對人有傷害性的後果。這種情形遠比一個核子災難的威脅更令人不安，因爲它們涉及了一個人與他日常生活的接觸：他買的物品、他吃的藥。

（**九點五十五分。**）有些人找過，並且還在找某些權威——任何權威——去替他們做決定，因爲這世界好像愈來愈危險，而他們，因爲他們的信念，覺得愈來愈無力。他們渴望回到老的方式，在那時，結婚的決定是替他們做好了的，他們能安全的追隨他們父親的脚步，既沒感覺到不同地方的誘惑，而也被迫留在家裏。現在，他們已被困於科學和宗教之間。他們的理想主義找不到任何特定的管道，他們的夢彷彿被出賣了。

那些人指望形形色色的狂熱教派，在那兒決定已替他們做了，在那兒他們個人主義的重擔被解除了，那種個人主義由於矛盾的信念已經被奪去了它的有力感。在某個時候，男人也許會應召入伍，而他們私自雀躍的去了，期待著完全成人之前的一段時間——在那兒，決定會替他們做好，他們可以觀望，而且，那些還沒有完全準備好去面對「生活」的人也可以帶著一種榮譽感與尊嚴離開它。

在過去，甚至在你們這個世紀，爲那些不想像其他人一樣住在世界裏的人，也有修道院與修女院的存在。他們可能追求其他的目標，但有關住在哪兒、做什麼、到哪兒去、如何過活的決定都會替他們做好。通常這種人是由共同興趣及一種榮譽感結合在一起的，而在這個世紀也沒有報復好害怕的了。

可是，狂熱教派主要是與恐懼打交道，而用它來作爲一種刺激。它們更進一步腐蝕了個人的力量，使得他害怕離開。那個團體有力量，而除了那個團體的力量是被賦予了它的領袖之外，個人是沒有力量的。舉例來說，那些死於圭亞那的人是有自殺傾向的，他們沒有值得他們活下去的主義，因爲他們的理想主義已變得與實踐離得如此之遠，以致於留給他們的只有其灰燼而已。

瓊斯鎮的領袖內心是個理想主義者。但什麼時候一個理想主義者變成了一個狂熱份子呢？

(停頓良久) 什麼時候對善的追求會有災難性的後果呢？而科學的理想主義又是如何與三哩島之幾近成災，並且與存在於核子廢料的儲藏或核子彈的製造裏的潛在災難畫上等號呢？

休息一下。

(十點十分到十點二十九分。)

現在：住在龍捲風地帶的人，在他們的心與腦裏帶著一個龍捲風的實相，作為一種心理上的背景。

他們生活中所有事件之發生，都多少被這災難的可能性加上標點或加料。他們覺得無論何時都可能會被促使去面對最大的挑戰、去依賴他們最強的應變能力、他們最大的耐力，並且面對一個耐力的考驗。他們用——或他們常用——這樣一種心理與物理的背景來在他們自己內維持住那些特質的活力，因為他們是那種喜歡感受到與一個挑戰對抗的人。通常，這種可能性的存在及其接受，的確提供了一種外在的危機狀況，那在個人與群體來說象徵了獨立與內心的危機。那個危機在外在情況被面對，而當人們在處理那個情況時，他們象徵性的處理了他們自己的內在危機。以一種說法，那些人信任這種外在的對抗，甚至為這種目的，仰賴一連串有種種不同嚴重程度的危機 **(熱切的)** 而利用一輩子。

那些倖存的人，不論他們的情況如何，覺得被給予了生命的一個續約：他們可能罹難卻沒有。其他人用這相同的情況作為不再堅持想活之藉口，因此，看起來好像他們一邊做了外在環境的犧牲品，一邊還留了面子。

我祝你們有個好的，甚至開心的晚上。而魯柏談植物的資料可能把他導向一些他意識最具創造性的擴展及新的洞見。

（「好的，晚安。」）

（十點四十二分。珍記得賽斯提到了龍捲風，那是我們沒有預期到的。她在出神狀態裏的傳述一直顯得穩定而常常相當有力。）

第八五〇節　一九七九年五月二日　星期三　晚上九點四十九分

（今晚珍比平常晚了些上課，因爲從九點我們看了電視影集的前半個小時。）

（耳語：）晚安。

（「賽斯晚安。」）

口授。

（「好極了。」）

請等我們一會兒……讓我們來看一看理想主義者可能採取的許多方式。有時候很難辨認理想主義者，因爲他們穿著如此悲觀的外衣，以致於所有你能看到的只是一種嘲弄性或諷刺式的花樣。在另一方面，許多以最理想主義的方式熱情洋溢說話的人，私底下卻充滿了悲觀主義與絕望的最黑暗的面貌。如果你是理想主義者，而如果同時你在世界裏覺得相當無力，而又如果你的理想主義是一般性而且誇張的，與任何供其表達的實際計劃無關的話，那麼，你會發現你自己的確有了麻煩。這裏有幾個明確的例子來解釋我的意思。

不久前有天晚上，就在這間客廳裏聚著一小群人。有個從美國其他部分來的男客開始談到這個國家的情形，大大的批判他所有同胞的貪婪及愚昧。他說人們爲了錢肯做任何事，而當他繼續獨白時，他說，人類本身幾乎無可避免的會帶來他自己的毀滅。

他舉了許多爲錢而犯下惡行的例子。一個活潑的討論隨之而來，但沒有相反的意見能夠進入這個人的心。羅傑——讓我們這麼稱呼他——的內心是個理想主義者，但他相信在這個世界裏個人很少有力量，因此，在他自己生活的事件裏，他並不追求他個人的理想主義。「每個人都是體制的奴隸」，那就是他信念的方向。他在當地的商界有份一成不變的工作，並且一做就做了不止二十年，卻一直很恨去上班，或說他很恨，同時卻拒絕去嘗試對他開放的任何其他範圍的活動——因爲他害怕去試。

他覺得他背叛了自己，而他把那個背叛向外投射，直到在這政經世界所有他看到的只是背叛而已。如果他透過自己的個人生活開始了實現他理想的工作的話，他就不會陷在這樣的一種情形裏，因爲理想的表達會帶來滿足，那然後自然促成了實際的理想主義更進一步的表達。

羅傑在任何社交團體裏都以同樣的方式說話，因而，到那個程度，他散播出一種負面與絕望的氣氛。不過，我並不想只以那種態度來定義這個人，因爲當他忘記在他的理想主義與實際生活之間的大鴻溝，而談到其他活動時，那時，他又充滿了迷人的精力。不過，如果他依賴他自然的興趣，而選擇其中之一爲他一生的工作的話，那種精力就可以比現在給他多得多的滋養。他可以是一位極好的老師，人家曾提供他會讓他快樂得多的工作，但他是這麼相信他的缺乏力量，以致於他不敢去利用那些機會。不過，在他生活裏有一些滿足使得他不致於更進一步的縮小他的焦點。

如果你想把這個世界改得更好，那麼，你是一個理想主義者。如果你想把這個世界改得更好，但你卻相信它無法被改變分毫，你是個悲觀主義者，而你的理想主義就只會在你心裏纏著你不放。如果你想把這個世界改得更好，但你相信不管任何人如何努力，它只會變得更壞，那麼，你就是個眞正灰了心的人，也許是個被誤導的理想主義者。如果你想把這個世界改得更好，並且如果你決定這麼去做，不管你自己或別人要付出什麼代價，不管它的風險如何，並且如果你相信那些目的可以合理化你所能用的任何手段，你就是個狂熱份子。

（十點十四分。）狂熱份子是理想主義者的翻轉。通常他們是模糊而浮誇的做夢者，他們的計劃幾乎全然忽略了正常生活的整個幅度。他們是未實現的理想主義者，不滿足於一次一步的表達理想主義，或的確也不滿足於等待積極表達的實際運作過程。他們要求即刻的行動，他們要以他們自己的形像來重造世界（較大聲）。他們無法忍受容忍的表現，或相反的概念，他們是自以爲是的人之中最自以爲是的人，而他們會犧牲幾乎任何事——他們自己的生命或其他人的生命。他們會爲了追求那些目標而合理化幾乎任何的罪惡。

最近有兩位年輕女人來看魯柏。她們是生氣洋溢、精力充沛的，並且充滿了年輕的理想主義。

她們想要改變世界。在玩碟仙的時候，她們收到訊息，告訴她們的確可以在一個偉大任務裏參與一腳。其中一位想辭掉她的職務，留在家裏，埋頭於「通靈工作」，希望她可以以那種方式完成她改變世界的角色。另一位則是個坐辦公桌的人。

沒有什麼事比想把世界改得更好的欲望更刺激、更值得實現的了。那的確是每個人的任務**（熱切的）**。你以你自己的生活與活動，藉著在你自己獨特的活動範圍裏的努力去開始。你在辦公室的一角，或在生產線，或在廣告公司，或在廚房開始。你從你所在之處開始。

如果剛才提到的羅傑會從他所在之處開始的話，今天他會是一個不同而更快樂更滿足的人。而到某個程度，他對他所碰到的所有其他人的影響會有益得多。

當你實現你自己的能力，當你在日常生活裏，藉著發揮你最大的能力而表達出個人的理想主義時，那麼，你就是在把世界改得更好。

今晚，我們的課晚了一些，因爲魯柏與約瑟在看一個電視影集的開頭部分，在其中，一位我將稱爲莎拉的年輕女人在裏面飾演一位女演員。莎拉寫信給魯柏告訴他這部片子。莎拉有能力，而她依靠他的能力，以一種實際的方式發展它們。她相信她形成自己的實相，她消除了她不夠好到足以成功，或在演藝界太難出頭的這類懷疑。演出的滿足把她引向更開闊的創造力，並且引向她自然的個人力量感。透過個人性的發展那些能力，她將對別人的快樂有貢獻。她是一個理想主義者。舉例來說，她會試著把一種更大的價值感帶上螢幕，而爲了這點她願意做必要的工作。

（十點三十分。）給我們的朋友一些香煙。你的手寫累了嗎？

（「沒。」）

近來，這兒來了一位從鄰鎭來的年輕男人——一位非常有天分且聰明的年輕人。他沒上過大學，不過，他參加過一所訓練學校，而在附近的工廠有一個頗爲專門的位置。他是一個理想主義者，熱心於發展新奇的數學與科學系統之偉大計劃，而他在那個範圍裏非常有天分。他想把世界改得更好。

在同時，他以恐怖與厭惡的眼光看那些在那兒做了好些年的較年長的人，「每週六喝醉酒，只想到他們家庭的狹窄世界」。而他下了決心，絕不讓同樣事情發生在他身上。爲了「那些每個人都做的事」他被「苛責」了好幾次，雖然他抗議說別人都沒被抓到。他的情緒非常消沈，在同時，他並不考慮試著去上大學，去弄份獎學金或什麼的，或去增加在他所選擇的職業裏的知識。他不想離開出生地去找份更好的工作；他也沒想到去試著更瞭解他工作同伴的經驗。他不相信由他所在之處開始他就能改變世界，但他卻又害怕藉由自己能力之一個實際表達方式而去仰賴它們。

可是，青春是充滿力量的，因此，他很可能找到一個方法去給自己的能力更大的表現，而因此增加他自己的力量感。但在同時，他卻是處在黑暗的絕望時期裏。

理想主義預設了「善」以與「惡」相對，因此，對「善」的追求又怎麼會常常導致「惡」的表現呢？對那點我們必須再看進一步。

以實際的說法，有一個最重要的戒律——一個可以用作丈量尺度的基督教戒律。它是好的，因爲它是你能實際瞭解的事：「勿殺人。」那是夠淸楚了。在大部分情形下，你知道你什麼時候殺了人。那個戒律是比，好比說，「你應愛你的鄰人如你自己」更容易遵循得多了，因為你們許多人本來就不愛你們自己，而也就很難去同樣愛你的鄰人了。那個想法是，如果你愛你的鄰人，你就不會對他不好，更不會殺他了——但「勿殺人」這戒律說你不可殺你的鄰人，不論你對他的感覺如何。所以讓我們講一條新的戒律：「你不可殺人，甚至在追求你的理想時。」（註一）

那是什麼意思？以實際的說法，它是指你不會為了和平的緣故而發動戰爭。它是指你不在實驗裏面殺害動物，為了保護人類生命的神聖性而奪取了牠們的生命。那會是一個主要的指令：「你不可殺人，即使在追求你的理想時。」——因為人曾經為了他的理想而殺人，至少與他為了貪婪或強烈的欲望或甚至追求權力本身而殺人一樣多。

如果你斟酌考慮有可能會為追求你的理想而殺人的話，你就是個狂熱份子。舉例來說，你的理想也許是——因為理想有很多種——生產無盡的能量來為人類所用，而你也許如此熱烈的相信那個理想——增進生活的便利——以致於你考慮冒著因而損失一些生命的危險，來達成那個便利之假定的可能性，那就是狂熱主義。

（十點五十三分。）它是指你不願在物質實相裏採取可以達成那個理想的實際步驟，卻相信目標可以使手段合理化：「無疑的，有些生命可能會因而損失，但整體而言，人類會受益。」那就是一般的辯解。生命的神聖性不能為生活的便利而被犧牲，不然的話，生命特質本身會受損。以同樣的方式，好比說，你的理想是去保護人類生命，而在追求那個理想的時候，你給了幾代的種種動物致命的疾病而犧牲了牠們的生命（註二）。你的藉口也許是人有靈魂而動物沒有，或生命特質在動物裏是比較差的，但不管那些辯解是什麼，這是狂熱主義——而人命的本質也因而受損，因爲那些犧牲任何一種生命的人同時也失去了對所有生命的一些尊重，包括了人命。目的並不能使手段合理化（全都非常強調的）。

休息一會兒。

（十點五十八分。可是休息得還不夠長到讓我放下筆來。賽斯又開始給珍和我幾段資料，然後在十一點五分結束此節。

（珍的傳述一直很好，整節課幾乎是在向前衝，差不多大多數時候剛好在我來得及寫的速度下進行。「我眞高興又回到書上來了，」她說，「我知道每本賽斯書我都是如此——猜測賽斯會談些什麼，他又如何處理這個或那個……我記得那些關於理想主義者的例子，以及他給的新戒律。在課前我心裏完全沒有那些東西的影子——但在晚餐時，我的確從賽斯那兒得到一些他從未提及的事……」）

註一：此地賽斯也許是指珍和我最近碰到的關於一個「激進的」關於改變的哲學：爲了帶來一個革命，暴力是可被容許的，那個革命又轉而會導致一個新時代。在那個烏托邦社會，人將不必壓制而可以統一他的理性與直覺。許多人在近數十年裏持有這種時髦的看法。許多

人仍然如此。我們在臆測，倘若人一旦能達成這樣一種「理想的」狀態或社會，不知道有哪些不可避免的矛盾將會浮露出來——因爲照人既有的、永遠不穩定的及創造的本性，他會立即開始改變他假設的烏托邦。我們也懷著一些好玩的心情想，萬一這種激進者發現自己個人被他們倡導的那種「可被容許的暴力」所威脅或攻擊時，他們的反應又會如何？

註二：賽斯是指白老鼠、兎子及其他動物在實驗室裏養大，爲的是賣給科學研究者的這種作法，那些研究者用牠們來做實驗，那如果以人來做的話，會被認爲是「不合倫理的」。舉例來說，好幾代的白老鼠在合乎衛生的環境裏做近親繁殖，直到獲得了基因上的「純」種；這些是研究人類與生俱有的——或後天的——缺陷之理想「樣本」。比如說，肥胖症、林林總總的癌症（包括白血病）、癲癇、不同的貧血症、肌肉萎縮症等等。有些動物生下來是侏儒或無毛，或畸形或缺手缺脚。近親繁殖的老鼠現在也被用來測驗人類的環境風險。

第八五二節　一九七九年五月九日　星期三　晚上九點三十九分

晚安。

（「賽斯晚安。」）

當你們在討論善與惡的本質時，你們的立場的確是滿危險的。因爲許多——或大多數——「人對人的暴行」都是在對「善」誤導的追求裏犯下的。

誰的善？「善」是絕對的嗎？在你們事件的範疇裏，明顯的，一個人的善可以是另一個人的災難。希特勒以專心致志的狂熱意圖追求他「善」的版本。他相信亞利安族的優越與道德上的正直。在他對實相的浮誇並且理想化的版本裏，他看見亞利安族「被放在它的適當位置」，成爲人類的自然主子。

他相信英雄式的特性，而被一個身心俱強的亞利安人這種理想化的超人版本弄得盲目了。爲達到那個目標，希特勒十分願意犧牲掉其餘的人類。「邪惡之人必須被摘除。」那個不幸的反覆念誦是在許多狂熱派——科學的與宗教的——信念背後的。而希特勒的亞利安王國是宗教與科學二者之最壞的那些面的一個奇怪結合，在其中，宗教與科學狂熱派的傾向受到鼓勵與教唆。

政治舞台是那些理想會獲得實現的實際運作領域。因此，希特勒對善的概念並不是包括一切的，而任何行動不論多殘暴都被合理化了。

希特勒最初空洞而不明確的「國家主義的善」的理想，又是如何變成了這樣一個世界性的災禍呢？那些步驟就與我先前提到過（在第三部的一些課裏）的任何狂熱派所涉及的那些一樣。希特勒的白日夢變得愈來愈浮誇，從那個觀點看來，他國家的處境似乎隨著每天的事件愈變愈糟，他在心中一而再的數著它的恥辱，直到他的心變成了一個幾乎完全封閉的環境，在其中，只有某些概念被允許進入。

所有那些不是亞利安人的，眞的都變成了敵人。猶太人首當其衝，大半因爲他們金融上的成功以及他們的凝聚力，及他們對一個基本上非亞利安的文化之忠誠。因此，他們會變成希特勒對「德國之善」的狂熱理想之犧牲者。

希特勒宣揚社會行動之偉大價値勝過個人行動。他把兒童們變成自己父母的密告者。他的行爲是全國性的，就如一個較小的狂熱敎派領袖在一個較小的範疇裏所做的一樣。猶太人相信殉道。（停頓）德國變成了新的埃及，在其中猶太人民被迫害。在這兒我並不想過於簡化，而無疑的，我也絕沒有合理化猶太人在德國所遭到的殘暴。不過（熱切的），你們的確每個人創造你們自己的實相，而集體的，你們創造你們的民族與國家的實相——因此，在那個時候，德國人把他們自己視爲勝利者，而猶太人把他們自己視爲犧牲者。

（在十點十分停頓。）現在，一般性的說，兩者都以團體來反應，而非以個人。縱然他們全是理想主義者，但兩者基本上卻相信對「自己」的一個悲觀看法。就是因爲希特勒如此確信邪惡存在於個人心靈裏，以致於他建立所有他的規則與法令以建立並維護「亞利安人的純粹性」。猶太人的概念也是一個黑暗的概念，在其中，他們自己的規則與律法被建立來維護靈魂之純潔，以對抗邪惡的力量。而雖然在猶太人的舊約書裏，耶和華偶爾會以偉大莊嚴的樣子來解救祂的選民，但祂也讓他們長期的忍受非常的侮辱，好像只在最後一刻才救他們——而這回看起來好像祂根本沒救他們，這究竟是怎麼一回事呢？

（停頓良久。）撇開希特勒，並且撇開他的追隨者不談，希特勒帶來了一個非常重要的概念，而他改變了你們的歷史。（停頓）所有那些茁長了世代之久的最病態的國家主義之夢，所有最誇張的對戰爭之禮讚，當它作一個國家尋求主宰權之不可侵犯的權利，最後都集中焦點在希特勒之德國。

那個國家是在任何國家裏能發生什麼事的一個例子：如果最狂熱的國家主義被容許發展而不被制止，如果「正義」的概念與「力量」的概念被連在一起，如果任何國家之考慮將其他國家消滅能被合理化。

此地，你們必須瞭解，希特勒相信在他所認爲的更大的善的觀點之下，任何的殘暴行爲都可以被合理化。到某個程度，他持有並且宣揚的許多理想早已普遍爲世界各國所接納，雖然它們沒有以這種迅速的方式來被實行過。世界各國看見自己最壞的傾向在希特勒的德國裏個人化了，準備好要攻擊它們自己了。爲了種種理由，猶太人——再次的，這並非故事的全貌——扮演了世界所有的受害者，德國人與猶太人兩者基本上同意「人性本惡」。現代世界第一次醒悟到它能受政治事件的影響，而科技與大眾傳播加速了所有戰爭的危險。希特勒把人的許多最罪大惡極的傾向帶到了表面。再次的，人類第一次瞭解到單單是力量並不表示正義，而以較廣義的說法，世界大戰不會有眞正的勝利者。希特勒很可以說是引爆了世界的第一顆原子彈。

不過，以一種很奇怪的方式，希特勒從一開始就知道他注定會失敗，而就希特勒對德國的期望而言，德國也注定會失敗。他渴求毀滅，因爲在他比較神智清楚的時候，甚至他也認知到，他較早的理想是扭曲得很厲害的。這意謂著他常常扯自己的後腿，而聯軍好幾次重要的勝利就是這種扯後腿的結果。以同樣的方式（停頓），德國爲了同樣的理由而沒發展出原子彈。

不過，現在我們來談一談廣島，在那兒這個非常具毀滅性的炸彈被引爆了——而爲的又是什麼理由呢？爲的是挽救人命，挽救美國人的生命。救美國人命的意圖誠然是「善的」——這次犧牲的是日本人。在那方面來說，美國的善並非日本的善，而一件用來「救命」的行動也被設計去奪走個人的生命。

（十點二十七分。）達成「善」的代價是什麼呢？而誰對善的概念才是標準呢？現在，到某個程度，人對善的追求誕生了西班牙的「宗教裁判」及塞倫（Salem）的「女巫搜捕」。政治上，今天許多人相信俄國是「敵人」，而因此可以使出任何手段去摧毀那個國家。在美國國內，有些人熱烈的相信那些「體制」已經爛到核心了，而去摧毀它的任何手段都是合理的。有些人相信男同性戀者與女同性戀者是「邪惡的」，相信他們缺乏人性的眞實特質〔因而不必以正常的尊重對待他們〕。這些全都涉及了你們對善的概念的價值判斷。

（停頓。）很少人一開始就試著要盡可能的「壞」。至少某些罪犯覺得，在偷竊時他們只不過是在改正社會的錯誤。我並不是在說那是他們唯一的動機，但無論如何，他們卻藉著以他們自己對善與正義的看法來看自己，而把他們的活動合理化了。

你們必須瞭解，狂熱主義者永遠在與浮誇的理想打交道，而同時他們卻相信人的罪惡本質以及個人之缺乏力量。他們無法信任「自己」的表達，因爲他們確信它的奸詐，於是他們的理想彷彿甚至更遙遠了。狂熱份子號召別人從事社會行動。既然他們從不相信個人的作爲會有效，他們的團體就並不是每個個人合理的聚攏來而滙集了個人資源的會合。反之，它們是害怕去肯定他們的個人性，而希望在這團體裏找到它，或希望建立一個「共同個人性」——那是不可能的——的那些人的聚合。（強調的）

眞正的個人透過社會行動可以做很多事，而人類是社會性的，但那些害怕他們個人性的人在團體裏卻永遠找不到它，而只找到了一幅描繪他們自己的無力之諷刺畫。

口授結束。我並沒有忘記那個科學家的信，我們會把它織入書中。

（十點四十一分。現在賽斯透過來給珍和我一點資料，然後在十點四十五分結束此節。

「當課開始時，我完全沒想到他會談希特勒與德國，」珍說，「完全沒有。但我的確知道他將談到善與惡。」

（賽斯提到的科學家是上個月初寫信給珍的一位物理學教授。他對賽斯有關宇宙的「眞實本質」之概念提出了一些有趣的問題，而在四月三十日非寫書的課裏［第八四九節］，賽斯以幾段資料給了部分的答覆。）

第八五三節　一九七九年五月十四日　星期一　晚上九點四十六分

（雖然這是珍和我把它歸檔於「例行的」資料之外的一節私人課，但我們也把它放在本書裏，因爲賽斯提供了許多對個人與群體事件的一般性洞見以及對我們個人實相的特定洞見。事實上，若無賽斯今晚談及的我們的那些特質，我懷疑這些賽斯書——的確，甚至這些課本身——是否會存在。因此，以那種說法，這一節包含了關於我們一直在尋求的：賽斯資料是「如何」而來，及「爲何」而來的更多空洞。）

晚安。

（「賽斯晚安。」）

書的口授是在星期三。今晚我只想做幾點評論。一般而言，在你們的社會裏，創造有著女性的涵意，而同時，權力有著男性的涵意，而且大半被認爲是破壞性的。

現在，一般而言，你們的科學家是知性取向的，相信理性超乎直覺之上，而理所當然的把那些特質視爲是對立的。他們無法想像（停頓）生命「最初的」創造性源頭，因爲，以他們的說法，那會提醒他們創造力之女性基礎。

只有在這個討論的架構裏，你們才有一個男性的宇宙。它是一個被賦予如那些出現在你們的男性、女性取向的歷史裏之男性特徵的宇宙。這個宇宙看起來好像沒有意義，因爲光是男性之「知性」本身是無法看出意義來的，既然它必得不把任何事視爲當然。即使宇宙的某些特性是極爲明顯的，它們也必須被忽略。

（停頓。）我知道你們必然瞭解，這兒所謂的男性與女性是以它們通常被瞭解的用法來用的，而與兩性的基本特性完全無關。以那種說法，男性取向的知性想要整理這宇宙，命名其各部分等等。不過，知性想忽略那在處處都顯而易見的宇宙的創造面，而它首先相信，它必須把自己與任何情感的證據分開。於是，在你們的歷史裏，你們有一個權力與報復的男性神明，祂爲你們殺敵。你們有一個有成見的神，祂會，舉例來說，殺戮埃及人以及猶太人的半數來報復先前埃及人的殘酷。男性的神是一個權力之神。祂不是一個創造之神。

可是，創造性一直都是人類與自己的源頭、與自己的存在本質之最接近的聯繫。透過創造性，人類感覺到「一切萬有」。不過，創造性遵循著一套不同的規則，它不可被歸類，而它堅持要有情感的證據。它是啓示與靈感的一個泉源——但最初啓示與靈感並不是與權力打交道，卻是與「知道」打交道。那麼，在你們的社會裏，當男人與女人有創造性的傾向，並且還加上有好腦子時，通常又會發生什麼事呢？

（十點三分。）天主教會教導人說啓示是危險的。知性與心靈的服從是安全得多的道路，而甚至聖人也略爲受到懷疑。女人是較低級的，尤其在宗教與哲學方面，因爲在那兒她們的創造性可能最會造成分裂。女人被認爲是歇斯底里的，是知性思考世界的陌生人，反倒是被不可理解的女人情緒所左右的。對付女人的法子，應是透過生育而消滅她們的精力。

魯柏（珍）是非常富創造力的，而因此，按照他這個時代的信念，他相信他必須極小心的維護他的創造力，因爲他下了決心要去用它。他很早就決定不要有孩子，但還不只此，他還決定去克服可能玷染他的工作或擾亂他對工作的專心的任何女性氣質的跡象。他以前愛你很深，而仍然如此。但爲了滿足你倆到某個程度都有的種種需要與信念，以及滿足你們覺得社會擁有的那些需要與信念，他一直覺得他必須踩在一條很細的線上。他一直很富創造性。但他卻覺得女人是較次等的，他那些態度本身使得他變得脆弱了，而他可能被別人取笑，因爲女人不會被人當做是深奧的思想家或者哲學性問題之創新者。

出神狀態本身就有女性的暗示，雖然他很方便的忘掉了幾位極佳的男性靈媒。而在同時，他卻害怕發揮力量，因爲怕別人認爲他是在侵害男人的特權。

現在（**對我**）：你是有創造性，但你是個男人——而你有個部分認爲創造力是一種女人氣的特性。如果像以前那樣，你的繪畫是與賺錢連在一起的，那麼繪畫也變成了賺取力量，而因此，這對你的美國男性身分而言是可被接受的；而我很清楚，按照你們時代的標準來看，你倆都已算是相當開放，那就更令人遺憾了。在你離開了商業性工作之後，你不願把你的作品拿到市場去賣，因爲那樣的話，則以一種說法——你明白嗎——你就認爲那是一種娼妓行爲——因爲你覺得產生那些畫的你的「女性感受」就會爲了「扮演供養者以及帶來力量者的男性角色」而被出賣。

過去大師的藝術逃過了這種暗示，大部分是因爲它涉及了這麼多身體的勞動——製造顏料、帆布等等。但那種供給畫家繪畫用品的工作，現在則屬於男性世界的製造業了，你明白嗎？因此，作爲一個在你們社會裏的男性，藝術家常常被遺以他所認爲的藝術之女性氣質的基礎，當然，那是他必須面對的。

（**十點二十分。**）我想很直率的說，這種概念在社會裏是非常的猖獗，而且是許多個人與全國性問題的根本。它們在大問題的背後，包括，好比說，三哩島核能電廠的慘敗以及科學家關於力量與創造的概念。你倆都非常具創造性，但就私人方面以及你們在世界裏的角色而言，卻發現你們的創造性與你們的性別概念相衝突。這些大多涉及了關於有創造性的人的不幸迷思，他不被認爲能和其他人一樣與世界打交道，他的特異性被誇張了，而他的創造性本身——有人這樣說——導致自殺或沮喪。難怪很少有創造性的人面對這種不幸信念還能堅持得下去！

的確，這是魯柏爲何不信任「自發性的自己」的一些理由：因爲他相信它是女性化的，而因此比男性的「自發的自己」有更多的瑕疵。

你碰上了許多矛盾：上帝被假設是男性，靈魂有時被認爲是女性，而天使是男性。現在，讓我們來看看伊甸園，那故事說夏娃誘惑了那男人，叫他吃了善惡之樹或知識之樹的果子。(停頓) 這代表了一種意識的狀態，在那一點人類開始爲它自己思想及感受，當它接近了某種意識狀態，在其中它敢行使它自己的創造力。

(停頓。) 這很難用語言說明。(停頓) 它是一種當人類變得覺察它自己的思想爲它自己的思想，而變得意識到那個在想的自己的狀態。那個點釋放了人的創造性。以你們的說法，創造性是女性直覺[雖然如你所知，這種直覺屬於兩性]的產品。當那段聖經被寫下來，人類已演變到種種不同的秩序狀態，達成了某種權力與組織，而它想要維持住現狀，不再想要直覺性的洞察力，不再想要改變。創造性應該遵循某種明確的路，因此女人變成了壞蛋。

我以前曾給過談那些的資料(但卻是在私人課裏)。到某個程度，魯柏變得害怕自己的創造力，而你也一樣。在魯柏的情形，那個恐懼是更大的，直到有時候看起來好像是，如果他在他的工作上成功的話，他要冒著一些險去那樣做：你也許會被放在一個令人不舒服的處境，或他可能會變成一個狂熱份子，顯出那種可鄙的、女性歇斯底里的特質。

（很幽默的：）我希望這節對你倆都有利。此節結束，並祝晚安。

（「謝謝你，賽斯晚安。」）

（十點三十五分，當我告訴珍賽斯給了絕佳的一節之後，她說：「我不知道賽斯準備深談所有那些東西，也許那就是在課前我爲什麼覺得那麼不舒服的理由：有部分的我知道賽斯將要談到我們。現在我覺得筋疲力盡，我可以馬上去睡，但我不要……」

（珍說，她現在無法眞的描述它們，但當她傳述關於我認爲賣畫使我變成了一個妓女的那部分時，她有「很好的、滑稽的、情緒性的感受」，她又說：「有些龐大的感受，充滿了幽默。」

（她笑了。「你是這麼的奇怪。你不願到市場去賣畫，但你卻想到爲後人保留所有這些私人課，而有天把它們給這世界。你是守口如瓶的人：你不會胡扯我們個人的事，但你卻會那樣做……反之，我卻看到我們，當我八十歲而你九十歲時，在後院裏，把它全燒光。」

（但她卻很輕易的同意，今晚的課不論是私人的與否，對作爲一個整體的賽斯資料，可以助人看得更清楚，增加了瞭解的深度及背景資料。而附帶的說，雖然我對市場的感覺不好，但幾年以來，我還是賣了幾張畫……）

第八五四節 一九七九年五月十六日 星期三 晚上九點三十五分

（珍今天開始了一本新詩集《英雄》（Heroics），在吃午餐時她告訴我，「我應該繼續尋找我在《心靈政治》裏寫到的英雄式的自己。」她被她創造能力的這個發展弄得興高采烈，陶陶然的。）

晚安。

（「賽斯晚安。」）

口授。基本上（停頓），一個狂熱份子相信他是無力的。他並不信任他自己的自我結構或他有效行動的能力。共同行動彷彿是唯一的路，但那卻是這樣一種的共同行動，在其中每個個人實際上必須被迫去行動，被狂熱、恐懼或恨所驅策，被激怒並被煽動，因爲不然的話，這些狂熱份子害怕他們就根本不會採取任何朝向「理想」的行動。

透過這種方法，並且透過這種集體的歇斯底里，個人就不必承擔起個別行動的責任，反之，那責任就被放在團體的身上，而變得一般化且分散了。那麼，不論他們的主義是什麼，它都可以庇護不論多少種的罪惡，卻沒有一個特定的個人需要單獨承擔那個責備。狂熱份子都是目光狹隘的，因此，任何不適合他們目的的信念都被忽略了。可是，那些挑戰他們自己目的的信念，卻變成立即的責難與攻擊目標。（停頓）一般而言，在你們的社會裏，權力被認爲是一種男性的屬性。

狂熱派領袖常常是男性而非女性，而女性大抵是追隨者，因爲她們被教以對她們而言運用權力是不對的，而追隨有權力的人是對的。

我曾（**在第八四六節裏**）說過你們有宗教性與科學性的狂熱派，而男性取向的科學界以同樣方式用它的精力，就跟男性的耶和華在一個不同的舞台上用他的權力一樣，都是去保護他的朋友而消滅他的敵人。在我上一本書（《心靈的本質》）裏，我對你們族類的性學講得相當透徹，但此地我想提一下那些性的信念當中有些是如何影響了你們的行爲。

（**覺得有趣的：**）男性科學家把火箭當做他性力量之個人象徵。（**停頓**）他覺得他有特權去以他選擇的任何方式運用權力。許多科學家是「理想主義者。」（**停頓**）可是，他們相信他們對答案的追求可以合理化幾乎任何手段，甚至犧牲，不只對他們自己是如此，而且對其他的人也是如此。當他們忽視別人的權利，並且當他們在一種想瞭解生命之誤導的企圖裏褻瀆生命時，他們就變成了狂熱份子。

當女人藉由顯示她們能（**更覺好笑的**）加入軍隊，或進入戰鬥來證明她們與男人的「平等」時，她們就犯了一個大錯。戰爭永遠令你們變成比你們所能成爲的較差的族類。在不去參加戰爭這件事上女人顯示出不比尋常的明理，而在把她們的兒子與情人送去打仗這件事上，卻又顯得不比尋常的不明理。再說一次：爲了和平的緣故去殺人，只會使你們成爲更好的殺人者，而沒有任何事可以改變這個事實。在任何戰爭裏，雙方的狂熱程度與他們涉入的程度成正比。我很明白，常常戰爭彷彿是你們唯一能走的實際路子，因爲那一套信念，相對的說，是世界性的。除非你們改變那些信念，否則戰爭會顯得是有一些實際的價值——一種非常虛幻且十分錯誤的價值。

狂熱份子都是振振有辭的，並且是以眞理、善惡，尤其是報應等最堂皇的用語來措詞。到某個程度，死刑是一個狂熱社會的行爲：奪去謀殺者的生命並不會帶回受害者的生命，而且也不會阻止其他人再犯這種罪。我明白死刑常常看起來像是一個實際的解決之道——而的確，許多謀殺犯想要死，而因爲他們想被懲罰的需要才被逮到。現在，許多人——我是一般性的說——處於他們現在的情況，是因爲他們如此徹底的相信你們所有人都大致相信的事：你們是有瑕疵的生物，被一個無意義的宇宙所生出，或被一個報復性的上帝所造，並且爲原罪所損害。

罪犯十足的演出了那些信念。他們的「傾向」是那些你們每個人都害怕你們擁有的。科學與宗教每個都告訴你，如果不去管你的話，你會自發的成爲原始的生物，充滿了失控的欲望與邪惡。佛洛伊德與耶和華兩者都給了你那個訊息，可憐的達爾文想要找出它的道理，但卻敗得很慘。

狂熱份子無法忍受容忍，他們期待服從。一個民主社會爲個人及這個族類提供了最大的挑戰與成就的可能性，因爲它容許了概念的自由交流。可是，它對其人民要求得多得多，因爲大體來說，每個人必須由形形色色的生活方式與信念裏揀選他（她）自己每日生活與行動的舞台。

（十點八分。）在有些時期裏，對有些人而言，無疑的好像所有的標準都消失了，因此他們渴望舊的權威。而總是有狂熱份子在那兒，來代表最終的眞理，並且由個人肩上除去個人的成就與責任之挑戰與「重擔」。個人能——他們能——不憑組織而生存，但組織沒有個人卻無法倖存，而最有效的組織，是由那些在一個團體裏肯定他們自己個人的權力，而不想躲在團體裏的人所組成的(**全都非常強調的**)。

有組織的行動是發揮影響力的一個絕佳方法,但只有當每個成員都是自動自發的,只有當他或她透過團體行動伸張個人性,而不盲目的尋求去追隨別人的指揮時才是如此。

(停頓。)狂熱份子之存在,是由於在一個理想化的善與其反面之一個誇張版本之間的大鴻溝。理想化的善被投射到未來,同時,它那被誇張的反面卻被視爲瀰漫於現在。個人被視爲無力去單獨朝著那個理想努力,那幾乎是沒有成功的可能的。由於他相信對他的無力,狂熱份子覺得任何達到目的的手段都是合理的。在這所有的背後是他的信念,那就是,理想絕不會自發的被達成,而的確,靠他自己的話,人在每一方面都會愈弄愈糟:有瑕疵的自己如何能希望自發的達成任何的善呢?

讓我們來看看。此章結束,口授結束。

(然後較大聲的:)是的,魯柏又開始了,他走對了路。他有他的[新書]計劃,而你也做得很好。我祝你倆晚安。

(「賽斯晚安。」)

(十點二十分,珍說:「我覺得眞高興,而賽斯把那資料結束得很好,我對《英雄》的感覺也很好。在課前我曾擔心我們會得到些什麼好東西,以及我們是否可以把它放在這本書裏,或是否它只會被閒置好幾年。但你剛才說的一些話有幫助——」

(「我不再擔憂像那樣的事了,」我說,「我發現我不想要花時間去擔心了,因此我改變了我的信念，我無法再繼續那樣做了。」於是，珍身爲賽斯大聲而幽默的回來了，她的雙眼大睜而深黑，身向前傾的強調：）

你從來就不該擔心的，珍也一樣。寫書的課會包括每件需要包括的東西。

（「我知道。」當賽斯瞪著我時我說，然後他就走了。

（十點二十三分，但我帶著一些我自己的幽默告訴珍說，即便如此，我偶爾還是會把我認爲特別好的，或適當的非書的課挿入那時賽斯在進行的書中。她笑了。）

第八五五節　一九七九年五月二十一日　星期一　晚上九點十五分

（在結束上一節時，賽斯告訴我們，他會在他的書裏「包括每件需要包括的東西」，而我寫道，有時我仍會選擇把他其他特別適當的資料放進他那時正在進行的書裏。讓我去表現我有多獨立去那樣做的機會，比我預期來到得早得多——事實上，就在今晚的課裏。因此，挿入這個資料至少使賽斯給的第八章的第一節課延後了些。

（在第八五二節的末尾，我提到珍上個月由一位物理學教授那兒收到的信，而在最近一次非寫書的課裏，賽斯透過來給了那教授的問題一部分的答覆。今天下午珍重讀那封信，而好奇賽斯是否會給更多的回答。我把摘錄放在下面的主要理由是：賽斯的資料與本書非常切合。我也不想無限期的等賽斯把相似的資料放在一本書裏——即使是這本書。珍也不想。那麼，一般而言，今晚賽斯談到了許多讀者曾問過的問題；但他的資料尤其是針對那位教授的某些問題做更進一步的回答。）

（耳語：）現在：今天稍早魯柏好奇而不知我是否會口授給你們的科學家更多的答覆。當他在猜測的時候，我很簡短的反應說，既然我們是出自如此不同的觀點，事實上很難給你們的科學家一個充分的答覆。我可以口授一個會令他相當滿意的答覆，但很可能這個答覆愈想讓他瞭解就愈會造成扭曲。

魯柏沒有科學性的辭彙並非巧合，雖然他的確擁有一個科學性而且直覺性的心智。想要以科學用語——如它們目前所被瞭解的——來描述實相這個企圖本身就對這個辭彙付出了它所不值得的尊敬，因爲那種辭彙自動的把較大的觀念縮小以適合它的嚴苛。換言之，這種企圖更加重了「思考一個彷彿客觀的宇宙，並且以一種客觀的方式去描寫宇宙」的問題。

那個宇宙是——而你可以選擇你的字眼——一種心靈的或精神的或心理的顯現，而非以你們通常的辭彙來說一種客觀性的表象。

目前科學上、宗教上或心理上都沒有一種觀念性架構能夠接近於解釋，甚或間接的描寫那樣的宇宙之幅度。（停頓）這種宇宙的性質是心理性的，遵循著心靈的邏輯，而你所瞭解的所有物理性質都是那些更深的東西的反映。再次的，每個原子與分子——以及任何你能想像的粒子——都擁有一個意識。除非你接受那個聲明，而把它當做一個基礎性的學說，否則我大半的資料都會顯得是無意義的。

因此，任何新科學理論，若希望發揮導致獲得眞實知識之作用的話，它就必須以那個聲明爲基礎。

（九點三十分。）因爲我必須用客觀性的辭彙，所以我就會永遠在尋找比喻。說到客觀的辭彙，我是指用到一種語言——英語——而它自動的設立了它自己的知覺濾網，而當然，任何的語言到某個程度都必然會如此。

如我以前曾說過的，宇宙擴張就像一個概念擴張一樣；以你們的說法，就像句子是建立在字上，而段落是建立在句子上，並且就像在那個架構內每一個都維持它自己的邏輯、連續性與證據一樣，因此，宇宙的所有部分對你們也顯得具有那同樣的凝聚性——意指連續性與秩序。任何句子都是有意義的。當你用它時，它彷彿自己就排列成序。它的秩序是明顯的，一個句子之有意義，乃由於它字母的組織，或，如果它是被說出來的話，乃由於它的母音與音節的組織。可是，它之所以有意義，並不只因爲在它裏面所用的字母或母音或音節，卻是因爲它所排除的所有字母或母音或音節。

這同樣也適用於你們的宇宙。它之所以有意義、一致性與秩序，不只是由於那些呈現出來，而你們顯而易見的實相，卻也是因爲那些「未說出的」或隱藏的內在實相。以科學的說法，我不只在說那些隱藏的變數，我也並沒在說這宇宙是一個幻象，卻是一個心理上的實相，在其中「客觀性」是心理上的創造之結果。

（停頓。）並不只是你對實相的觀念是相對於你在宇宙裏的位置，而且按照你在它內的位置，宇宙的本身也是不同的，而心靈上或心理上的法則也一樣。宇宙與形形色色的秩序、知覺與組織打交道，每一個都依賴另一個，但每一個也分別在它自己的領土裏。

（停頓。）在你們的實相領域裏除了概念的自由之外，沒有眞正的自由。而除了概念的束縛之外，也沒有眞正的束縛。（熱切的）。因爲你們的概念形成你們的私人與群體實相。你想要由外面檢查宇宙，從外面檢查你們的社會。

你們仍然認爲內在世界不知怎的總是象徵性的，而外在世界才是眞實的——舉例來說，戰爭是它們自己打起來的，或是用炸彈打起來的。在所有的時候，心理的實相都才是主要的實相，它形成所有你們的事件。

並不是說你無法某種程度的瞭解宇宙的本質，但答案是存在於你自己心智的本質裏，在個人創造性的過程裏，在問像以下這些問題的那種研究裏：「這念頭由何處來的？它又到哪兒去了？它對我自己或別人有什麼樣的影響？當我從來沒有被教過的時候，我怎麼知道如何去做夢的？當我沒有瞭解說話的機制時，我如何講話的？當很明顯的我有肉體上的生死時，我爲何感覺我有一個永恆的實相？」

不科學的問題？

我告訴你們，這些才是最最科學的問題。到某個程度，科學那一方去考慮這種資料的企圖，也許可能帶來那些眞正科學性直覺之特質，那將幫助科學彌補存在於像它自己的看法與我們這樣不同的看法之間的鴻溝。

（在九點五十三分停頓。這是今晚定期課資料的結束。不過，賽斯透過來給了珍和我一大堆資料，然後在十點十五分道晚安。）

第八章
人、分子、力量及自由意志。

第八五六節 一九七九年五月二十四日 星期四 晚上八點二十三分

(昨晚正規的寫書課沒有舉行。因爲我們如往常一樣坐著等上課,但卻變得看起電視上,由水門案事件改編的迷你影集的最後一集來了(註一)。當我們在看那場戲時,珍跟我說了賽斯對它的一連串評論,而當賽斯在給珍這些評論時,他一直覺得很有趣似的。她也由賽斯那兒得到第八章的標題:「人、分子、力量及自由意志」。我們決定改到今晚上課。

(不過,今天晚餐後,珍卻不想上課,因爲她覺得這麼自由而放鬆。然後,過了不久,她即興的宣稱她還是要上——甚至比平常更早。「不過,我不知道我能支持多久,」她說,「我從賽斯那兒得到大堆大堆的關於各種事情的資料……」她對我描寫了其中一些,但我既沒有時間寫下來，也記不住它們。她笑了起來，她是非常的放鬆，但她卻如往常一樣，輕易的開始上課；我必須寫得很快才能跟得上她的傳述。）

口授：下一章（八）。昨晚，魯柏正確的收到它：「人、分子、力量及自由意志」。

在我們結束本書這特定的部分——關於受驚嚇的人，理想主義及對善與惡的詮釋——之前，還有一個我想提到的例子，那就是「水門事件」。昨晚魯柏與約瑟看了一部（**電視**）電影——根據水門事件改編而成的戲，所以通常會舉行的一節課因此沒上。魯柏對那個電影感興趣，而我則對魯柏及約瑟對它的反應感興趣。

到某個程度，我和我們的朋友一同看那節目。事實上，我讓我自己主要變得覺察到魯柏在看電影時的知覺。由於一個根本非巧合的那種奇怪的巧合，那同樣水門故事的另一個戲劇性的演釋，同時在另一台播出——這個片是描寫尼克森總統一個最好的同僚靈性上的重生。

讓我們簡短的看看那整個事件，且記住一些我們先前的問題：什麼時候一個理想主義者變成了狂熱份子，而且是怎麼變的？以及想要做好事的願望又怎能帶來災難性的後果？

總統在那時，並且在他所有的一生（**停頓**），他打心底是一個嚴厲、屬於頗為傳統性的有宗教信仰的那類受壓抑之理想主義者。他相信一種理想化的善，同時卻極堅定的相信人是不可救藥的有瑕疵（**大聲的**），充滿了邪惡，且自然的比較傾向於壞的而非好的意圖。他相信權力之絕對必要，同時卻確信他並沒擁有它；而更有進者，他相信，以最基本的說法，個人無力改變他在這國家以及所有其他國家所看到的邪惡與腐敗的橫行肆虐。不管他獲得了多少權力，在他看起來，別人都有更多——其他人、其他團體、其他國家——但他卻將他們的權力視爲邪惡的。因爲雖然他相信一種理想化的善之存在，但他卻覺得壞人很有力量，而好人則是軟弱而沒有活力的。

（八點三十八分。）他集中注意力在那個好像把理想化的善與在他眼中迅速擴展的、實際而不斷蔓延的腐敗分開之大鴻溝上。他把他自己看成是公正的。那些不同意他的人被他視爲道德上的敵人。最後，他覺得他被腐敗所包圍，而任何他能使出來去打倒那些會威脅到總統職位或國家的人的手段都可以被合理化。

他與任何可憐的被迷惑的男女一樣偏執，那些男女毫無證據的感覺到他們是被太空生物、地底異類或邪惡的靈力所追捕。那些可憐人會爲他們自己建立一連串合邏輯的事件，在其中，最無害的接觸也被變成一個可怕的威脅。他們會向外投射那種恐懼，直到他們好像在每個他們接觸的人裏與之碰面。

對大多數其他人而言，很明顯的，這種偏執的看法並不是建立在一般性的事實上。（停頓）可是，你們的總統在那時掌握著廣大的情報，因此，他覺察到有許多團體及組織並不同意他的政策，他用那些情報，就好像一個偏執狂者在其他環境裏，可能用一輛警車的出現，而說服他自己他正在被警察，或聯邦調查局，或不論什麼東西追捕一樣。總統覺得受到威脅——並且不只是個人性的威脅，因爲他覺得在他自己心裏他所代表的善已在危急中（熱切的）。而再次的，既然理想化的善看起來彷彿太遙遠了，並且太難達成，因此任何手段都可被合理化。那些在內閣及其他地方追隨他的人都多少擁有同類的特性。

（停頓。）再也沒有比自以為是的人更狂熱並且更殘忍的了。這種人非常容易在這種**（如水門）**事件發生之後變得「皈依了宗教」，再一次的，他們自認為和善站在一邊而尋求「同伙關係的力量」，轉向教堂而非政府，以這種或那種方式聽到上帝的聲音。

那麼，用意很好的理想主義者怎麼能知道他的善良意圖是否會得到一些實現呢？他又怎麼知道這個好的意圖事實上是否可能導向災難性的狀況呢？理想主義者何時變成了一個狂熱份子呢？

讓我們這樣看它：如果有人告訴你，享樂是錯的，而容忍即軟弱，而你必須盲目服從這個或那個教條。如果你被告以這是通往理想化的善之唯一正道，那麼，很可能你是在與一個狂熱份子打交道。如果你被告以目的可使任何手段合理化，你就是在與一個狂熱份子打交道。如果你被告以為了和平的緣故而可去殺人，你就是在與一個不瞭解和平或公理的人打交道。如果你被告以去放棄你的自由意志，你就是在與一個狂熱份子打交道。

人與分子（molecules）兩者都住在可能性的領域裏，而它們的路並沒有被決定。可能性的廣大實相使得自由意志的存在成為可能。如果可能性不存在，如果你不是到某個程度覺察到可能的行動與事件的話，那麼你不只無法在它們之間選擇，而且你當然也不會有任何選擇的感覺**（熱切的）**。你也就不會覺察到這整個問題。

（九點三分。）透過你在俗世有意識的選擇，你影響到所有你們世界的事件，因此，群眾世界是形形色色個人選擇的結果。如果你沒有感覺想做這個或那個的衝動的話，你根本就不能做選有意識的，而有些則否。你身體的每個細胞都感覺朝向行動、反應與溝通的衝動。你被教以不要信任你的衝動，可是，衝動幫助你去發展具有天然力量的事件。在孩子心裏的衝動，教他們各以自己獨特的方式，去發展肌肉與心智。而就如你將看到的，那種私人性質的衝動，卻依然是建立在人類與地球的更大境況上，所以「理想的說」個人的圓滿會自動導致人類更好。

（九點十分。現在賽斯開始談一些別的事情，然後在九點十九分結束此節。

（當我坐著寫這課開頭的註時，珍離開了房間。當她回來時，她說她有些話要告訴我，「我想它是由賽斯開始，但我隨之進入另一個我自己的意識改變狀態，就像那次我在飯桌上得到夢的資料一樣。」

（在九點四十七分我開始寫：「當你學會去信任你自然的衝動時，它們引介給你個人的力量感，使你了悟到你自己的行動的確有意義，你的確會影響事件，而你可以看到你正在達成好結果的一些明確信號。於是，理想化的目標就不再被視爲遙遠的，因爲它被表達了。即使那是種階段式的表達方式，你也可以把它當做是個成就。先前我們不信任我們自己的衝動到這樣一個程度，以致於它們常常以非常扭曲的方式出現。」

（珍說：「我得到的就這麼多了。但意思大致是每個人盡其所能的透過日常生活——他們的工作、社會結構等等——試著去實現理想的善，而在同時他們也用某些尺度幫助自己去判斷，行動是否眞的與他們的理想一致。那尺度實際上就是在本章中所給的那些。這就是了。剛才有一大堆東西過來，我甚至不知道它不對。」

(「哦！那提醒了我，」她又說，「記得我們今天從一位讀者那兒收到關於污染的信嗎？我也得到了關於那個的一些東西：舉例來說，眞正的問題並非星球的污染或核子廢料的問題，而是使這種問題會昇起的信念，以及認爲一個理想化的善值得這種風險的態度。那就是說，人們並非只由於貪婪而在污染世界，而且也是爲了所有人的經濟利益。只不過是常常他們選擇的手段不能被那些目的合理化……」)

註一：一九七二年六月十七日的大清早，在位於華府的「水門」公寓旅館辦公室混合大樓裏的民主黨全國委員會黨部內有五個人被逮捕，這些人是被「鉛管匠」所雇用的，那是爲共和黨總統理察·尼克森的競選連任委員會工作的一個祕密團體，而他們的任務是去偷拍文件，並檢查在五月裏第一次非法進入時在辦公室裏裝上的竊聽器。水門的非法入侵之偵破，揭露並且導致了一連串迷宮式的事件，最後以尼克森總統在一九七四年的八月九日之下台結束。

第八五七節　一九七九年五月三十日　星期三　晚上九點二十八分

晚安。

(「**賽斯晚安。**」)

口授：因此，衝動提供了朝向行動的推動力，誘使實質性的身體與精神性的人去利用身體和精神的力量。

(停頓。) 它們幫助個人影響世界——也就是說——有效的對世界並且在世界內起作用。衝動也打開了以前也許未爲你意識到的選擇。我常常說，細胞會預知，而在那個層面身體是覺察到未爲你有意識的知道或理解的廣大資料。宇宙及每件在它內的事都是由「資料」所組成，但這資料是有覺性的能量；而且，再次的，以最難解釋的方式，有關整個宇宙的資料永遠潛藏在它的每個部分之內。

宇宙及在其內的每個粒子、波或人的動機力量，是朝向創造的可能性之壯麗衝力，以及存在於可能選擇與可能事件「之間」的張力——充滿活力的張力。這適用於人及分子以及那些科學家們喜歡用來令他們自己驚奇的假設性推理出來的更小部分——部分或單位。

那麼，以較世俗的說法，衝動常常來自無意識的知識。這個知識由組成你身體的能量自動自發的收到，然後再被處理。因此，與你切身有關的資料就可以爲你所利用。理想的說，你的衝動總是因應你自己最大的利益反應——並且，也因應你世界的最大利益反應。在當代的世界裏，顯然有一種對衝動之深而有害的不信賴，而以你們的說法，就你們所知的歷史而言也一直是如此。**（停頓）**衝動是自發性的，而你曾被教以不要去信賴你存在的自發部分，卻去依賴你的理性與知性——附帶說一句**（好笑的）**，那兩者的運作卻也是十分自發性的哩！

當你不干涉自己的時候，你是自發的講理的，但因爲你的信念，使得理性與自發性看起來好像是不相襯的伴侶。

心理上，你的衝動對你的存在而言，就與你的肉體器官一樣重要。它們就與你的肉體器官一樣利他或不自私**（熱切的）**，而我希望你們把那句話讀上好幾遍。但每一個衝動對那感覺到它的人，卻是直接爲之量身剪裁的。理想的說，藉由跟隨你的衝動你會感覺你生命的衝動形狀（如魯柏說的）你不會花時間去猜測你的目的是什麼，因爲當你覺知你自然的衝動導致的方向，並且感覺你自己透過這種行動在世界裏行使力量的話，你的目的會自己顯現給你。再說一次，衝動是導向行動、滿足、自然身心力量的行使，你個人表達的途徑之門戶——你個人的表達與物質世界交會並影響世界的途徑。

（九點四十九分。）許多各式各樣的狂熱派，及許多狂熱份子，想把你與你的自然衝動分開，想阻礙它們表達，他們想瓦解你對你自發的存在之信念，因此，衝動的偉大力量變得被阻積起來了。可能性的途徑一點一滴被關上，直到你的確眞的住在——如果你遵循這種告誡的話——一個封閉的精神環境裏，在其中，你好像是無力的。看起來好像你無法如你所願的影響世界，好像你的理想必然永遠胎死腹中。

這裏面有一些先前在這本書裏曾討論過。舉例來說，在瓊斯鎭悲劇的情形裏，所有朝向可能的有效行動之門好像都關起來了。追隨者及他們的家人都被教以違反他們的自然衝動去做事。他們被教以不要去信賴外在世界，而逐漸的在誤導的理想主義及對世界之邪惡的一個誇張版本之間的鴻溝，就擋住了所有可以行使力量的門——所有的門，除了一個之外。對那些受驚嚇的人而言，想自殺的願望常是剩下的最後依靠了，那些人朝向行動之自然衝動已被阻積——一方面被加強，但卻又被否定了任何實際的表達。

就人與動物而言，是有一種想死的自然衝動，但在此種情況裏（如我們正在討論的），那種願望變成了那個個人感覺是他能表達的唯一衝動，因爲看起來好像表達的所有其他途徑已經被關了起來。關於衝動的本質有許多的誤解，因此，我們將頗爲透徹的討論它們。我總想強調個人行動之重要性，因爲唯有個人能有助於形成組織，而那些組織變成了有效表達理想之實質工具（**熱切的**）。只有那些信任他們自發性的存在以及他們衝動之利他性本質的人，才能具有有意識的智慧由恆河沙數的可能未來選擇最有利的事件——因爲，再次的，衝動不但把人們的最大利益納入考量，並且也考慮到所有其他的生物。

（**在十點四分停頓。**）我爲了一般大眾的瞭解而用「衝動」這個名詞，而以那種說法，分子與質子都有衝動。沒有「意識」只是簡單的對刺激反應，卻都有它自己朝向成長與價值完成之衝動。對你們許多人而言，彷彿衝動是不可預測的、矛盾的、沒有道理的、身體化學物反覆無常的混合之結果，而你就會覺得它們必須被壓碎，而懷著與以殺蟲劑去噴蚊子同樣致命的意圖去消滅它。

常常，殺蟲劑殺的不只是蚊子，其效果可以是很長遠的，而且可能有災難性的後果。可是，把衝動認做是混亂的、無意義的——或更糟的將之認爲是不利於一種有秩序的生活——的確代表了一種非常危險的態度；導致了你們許多其他問題，而且常常扭曲了衝動的本質。

每個人都燃燒著這樣的欲望：去行動，並且去做有益的、利他的（**熱切的**）行動，眞的去留一個戳記在世界上。當這種朝向行動之自然衝動經常不斷的被否定了一段時期，當它們不被信任，當一個人覺得在與他自己的衝動打仗而關掉了所有朝向可能行動之門時，那麼，那種強度就會向還開著的不論什麼逃避之途爆炸。

我並不是在說任何像「壓抑」這種事，如它被心理學家用到的那樣，卻是在談一個深得多的問題：在其中，自己本身是如此不被信賴，以致於任何一種的自然衝動都變成了嫌疑犯。你試圖給自己接種來防禦你自己——當然，這是一種近乎不可能的情況。你預期你的動機會是自私的，因爲你曾被告以它們的確是如此，而因此，當你逮到自己帶有不友善的動機時，你幾乎深以爲慰，因爲你想，至少你是很正常的。

當你發現自己懷有善良的動機時，你不信任它們，而你會想：「當然，在這彷彿的利他主義之下，必然有逃過我注意的某些邪惡的或至少是自私的動機。」而作爲一個族類，你們永遠在檢查你們的衝動，但卻絕少檢查你們的知性之成果。

看起來好像衝動的行動在社會裏頗爲猖獗，好比說，在狂熱派的行爲裏，或在罪犯的行爲裏，或在年輕人的行爲裏，但這種活動反倒顯示出未被容許自然表達的衝動之力量，那力量在一方面被加強並且聚焦成非常儀式化的行爲模式，而在其他方面則被否定了其表達。

（停頓。）某一個理想主義者相信世界是朝向災難前進，而他無力去阻止。在他相信他的衝動是錯的，而否定了它們之後，在他阻塞了去影響別人的力量之表達後，他也許會，好比說，「聽見上帝的聲音。」那聲音也許叫他去做任何一種邪惡的行動——去暗殺阻擋住他偉大理想之敵人——而在他和別人看起來，他也許是有一種想殺人的自然衝動，並且的確有一種內在的天命去那樣做。

按照情況的不同，這樣一個人可以是一個小的狂熱派之一員或一國的元首，一個罪犯或國家的英雄，他聲稱以上帝的權威行事。再說一次，在每個人之內，去行動的欲望和動機是如此強烈，以致於它不能被否定，而當它被否定的時候，它可能以一種變態的形式表現。人不但必須要行動，並且他必須建設性的行動，而且他還必須覺得他是爲善的目標而行動。

只有當自然衝動一直被否定，那理想主義者才變成了一個狂熱份子。每一個人以他或她自己的方式都是一個理想主義者。

（在十點二十八分停頓。）力量是自然的。肌肉去動或眼睛去看或腦筋去想的力量，情感的力量——這些才代表眞正的力量，如果你缺乏它的話，再也沒有任何財富或聲名可以代替那種自然的力量感。力量永遠在個人身上，而所有的政治力量必須來自個人。

（停頓良久。）一個民主制度是一種極爲有趣的政府形式，它是非常重要的，因爲它要求這麼多的個人意識，而且因為它主要必須寄託在對個人力量的信念上。在你們的國家裏，那個信念流連了這麼久，而且在面對由科學與宗教所持的相當相反的公認信念時，它還能以如此的活力運作，這實在是對那個信念的一種讚美。

民主的理念表現了一個高度理想主義之存在——它要求政治與社會組織到某個程度能有效將那些理想付諸實現（**強調的**）。當那些組織失敗了，而在理想主義與被實現的善之間的鴻溝變得太大時，那麼這種情況就會使一些理想主義者變成狂熱份子。（**停頓良久**）那些非常嚴格的尊崇科學或宗教指令的人，可以在一瞬間就改變立場，科學家開始玩起了通靈術，而當他突然的對科學知識的限制感到厭惡時，他就會把他所有的熱忱給了他認為的反面或直覺性的知識，但是如此做時，他阻擋了他的理性，就像他先前阻擋他的直覺一樣的狂熱。相信達爾文定律及生存競爭，把不公正甚至偷竊以「適者生存」的概念來合理化的那些商人——突然他變成了基督教的基本教義派份子，那麼，他也許想藉由把他聚集的財富施捨掉，以試圖獲得力量感，這全都是一種糾纏不清的企圖，想在一個實際的世界裏表達一種自然的理想主義。

你怎麼能信任你的衝動，當你讀到，好比說，一個人犯下了謀殺案，因為他有一個強烈的衝動想這樣做，或因為上帝的聲音命令他去做？舉例來說，如果你們有些人現在跟隨你的衝動——你第一個自然的衝動——也許看起來它們會是殘忍或破壞性的。

你的衝動如何影響你未來的經驗，並且形成群體實相之實際世界？

（**大聲而突然的：**）口授結束。

（十點四十二分，現在賽斯開始對珍最近涉及了她去世的母親的一個非常生動的夢做了個分析。他在十點五十六分結束此節。

（當我告訴珍，她的傳述極佳，並且常常很熱烈時，珍說，今天早上她寫了半頁很像賽斯資料的東西。「也許他將寫我自己的書，」她說，指的是《英雄》，「但那也沒關係，我不在乎我們兩個哪一個人寫它……」）

第八五九節　一九七九年六月六日　星期三　晚上九點十四分

（珍的努力去認定、研究並且追隨她的衝動，自從賽斯在兩節以前開始強調它們之後。當她在寫她的新書《英雄》時，她變得特別意識到她的衝動，因爲奇怪的，她發現自己面對著一連串想做其他事情——好比畫畫或重讀她的舊詩——的彷彿矛盾之衝動。

（舉例來說，她把週一與週二花在讀她於課開始〔在一九六三年〕之前所寫的詩，而奇怪她爲什麼沒有去寫《英雄》的衝動。最後，昨晚她才直覺的弄明白其間的關連：她一直都在寫那本書。《英雄》並不是在談如何達成某個無法達到的「超我」，卻是在談阻擋在實際的自我實現之路上的阻礙，而那首舊詩就是在處理這種阻礙。她告訴我：「除非你信賴你現在的自己，否則你無法找到你英雄式的自己，賽斯一直告訴我們要特別小心負面的佛洛伊德及達爾文的信念——而我突然就被我自己的那類負面信念包圍了，而所有那些信念阻擋了我去信賴我的衝動。我終於看到這本書進行的方向了。我要爲我自己及爲我們的讀者去解決那些信念。」)

口授。

再次的，你曾被教以去相信一般而言衝動是錯的，或者至多它們只代表了由邪惡的潛意識而來的訊息，道出了黑暗的情緒及欲望。

舉例而言，你們許多人相信佛洛伊德心理學的基本理論——即兒子自然的想取代父親在他母親心中的地位，而在這個兒子對他父親的愛之背後充滿著狂暴的謀殺意圖，這眞是個荒謬的白癡說法！

魯柏一直在讀他自己的舊詩，而他很恐怖的發現這種信念以相當粗魯及濃縮的形式出現。直到我們的課開始以前，他都遵循著對意識的公認說法，而雖然他反對那些告誡，但卻也找不到其他的答案。活得如此炫爛的自己，配備了理性，彷彿只爲瞭解它自己必然的滅絕之重要性。對活生生的人投射這樣的想法眞是一個悲劇！

再說一次，你們無法開始有一個眞正的心理學，除非你看見在一個更大範疇裏的活生生的自己，具有比你現在指派給它——或附帶的說指派給自然及其生物——更大動機、目的與意義。你曾否定了許多衝動，或計劃了其他的衝動，使得它們只能以某種行動方式表達出來。如果你們任何人眞的仍然相信佛洛伊德式或達爾文式的自己的話，那麼，你們就會不敢去檢查你們自己意識的衝動，害怕不知會找到什麼想要殺人的殘念，我並不是假設性的說這些。舉例來說，一位善意的婦人最近到過這兒，她擔心她過重的情況，而由於她認爲她缺乏自律去節食而感到沮喪。在她的不安中她曾去看一位心理學家，心理學家告訴她，她的婚姻也許可能是問題的一部分。那個婦人說她再也沒回去過。她是害怕她可能發現內心那埋藏了殺夫或結束婚姻的衝動，但她很確定她的過重情況隱藏著一些不幸的衝動。

(停頓。) 實際上，那個婦人的情況隱藏了她主要的衝動：去與她的丈夫溝通得更好，去要求他更明確的愛之表達。他爲什麼不像她愛他那麼愛她？畢竟，她可以說那是因爲她過重了，因爲他總是對她豐滿的——雖然他沒有用這樣一個富有同情心的形容詞——體態說些不好聽的話。

他無法以她所希望的方式來表達對她的愛，因爲他相信女人——如果你讓她的話——會毀滅男人的自由，而他把對愛的自然需要詮釋爲一種不幸的情緒化要求。他們倆都相信女人是比較次等的，而十分不自覺的，他們聽從了一個佛洛伊德式的教條。

(九點三十五分。) 那麼，我們一直在談的那些概念與你們的生活有密切的關係。剛才所提到的那個男人常常否認他個人的衝動。而就對他太太表達情愛這件事而言，有時候他甚至沒覺察到那種衝動。

在你削減你的衝動到根本認不出它們的其他領域裏，你關閉了可能性，並且阻止了那些本身就會把你領出難局之新的有益行動。你阻止改變。但因爲他們曾被教以，如果不去干預的話，他們的身體、心智或人際關係終究一定會愈變愈壞，所以他們怕任何的改變都將是不利的。因此，人們常常對事件反應，好像他們自己沒具有改變它們的動力似的。他們的生活態度彷彿是，他們的確受限制不但只能體驗這短短的一生，並且在這一生他們還是他們的化學作用的犧牲品——一個被破壞了的族類之意外的一員，那個族類一直到其最核心都是殘忍的。

另一個女性朋友發現在她乳房上有一塊小小的痛處。她對那些被當做是預防醫學的一大堆負面暗示——關於癌症的公益宣傳——記得很清楚，而充滿了不祥之感。她去看醫生，醫生告訴她，他不相信有任何不對勁的事。不過，「只爲了保險起見」，他建議照X光，而因此，在預防醫學的名下她的身體被給以一劑基本上不需要的輻射線。

（我們的朋友並沒有得癌症。）

我並不是建議在這種情況下你不要去看醫生，因爲你對你身體的負面信念的重量，常常使你無法去單獨承受這樣的一種懷疑。不過，這種行爲正好清楚的表明你們的群體信念，那信念就是相信自己及肉體都是脆弱的！

（停頓。）你們任何人，從你們的地位竟會如此嚴肅的考量，你們精美的意識之存在，會可能是被一個意外形成，並且很快會消失的宇宙所丟在一起的一堆化學物與各種元素的聚合結果。對我而言，這幾乎是不可思議的。你們可以得到多得多的證據：自然的秩序；把你們的意識投射入其他時空裏的夢的創造性戲劇；你不知不覺由胎兒變成成人那種自發性的成長之精確性；滲透了甚至最可惡的無賴的生命的那些英雄式主題及追求及理想之存在——這些全都是你生存於其中的更大範疇之證據。

（在九點五十一分停頓。然後大聲的：）如果宇宙是以人家告訴你的樣子存在的話，那麼，我就不會在這兒寫這本書了。

那樣的話，就不會有連接我的世界與你們世界的心理途徑。就不會有「自己」的延伸可以容許你旅遊過這樣一個心理上的距離，到那些形成我的精神環境的實相之門檻。如果宇宙是像人家告訴你的樣子結構的話，至少就你們而言，我的存在之可能性就等於零了。就不會有魯柏可以跟隨的非公認路線去把他由他時代的公認信念領開。他也絕不會承認爲我說話的原始衝動，而我的聲音也就不會在你們的世界上被聽到了。

（停頓。）這本書本身會存在之可能性就一直不會實現，你們就沒有人會讀它。群體世界是由個人衝動的結果而形成的。那些衝動相會相混，而形成行動之起飛甲板。

口授結束。

（九點五十七分。）

第八六〇節　一九七九年六月十三日　星期三　晚上九點十九分

（四週以前我在第八五四節的一開頭寫道，珍不太確定她新書的書名是不是要用《英雄》。不過，從那時候起，她就一直在用它——那是說，直到昨晚，當她終於同意她的確有了她一直在找的明確而非常原創性的書名：《珍的上帝……一個心靈宣言》。她問我：「那是不是太大膽、太前衛了？」我告訴她不會，我認爲那是一個非常好的標題，而正好說出了她想要讀者知道的事（註一）。）

晚安。

（「賽斯晚安。」）

口授：現在，讓我們再回到我們對衝動的討論，並且一併討論可能的行動。

（停頓。）你活在衝動的包圍當中。在你的生活裏，你必須做無數的決定——必須選擇事業、配偶、住處。經驗能助你做決定，但早在你有多年經驗的支持之前，你就得做決定。

整體而言，不論你們有沒有意識到它——因爲你們有些人有，有些人則沒有——你們生活的確有一種心理的形狀。那個形狀是由你們的決定形成的。你們做決定是由於感覺想做這個或那個，想以這種或那種方式做事的衝動之結果，你做決定是因個人的考量，以及好像因別人置諸你的要求而做的反應。在那些對你開放的無數可能性的廣大領域裏，你當然的確是有一些指導原則的，否則的話，你就會永遠處在一種不能決定的狀態。你的個人衝動提供了那些指導原則，使你看出你如何能儘量利用可能性，以使你成就你自己的潛力到最好的地步——而在如此做的時候，也對社會整體提供了建設性的幫助。

當你被教以不去信任你的衝動時，你開始失去你做決定的力量，而當這一切開始發生之後，你會開始失去你的力量感，因爲你害怕去行動。

許多人處於一種優柔寡斷的窘境，所以寫信給魯柏，舉例來說，這樣一位讀者也許悲嘆說：「我不知道我要做什麼？或要追隨哪個方向？我想我可以把音樂當做我的事業，因爲我有音樂上的天分。但另一方面（停頓），我又想學心理學。最近我都沒有專心在音樂上，因爲我是如此的困惑。有時我想我可以做老師，同時我正在冥想，並且希望答案會來。」（停頓）這樣一個人對任何一個衝動的信任都不夠，都不足以使他採取行動，而所有的都還只是「同樣可能」的活動。冥想必須繼之以行動——而眞正的冥想就是行動。這種人害怕做決定，因爲他們害怕他們自己的衝動——而他們中有些人能夠用冥想去痲木他們的衝動，而眞的阻止了建設性的行動。

（九點三十五分。）衝動是昇自對這人格的能力、潛力及需要之一種自然的、自發的建設性反應，它們是要用來作爲指導力量的。很幸運的，通常在小孩還沒有大到被教以衝動是錯的時，就會走路了，而很幸運的，在你們的信念系統開始侵蝕小孩的自信心之前，他朝向探索、成長、實現、行動與力量之自然衝動就夠強到能給他必要的跳板。你們有實質的成人身體，爲每個成人身體所設的模式都存在於胎兒裏——而再次，「很幸運的」，胎兒衝動的跟隨它自己的方向。

（帶著溫和的嘲諷：）沒人告訴胎兒，他不可能由一個小小的有機體去生長成一個複雜的成人結構。當你們在母親的子宮裏，你們都曾有著多麼小而細長，像線一樣軟弱的腿啊！那些腿現在在爬山、大步跨越巨大的林蔭大道，因爲它們跟隨了自己衝動性的形狀。而即使是在它們內的原子與分子，也在尋找自己最有利的可能性。而以你們不瞭解的方式，甚至那些原子與分子也認出並且追隨那所有意識——不論你們如何稱呼它們的身分——天賦的朝向行動的衝動，而隨之做

它們自己的決定。(**全都帶著熱切的情感**)

意識企圖朝向它自己理想的發展生長，那也促進了它參與其中的所有組織的理想發展。

那麼，我們又回到理想及其實現的問題了，你的衝動何時又如何影響世界？再次的，什麼才是那理想，那好的衝動？而爲什麼看起來你的經驗與那個理想離得那麼遠，以致於你的經驗顯得是惡的？

本章結束，請等我們一會兒。

第九章
理想、個人、宗教、科學與法律。

(在九點四十五分停頓。)「理想、個人、宗教、科學與法律」(全都帶著些幽默與強調)。那就是我們下一章(九)的標題。

法律是什麼?你們爲什麼會有法律?

法律是否是訂來保護生命、保護財產、建立秩序並且懲罰犯過者的?法律是否是訂來保護人免受自己的奸詐與狡猾之害?簡而言之,法律是否是訂來保護人不爲其「基本的犯罪天性」所害?

法律是否是訂來保護人不受由佛洛伊德與達爾文所大致定義出的「自己」之害?可是,老早以前人就有法律了,那麼,法律是否是訂來保護人不受其「罪惡天性」所害呢?(停頓)如果你們本來全都是「完美生靈」的話,是否根本就不需要法律了呢?法律是否界定什麼是不可接受的,或它們是否暗示了一些也許尚未被分清楚,而幾乎不被察覺到的更正面的議題呢?法律是想限制衝動的一種企圖嗎?它們是否代表了社會對什麼行爲是可接受而什麼則否的集體定義呢?

就你們大多數人的看法,在一個法律上的犯罪(Crime)與一個宗教、道德上的罪惡(sin)之間有何分別?〔譯註:以下簡稱爲「犯罪」及「罪惡」〕國家可以爲了一個「罪惡」而處罰你嗎?它顯然可以爲了一個「犯罪」而處罰你。法律是否是某些其他東西的一個反映——一個對人天生追求理想及其實現的反映?法律何時才扮演一個實際的理想主義者?當政客們在完美形象下露出缺失時,爲什麼你們如此的不屑呢?

(停頓。)這與你個人又有什麼關係呢?我們將從個人談起。

(在九點五十九分停頓。然後耳語:)每個人天生的都被善的意圖所驅策,不管那意圖可能變得多麼扭曲,也不管用來達成它的手段會多麼扭曲。

就像身體自童年時就想生長一樣,所有個人的能力因而也想要成長與發展。每個人都有自己的「理想」,也有那些「理想」導引,使它們自然的進入明確的發展途徑,以滿足個人及社會兩者。衝動提供了細節、方法、意義及定義,指向明確的表達途徑,這途徑會提供個人一種實現及自然力量的感覺,也會自動的提供回饋,因此那人知道他對環境造成了好的影響。

(停頓良久。)那些自然衝動如果被跟隨的話,會自動的導向政治與社會組織。而那又變成了個人發展及社會價值達成的工具。那麼,從個人的行動到社會性的重要事件,衝動才會輕易的以一種平順的動作隨之而來。當你被教以去阻塞你的衝動,不去信任它們時,那麼,你們的組織就變得堵塞住了。舉例來說,你只剩下一種想要改善世界的模糊的理想化感覺,卻得不到你自己衝動的個人力量，而它本來可以藉由發展你的個人能力而去指導那個理想主義的。你只剩下一種未界定的、揮之不去的、甚至令人痛苦的欲望，雖然想要去行善，去改變事件，但手邊卻沒有任何方法可以那樣做。這導致了流連不去的挫折感，而如果你的理想很強烈的話，那情形可能會令你覺得相當的絕望。

（在一個有力的傳述中停了一下。） 你也許會開始誇大在這一般性的理想和在週遭你明顯見到的「貪婪與腐敗」的明確證據之間的鴻溝。你也許會開始專注在你自己的缺陷上，而在你日益增加的不滿裏，在你眼中也許大多數的人都被一種惡的意圖所驅策。

你也許會大怒、憤慨——或更糟的則是充滿了自以爲是的感覺，以致於你開始攻擊所有那些你不同意的人，因爲你不知道除此之外，你還能怎樣對自己的理想或善的意圖反應**（非常強調的）**。

（十點十五分。） 試著去使世界更好的工作彷彿是不可能的，因爲看起來你並沒有力量，而任何你個人能做的小小善行，與這一般性的理想比較起來彷彿是如此微不足道，以致於你輕蔑的把它們打發走，而因此就不去嘗試建設性的用你的力量。你就不以自己的生活、自己的工作或同事來開始。**（較大聲）** 如果你是一個較好的推銷員、水電工、辦公室上班族或汽車推銷商，對世界又能造成什麼分別呢？天啊！一個人又能做什麼呢？

但那正是你首先必須開始努力的地方。在那兒，在你的工作與人際關係中，才是你與這世界交會之處。在那些關係裏，你的衝動直接影響世界**（熱切的）**。

(停頓。)你們許多人確信自己是不重要的——而當你們每個人都那樣感覺的話，你們的行動看來會好像對世界沒有影響。你會故意保持你理想的一般化，因而避免去向對你自己開放的一條路採取行動：藉著信任你自己及你的衝動，並且以你自己全然的正當性去影響在日常生活中所碰到的人。

罪犯大半由於一種絕望感而去犯罪。他們中有許多人有很高的理想，但這些理想卻從未被信任或付諸行動。他們覺得無力，因此，許多人以自以爲是的憤怒或報復心去攻擊一個他們眼中冷嘲熱諷、貪婪、變態的世界。他們集中注意力在那彷彿存在於他們以爲人應該是怎麼樣的理想，與他們認爲人目前又是怎麼樣的想法之間的鴻溝上。

在一方面，他們相信自己是邪惡的，而在另一方面，他們又確信自己不應如此，他們反應過度。他們常常把社會看做是與善爲「敵」的。許多的——但並非全部——罪犯擁有你歸諸英雄的同樣特性，但不同的是，英雄有他們自己表現理想主義的手段和明確的表達途徑。而許多罪犯發現他們的這種途徑被完全的切斷了。

我並不想使罪犯浪漫化，或合理化他們的行爲，我眞正想指出的是，很少有罪案是因爲「邪惡」之故而被犯下的，卻是無能實現一種感覺到的理想的一個扭曲反應。

所以，我們回到理想與善的本質是什麼？誰界定什麼是對或錯，合法或非法？

此節結束，並祝晚安。

(「非常謝謝你。」)

註一：珍在上星期天一早開始想那新書名的主要部分，當她在清晨四點起床吃早餐並且爲她的書做些筆記時，透過打開的陽台門，她傾聽第一聲的鳥鳴，那聲音召她到外面去看多霧的黎明之開展，那景色令她完全陶醉了。「那天早上，沒有另外一個人從我個人的觀點去看我正在看的東西，」她在一小時後寫道：「我覺得好像我享有看見一個世界開始之特權。」

「或，我突然想，那就像是看見自己心靈的一個新角落轉化成樹、草、花、天空與霧……好像我正在看我一直在追求的我的那部分，那個部分目光清澈如孩童，它開溜了，而與它自己的知曉合一。我們的那部分之存在是與我們對事業、生意、金錢、名聲、家庭成員的意見、朋友或世界的關懷分開的，它是我們與宇宙的直接連繫……在生活的每一刻我們由其中浮出。

「因此，在那一刻我把我那個部分命名爲『珍的上帝』，而那個命名至少對我而言是有意義的。以那種說法，我們每個人都有我們個人的「上帝」，而我**確信**不論我們是誰，是什麼或在哪裏，宇宙都認識我們。我認爲就我們的每隻貓而言，那兒也有一個米奇的上帝及比利的上帝，而每一個意識，不論它的身分如何，都擁有這與宇宙的親密連繫……」

第八六二節　一九七九年六月二十五日　星期一　晚上八點三十七分

(上星期三晚上的定期課沒有上,因爲晚餐後我們家來了些不速之客。他們離開得很晚,所以珍決定跳過一課。)

(今晚珍重複了她在一週前上第八六一節非寫書的課之前就在談的想法:她認爲賽斯快要結束本書了,「並不就在下兩節裏,但他是在朝那個方向進行,他已經給了所有他能或想——給的,談我們作爲個人與整個社會所持有的負面信念;他想開始他的下一本書,談如何積極的解決我們的挑戰,而創造一個好得多的世界……你知道,就是我告訴你的談治療法及價值完成的那本。今天,我甚至在亂猜書的標題,雖然我知道我不該那樣做。」

(珍覺得想比往常早些開始上課。不過,前面一大部分都刪掉了,因爲賽斯都在談別的題目。然後在九點九分才開始傳述本書的資料。)

口授。

你們國家的法律說,直到證明有罪之前你們都是清白的。那麼,在法律的眼中你們每個人都是清白的,直到被證明犯了罪。通常必須要有證人及其他的考量,平常一個人不能替配偶做反證。機會與動機也必須要成立。

可是,在宗教的世界裏,你們已被原罪玷污了:「該隱(Cain)的記號」已象徵性的印在你前額上。你來自一個犯了觸犯上帝之罪的族類。因爲你已自動的被定了罪，所以你必須做好事、受洗、相信基督或做其他的事才能被救贖。

按照其他的宗教來說，你也許由於天性中的「下流欲望」而被「羈留在人間」，生死輪轉，被罰經過無數的輪迴，直到你被「淨化」了爲止。而如我以前說過的，按照心理學與科學的講法，你是元素與化學物活生生的聚合體，被一個無故形成的宇宙無目的播種出來，而你被給予一個生命，在其中，所有你過去演化的「原始而動物性的」欲望一直蠢蠢欲動，等待著要表現，並且顛覆你的控制。

因此，親愛的讀者，請以比以前較仁慈的眼光去看這國家裏的法律吧！因爲它至少在法律上對你的淸白建立了一個信心，而不論它有多少毛病，它卻保護了你不受，好比說，任何宗教戒律的遠較狂熱面之害。

宗教戒律講的是罪，不論一個罪案有沒有被犯下（**停頓**），而宗教性的觀念通常認定了一個人是有罪的，直到被證明淸白。而如果你事實上並沒有犯下罪行，那麼至少在內心裏你還是有罪的——當然，你必須爲之受懲罰。罪可以是由玩牌到有一個性幻想的任何事。你們是充滿了罪的生物。你們有多少人相信那個呢？

（**審愼的：**）你天生具有對自己的善之固有認識。你天生具有對你在宇宙裏的正當性之內在認識。你生而具有想實現你的能力及在世界裏活動與行動之欲望。那些假定是我所謂的自然律之基礎。

你生下來就有愛心，你生下來就有慈悲心，你生下來就對你自己及你的世界好奇。那些屬性也屬於自然律。你生下來就知道你擁有一個獨特而切身的存在感，而它尋求自己的圓滿以及其他人的圓滿。你生下來就在追求理想的實現。你生下來就在追求能增加生命品質的價值，把特性、能量與能力加在生命上，那是只有你能個人的貢獻給世界的。你生下來就在追求達到一種你獨特的存在狀態，同時也豐富了這世界的價值完成。

（九點二十九分。） 所有這些特質與屬性都是由自然律給你的。你們是一個合作的族類，你們也是一個有愛心的族類。你們的誤解、犯罪與殘暴雖然很眞實，但卻很少是出自故意爲惡的意圖，卻都是由於嚴重的錯誤詮釋了善的本質，以及可被用來達成其實現的手段。大多數的個人在內心某個部分都知道是如此。你們的社會、政府及教育系統全都建立在，相信人類天性之不可靠的一個堅定信念上。「你無法改變人類天性。」這樣一個聲明確認人的天性是貪婪的，是個掠食者，在內心是個謀殺犯。你按照你自己的信念行動。你變成你認爲你是的自己。你們個人的信念變成了你們社會的信念，但那永遠是互相影響的。

我們很快就會開始討論一種比較好的群體實相之形成——那是當愈來愈多的個人開始與自己的眞正本質接觸時，才會發生的一種實相。那時，我們會有比較少受驚嚇的人，以及比較少的狂熱份子，而所涉及的每個人都能到某個程度開始看見「理想」變成實際的實現。手段絕不可使目的合理化。

此節結束。祝你們晚安——我並且對魯柏致敬。

（「他做得很好。」）

那正是我的意思。

（「好的，謝謝你。」）

（九點四十分，珍說賽斯在今晚的口授裏，包括了一些在上週三晚上沒上的課之前，從賽斯那兒接到然後寫下來的非語言性資料。「但還有更多他還沒講的呢！」）

註一：上週剛剛在上第八六一節之前，珍由賽斯那兒收到一些很吸引人的資料，談到這個概念：在心理治療裏，在病人的情緒與身體的困擾背後的善的意圖與衝動應由該分析師找出來。她對那資料做了一些筆記，她告訴我說，那是很有用的資料，而可能會改變有關傳統治療法的想法。而那實際上可能涉及了一本書——賽斯的下一本——談「價值完成之治療法」。她對她展現給自己看的新想法感到十分興奮。

然後，在非寫書的第八六一節裏，賽斯短短的提到他最近在寫書的課裏談理想與衝動的資料，這轉而使他評論珍剛寫的筆記。聽起來他顯然好像已決定了他的下一本書：

「價值完成之治療法將試圖使個人與其基本本能接觸，去容許他們感覺那形成他們生活的衝動，透過認識在自己的衝動、感受與能力裏的理想去界定自己理想的版本，而且去幫助他們在那些理想的實際實現中，找到施行他們自然力量的可被接受並且實際的方法。」

第八六三節　一九七九年六月二十七日　星期三　晚上九點十分

晚安。

（「賽斯晚安。」）

口授：當我說到自然律時，我不是指科學家的自然律，比如說，引力定律——那根本不是一個定律，卻是知覺工具的結果，而由某個意識層面的觀點顯現而出。照那個說法，你的「有成見的知覺」也天生就存在於你的科學儀器裏。

（停頓。）我在說的是那瀰漫滲透了存在的內在自然律，當然，你們所謂的自然是指你們對實相的特定經驗，但在那個範疇之外，十分不同的顯現也是「自然的」。那麼，我正在解釋的自然律則是在所有的實相之下，而爲各式各樣的「自然」形成了一個穩固的基礎。不過，我會把這些以你們的參考架構來講。

（停頓良久。）每個生靈體驗到生命，彷彿它就在生命的中心。這適用於櫥子裏的一隻蜘蛛，就像適用於任何的男人或女人一樣。這個原則也同樣適用於每個原子。意識的每個顯現進入存在，感覺它安全的在生命之中心——透過它自己體驗生命，透過它自己的本質覺察生命。它帶著一種朝向價值完成的內在推動力進入存在。它在自己的環境裏生就有一種安全感，而那個環境是適合它去處理的。它被給予朝向成長與行動的推動力，並且充滿了去影響其世界之欲望。

(九點二十一分。)「價值完成」這個辭非常難解釋，但卻是非常重要的。顯然它談的是價值的發展——不過，不是道德價值，卻是你們對它實在沒有適合的文字來形容的價值。十分簡單的說，這些價值是與增加這生靈自覺在其中心的不論什麼生命品質有關。那個生命的品質不僅只是被傳下來或被體驗，卻是要以一種完全與數量無關的方式，被創造性的增益、增加。

以那種說法，動物們也有價值感，而如果牠們生命的品質瓦解到超過了某一限度，那個族類的數量就會漸漸減少。我們在說的並不是「適合環境的才能倖存」，而是「有意義的生命才能倖存」**(熱切的)**。對動物而言生命即意義，而兩者是不可區分的。

(停頓。) 舉例來說，如果你說蜘蛛本能的織網，因爲蜘蛛必須吃昆蟲，而最好的織網者將是最適於生存的蜘蛛，那也不是什麼創見。**(停頓良久，然後帶著幽默)** 我眞是非常難逃避你們信念黏巴巴的網。不過，那個蛛網以它自己的方式代表蜘蛛的一個實現了的理想——而如果你不見怪的話，我要說那也是一個藝術化的網。**(較大聲)** 蒼蠅這麼仁慈的掉進那些網裏，實在令蜘蛛驚奇。你可以說，那蜘蛛奇怪藝術竟然可以如此實用。

(在九點三十分停頓。) 那隻可憐的、不疑心的蒼蠅又怎麼了呢？那麼，牠是否如此的被蛛網迷住，而失去了所有的警戒心呢？**(耳語並且故做冷淡的)** 因爲蒼蠅的確是這種邪惡的網狀美景之受害者。我們的確都進入了難纏的東西了。

（仍然在出神狀態，珍停下來給她自己倒了一點酒。）

你們在和你們自己不同類的意識打交道，此其一。的確，它們是集中焦點的意識，每一個感覺它自己在生命的中心。不過，雖然如此，這些其他形式的意識也與它們由其中浮出的大自然之源頭認同。以一種不可能解釋的方式，那蒼蠅與那蜘蛛是相連的，並且覺察到那聯繫。並不是作爲獵者與獵物，卻是作爲在更深的過程裏的個別參與者。它們一同努力朝向一種共同的價值完成，在其中，兩個都獲得了完成。

（停頓。）有些不爲你所知的意識之溝通。可是，當你相信像適者生存這類理論以及進化的偉大夢想時，那麼，你就把你對世界的覺知組織起來，使得它們好像證實了那些理論。舉例來說，你在爲實驗犧牲的一隻老鼠的生命裏看不到價值。而你會把這種齒爪相搏投射到自然界，而完全錯過了所涉及的偉大合作性冒險。

（停頓。）如果人相信生命沒有意義的話，他會變得精神錯亂。宗教曾造成了很大的錯誤，但至少它提出一個來世、一個救贖的希望，並且維持了——有時候壞竹也會出好筍——英雄式靈魂的傳統。科學，包括心理學，透過它所說的，以及透過它忽略了不說的，幾近於宣告了生命本身是無意義的，這是與深層生物學知識的一個直接矛盾，更不必說靈性上的眞理了。它否認了生物健全性的意義，它否定了人去實際運用他作爲一個生物所需要的那些根本因素：感覺他是在生命的中心、可以在其環境裏安全的活動、可以信任自己，並相信其存在與行動具有意義。

（九點四十四分。）衝動提供了生命的行動指導。如果你被教以你不能信任你的衝動，那麼你就被設定去反對你肉體的整體健全；如果你相信你的生命沒有意義，那麼，你就會做任何事去提供意義，同時一直表現得像是在科學迷宮裏的耗子——因爲你的主要指令可以說已經被弄亂了。

（停頓，然後有力的：）在這兒，我試著緩和我的聲明，但你們過去五十年的心理學已創造了瘋狂，藉由試圖把藏在每個人之內偉大的個人生命衝力貶爲一團籠統的混沌的衝動與化學物的——再次的，這是一個應用錯誤的佛洛伊德式與達爾文式思想之混合物。

靈魂最私密的痛苦多少被認爲是肇因於人原始的「無意識」欲望。個人朝向創造性之未被壓制的衝力，被看做是在一個人最深處的化學聚合物的不平衡——眞是一個變態的扭曲。天才被看做是一個染色體的錯誤或一個人恨父親的幸運結果。生命的意義被貶抑成基因的意外。科學以平均數與統計學的方式來思考，而每個人都被假定會符合這些領域。

到某個程度，這也適用於在同一個時代的宗教。教會需要很多的罪人，但卻避開聖人或任何不合常情的行爲，因爲那不符合人的奸詐。突然，帶有偏執特性的人，還有精神分裂（註一）的人，都由這個裝飾華麗的文明之壁紙中浮現出來，其中每一個的特性都被恰當的提出來。一個覺得生命沒有意義，而他的生命尤其沒有意義的人，情願被追捕而不願被忽略。甚至罪的重量也比完全沒有感覺更好。如果那個偏執狂會覺得他是被政府或「邪惡力量」追逐的話，那麼，至少他覺得他的生命必然是重要的：不然的話，別人爲何想要消滅它？如果有聲音告訴他他就要被消滅，那麼，這些至少是令人安慰的聲音，因爲它們使他相信他的生命必然有價值。

在同時，那個偏執狂可以在幻想裏用他的創造能力，那彷彿會讓精神健全的人無法想像——並且那些創造能力是有意義的，因爲那些幻想，再次的，向這偏執狂保證了他的價值。以你們的說法，如果他是正常的話，他就無法用他的創造能力，因爲它們永遠是與人生的意義相連的；如果他是正常的話，偏執狂確信人生是無意義的。在過去佛洛伊德派的心理學家傾聽一個人的聯想（**停頓**），而在同時卻維持著一種客觀的態度，或假裝價值並不存在，這是沒什麼用的。常常，被標明爲精神分裂的人是如此害怕他自己的能量、衝動及感受，以致於它們都被分裂、客觀化而被視爲是由外來而非由內來的。

對善與惡的概念被誇張了，彼此被隔離了，但在這兒創造能力又再被容許了某些表達。否則的話，那個人會覺得他不能表達它們。這種人害怕自己人格的主要衝力。他們曾被教以精力是錯的、力量會帶來災難，而自己的衝動是該被害怕的。

那麼，除了有效的把這些投射到自己之外——好的衝動跟壞的衝動一起——因而有效的阻止了有組織的行動之外，他還能有什麼保護呢？

（**在十點七分停頓。**）心理學權威所說的「精神分裂症」變成了一種一網打盡的標籤，在其中，個人意義的完整性被給予一個集體的一般性解釋。不幸的是，那些患偏執狂的人就正是那些最堅決的相信科學與宗教最愚蠢的說法的人。偏執狂及精神分裂者試圖在一個他們被教以沒有意義的世界裏找尋意義，而他們的傾向以一種較輕微的形式出現在整個社會裏。

創造性是人天生具有的推動力，遠比科學所謂的基本需要的滿足更重要。以那種說法，創造性是所有需要中最基本的需要。在此，我說的並不是任何想找到秩序的那種過度執著的需要——在那種情形下，一個人可能使他的身心環境變狹窄了——卻是在人類內心想要創造，想要成就情感與靈性價值的一種有力的驅策力。而如果人找不到這些（較大聲），那麼，所謂尋找食物或住所的基本驅策力並無法維持這個人的生命。

我不只是說，人不只爲麵包而活。我是說，如果人在生活裏找不到意義，他就不會想活，不管有沒有麵包。他就不會有去找麵包的精力，也不會信任他去如此做的衝動。

那麼，是有一些指導所有各種生命及所有實相之自然律——愛與合作的定律——而那就是我在講的基本需要。

（耳語：）此節結束。

（「好的，晚安。」）

註一：賽斯在第八一二節裏討論偏執狂；見第六章的開頭。

以下這些短短的定義是非常一般性的：偏執狂是爲系統性的、邏輯推理出的自覺偉大或被迫害的妄想所苦的人；而除此之外，那個人可以是相當穩定的。一個精神分裂患者害的是思考過程與情緒分隔的毛病。精神分裂的原因不明，而受害者通常因症狀之嚴重性而最後被送進醫院，那些症狀可以包括運動障礙，涉及了幻覺與妄想的知覺障礙，奇怪的行徑及從眞實世界的撤退。但精神分裂者也可能保持他主要知性能力的運用。

第八六六節　一九七九年七月十八日　星期三　晚上九點四十分

（照賽斯所說，今晚的課在九點五十二分之後就不是本書的資料了，但珍和我把它放在這裏，因爲賽斯在其中回到了我在本書先前問過的問題：像天花這種病毒在人類的事件裏扮演的是什麼角色？見第八四〇節及八四一節的某個部分。

（我又想起了我的問題，因爲幾天以前我在一本科學雜誌上讀到一篇文章；在那篇文章裏作者解釋說，有相當數目的女人會由與沒動過結紮手術的男人精子中所帶的一種病毒接觸而得到子宮頸癌。我告訴珍，我覺得這整個前提或情形眞是奇怪——我們族類的男性居然有把癌症傳給女性的潛能！附帶的說，我們以前也聽到過這個學說——但以這樣一種方式來傳染癌症彷彿是由男女結合而來的最致命的結果之一。我們變得極好奇，不知賽斯會做何解釋，而他給了我們極好的資料。在我們的信念系統裏，反諷的機會還眞多呢！我跟珍說。萬一研究人員下回發現，以某些尚未被懷疑的方式，女性能轉而把一個致癌的病毒傳給她的伴侶呢？

（今晚比最近的夜晚都涼快多了。當我們在等賽斯傳過來時，珍相當安靜，當我問她爲什麼不講話時，她說：「所有那些問題，所有那些人家假定我該回答的事情……我猜我一直在思慮，因爲我落入賽斯談到的陷阱裏——以爲我一定得去救世界……」

（然後我倆都笑了起來。我倆同意根本就沒有救世界的必要。這世界並不需要被救，雖然它是一個像人這種亂七八糟的族類的家，它仍然完全有倖存的能力。我說無論如何，人類只是在與無數其他族類共同創造他眼中的活生生的地球——而每種其他的族類也由它的觀點做同樣的事。即使以他看似具破壞性的方式，人也只能很輕微的傷害那個共同的實相，縱使有像三哩島甚或核子戰爭這種可能的險境。我特別提醒珍，賽斯在第八六五節非寫書的課裏講的一段話：

（「很幸運的，建設性的行動與思想的力量在自然界及你們的世界裏的確非常強大，否則的話你們根本不會存在。來回交織在這艾默拉社區的合作性冒險——以生物的、社會的、靈性的、經濟的、政治的及藝術的方式——是驚人的龐大的。那種合作大半沒被人注意到，但它卻穩穩的建立在所有生命內所特具的穩定性上。」）

口授。

（停頓。）每一種族類都被賦予了情緒上的感受，都沈浸在一種內在的價值完成系統裏。那麼，再次的，每一種族類不僅關懷肉體的倖存以及其成員的增殖，並且也關懷它所特具的那些特定品質之加強與實現。

就這個討論而言，有印在染色體內的生物性的理想：但也有些很難定義的固有理想，它存在爲精神性的藍圖，以便發展其他種類的能力。我用精神性這個字是指，所有的族類都擁有它們自己那種內在的精神生活，以與你們熟悉的植物或動物之實質特徵相對照。舉例來說，你們的公認看法有效的使你看不見你原本可見的、存在於所有族類之間的合作之眞實證據。我也不是在說一個強迫性的合作——那不知怎地安排了動物社交習慣的「本能」之結果：因爲牠們的習慣的確是社交性與合作性的。

最近當魯柏讀到，正統派的科學仍然不願承認人有意志力時，他頗爲憤慨。按照它的教條，任何這種有意識的選擇之感覺，反之卻是在任何一個時候大腦的態度之反映。但我說，人在他存在的架構裏是有自由意志的，而所有其他的族類在它們存在的架構裏也一樣有。

雞不會讀書，牠無法選擇去讀書，植物也無法選擇去逛街。可是，雞和植物可以選擇去活或去死——就任何存有的存在而言，這都是相當重要的論題。它們可以選擇喜歡或不喜歡它們的環境，並且依照它們各自的境況去改變那個環境。現在很流行說，某些科學定律能夠在微觀的層面被證實，舉例來說，在那兒微小的粒子可以被加速到遠超過通常的狀態。但你們十分蓄意的忽略了感受也存在於微觀的層面，也忽略了可能有心理性的粒子，更別說達到以下這個結論：所有的粒子都是心理性的粒子，有它們自己想發展與達成價值完成的推動力。那就是爲何原子結合以形成物質的理由，它們透過形式尋求它們自己的實現，它們也合作性的選擇它們採取的形式。

（九點二十三分。）如果最簡單的粒子都被如此賦予了推動力，並且賦予了追求完成的隱藏著的理想，那麼，人類又如何呢？你們有去尋找意義、尋求愛、尋找合作性冒險之傾向。你們有去形成令人目奪神移的精神性或心理性的創作之傾向，就像你們的藝術、科學、宗教與文明。不論你們造成過什麼錯誤或重大的扭曲，甚至那些也是爲了想在你的個人存在及生命本身裏尋找意義的需要而存在的。

任何相信生命沒有意義的科學家，只不過是爲自己提供了他認爲可與生命之滄桑相拮抗之可靠支持。如果他說：「生命沒有意義」，那麼，如果事實是如此，他就不會失望了，因爲他作繭自縛，但那個繭是有意義的，因爲它保護他不受他最深的恐懼之害**（全都非常熱切的）**。

當一個文明不支持創造性時，它就開始沒落。當一個國家不信賴它有天分的子民，而沒有去鼓勵他們時，它就開始出問題了。你們的心理學強調「標準」，因而使人們害怕他們的特性與能力，因爲心理學的標準無法契合任何一個人的心理輪廓線。它沒有觸及人類經驗的高度或深度，因此，人們變得害怕自己的個人性了。

魯柏今天看到一篇談到資優兒童的文章——有關他們的背景與發展。資優兒童不符合心理學的畫面，資優兒童不符合一般人灌輸給父母的兒童形象。事實上，爲了許多理由，資優兒童只不過是顯出了人類天生具有的潛在的機敏、頭腦的靈活、好奇心及學習能力。他們根本不是人類的古怪版本，反之，卻提供了人類眞正能力的一個暗示。

（停頓。）你的頭腦並不是空的，卻是一個保養得很好的機器，在你出生時即準備好開始運轉。它們被提供了一種學習的傾向——而如你們所瞭解的知識之基礎是存在於頭腦內的（**熱切的**）。那麼，以那種說法，頭腦在出生前就會思想了。它並不只在反應。每個個人都有自己獨特的能力，有一些涉及了與其他人的關係，那是你們甚至還沒有語言去形容的。不過，父母常常不太能接納他們的小孩所顯出的不尋常天分。他們害怕他們的孩子不能與其他小孩相處。他們感到不安，因為孩子不合於一般的標準——但從來沒有一個孩子曾經符合過那個「標準」。

許多成人覺察到自己在某一個領域的能力，而故意忽略那些能力，因為他們害怕變得「鶴立雞群」——或者害怕會被同儕攻擊。宗教與科學兩者都曾教過他們去懷疑任何一種的偉大。但每個活著的人都包含了偉大的成分；並且更有一種想實現他們內在能力的欲望。

我所說的偉大並不是名聲或只是一般所瞭解的藝術或知性的能力，還包括了那些其生命具有能力包容偉大情感內涵的人。我說的也還指其他的自然能力——有關夢的溝通，在每日生活裏對夢和創造性有意義的利用。有一些人類情操的幅度及心理經驗一直潛伏著，因為你們把注意力如此集中在「標準」的概念內，於是，任何非公認的經驗依然必須是古怪的、反常的，在你們主要的關注之外，而被你們的科學所忽略（**安靜的**）。

那樣說的話，許多被他們的老師認作是智障的小孩，其實是非常有天分的。這同樣也適用於那些因過動而被給予藥物的愛搗蛋的小孩，但他們的反叛是十分自然的。至於自閉兒童在許多情形是那些接收到以下想法的人：世界是如此不安全，最好根本就不要去跟它來往，只要自己的要求或需要被滿足就夠了。當這孩子被餵飽穿暖並且受到照顧，那麼，他就會繼續他的自閉行為，而那行爲本身的確達到了他的目的。

（在九點四十六分停頓。）這小孩覺得與世界來往是不安全的。並沒有人想剝奪一個小孩的食物，但如果這孩子必須去要求它們或以某種方式做出選擇的話，那，在這種例子裏，卻也許可以利用食物來作爲一種「款待」。自閉兒害怕做選擇，這當中有些是由父母那兒接收到的，因此，這孩子表達了他父母自己的未被承認的恐懼。可是，自閉兒可以是非常聰明的。

到某個程度，這樣一個小孩象徵著當一個人相信他沒有價值、不能信任衝動，而做選擇的壞處比好處多時，所會發生的事。他認爲躲在能力的後面比去用它們更安全。生命即表現。

口授結束。

（九點五十二分。）我要給一個答案的開頭部分（對我有關寄主與疾病之關係的問題）。你造成你自己的實相。那應該是你完整的答案（帶著幽默），但顯然它並不是。

首先，如果一個帶有癌症的精子進入了一個女人的子宮，而如果她沒有想得病的意圖的話，她身體本身的系統就會令那癌症完全無效。可是，其次，對那篇文章而言，那卻不是所發生的事——而我多少有點不知如何解釋，只因爲有一些在我看來彷彿你必然會做的無形的假定。

（停頓。）我會盡我所能的解釋，雖然我說的一些話無疑會像是與科學知識相矛盾的。

雖然科學家可能找到「癌細胞」，而雖然看起來癌好像是由一種病毒所引起的，其實，癌症涉及了一種關係，以那種說法，你可以把它想成是寄主與寄生蟲之間的關係——而到某個程度，這同樣適用於任何一種疾病，包括天花，雖然那些疾病本身也許看似有完全不同的肇因。一個寄主細胞並不就這樣的被攻擊，它邀請攻擊，雖然我一點也不喜歡「攻擊」這個字的暗示含義。我的本意只是試著用那些你們熟悉的字眼來開始討論而已。

這並不只是一個細胞突然「鬆懈了」對疾病的防禦。我試著盡可能簡單的解釋。一個細胞反映了一種心理狀態。一個細胞作爲它自己獨自存在，而且也存在於與身體所有其他細胞的關連性裏。眞的是有無以數計的心理狀態經常在混合與交流，而表現出具有生物上的完整性的一個整體姿態：這有機體保持爲一整體，維持其機能等等。

你的身體是你心理狀態的具體鏡子（**安靜而熱切的**），它是以宇宙的能量爲動力的。身體眞的在每個刹那躍入存在。你的心與身來自同一個源頭，來自宇宙的能量。你是充滿了生命活力的。你必須在你的生命中尋找意義。當你不論爲了什麼理由失去了生命的意義感時，這就會反映在你的身體上。（**停頓**）我很難把所有這些與被放在疾病上的許多暗示分開，而我也並不想這個資料被誤讀（**仍然熱切的**）。舉例來說，癌症在近些年來已變成身體的脆弱性的象徵——人的受制於身體的證據。那是一種當人想死時所會產生的疾病——當他們羞於承認他們想，因爲死亡似乎是與正常行爲相反的。如果人類奮鬥以求生，那麼，個人怎麼能想死呢？

我以前曾提到過，許多人曾得癌症而又復原了，自己卻一點也不知道。但是，在你們的信念系統裏，在這種懷疑自己有癌症的情形下，去看醫生幾乎是必要的，因爲許多恐懼是未經證實的，而光是發現這恐懼是毫無根據的這件事，就象徵的並且實質的給了這個人新的生命。

在你看的那篇文章的例子裏，一個女人的細胞應該會已經準備好接受那個來賓——雖然那個來賓帶有癌症，而且是一個精子。根本沒有攻擊這回事，有的只是一個接受，並且準備做某種改變。

（在十點十二分停頓。）一個生命的危機於焉形成。那個「寄生蟲」或病毒在建立起這樣一種心理上想要的境地時，扮演了它的角色。那是一個充溢著情緒的境地，一個迫切的危機。我知道這種議題所涉及的令人痛苦的問題，我也知道在我的解釋及許多人的日常經驗之間的鴻溝。事實是，當你要它的時候，死亡就會到來；它是被選擇的。

事實是，死亡就是一個生命的終極點，導向一個新的誕生與新的經驗。細胞知道這點，而心臟也一樣。人無法承認他們想在某個時候死。如果他們能接受這是他們自己的這個意願的話，有些人甚至可以改變主意。許多人也這樣做了；心理的狀況變好了，而身體的細胞也就不再對生癌的情況倒履相迎了。

那些她們丈夫去做結紮手術的女人常常已解決了困擾她們的性問題，因此，在那方面的恐懼減少了。（停頓良久）子宮頸癌可以涉及——可以涉及——生長過程本身之扭曲，它來自這女人的信念複雜的扭曲。在某方面，癌症——某些癌症——的疼痛劇烈程度常常反映了這個人相信生命是痛苦而折磨人的信念。同時，那種「痛」也提醒了那人的情感與覺受。

（停頓。）今晚就到此爲止，祝兩位晚安。

（「非常謝謝你，晚安。」）

（在十點二十三分結束。）

第八七六節　一九七九年七月二十三日　星期一　晚上九點二十八分

（我們在九點十四分坐等課的開始。珍沒有問題要問賽斯，卻期待他繼續上週三晚的資料。可是，鄰居在八點四十五分來串過門子，而過後珍解釋說，雖然他們只逗留了一會兒，但那個資料已由她的內在知覺「撤退了」。她說：「所以，我只能等它再出現。」）

現在：晚安。

（「賽斯晚安。」）

我也有可能會感到困惑（苦笑），而魯柏剛剛感受到的正是我的困惑，因爲，的確在某些方面我想給你們很多的資料，但我卻必須對抗你們所習慣的那些思考模式，而那些模式使你們很難組合「思索」的種種不同成分。

如往常一樣，我會盡我所能的以你們熟悉的觀念來解釋（微笑），至少以它們開始。我瞭解目前流行的經驗也許會顯得與這些概念中的一些相矛盾，因此請多包涵。所以，我將把疾病的概念與創造性的概念合在一起，因爲兩者是密切相連的。

（停頓。）現在暫且記起我在過去曾做的一個比喻，把物質世界經驗的景像比作畫家畫的景像——那可能是黑暗、陰沈，充滿了災難的預兆，卻仍是一件藝術品。以那種說法，每個人以活生生的顏色畫自畫像——畫的不是只以寧靜姿態坐在桌旁的人，卻是充滿了行動潛能的。你們現在活著的人都是在人生的一班裏。你顧盼同時代的人，看他們的畫像進行得如何了，而你會發現其中有各式各樣的悲劇性的自畫像，英雄式的自畫像，喜劇式的自畫像。所有這些畫像都是活生生的，而在它們互動時，形成了你們全球性、群體性的社會與政治事件。

這些畫像顯然有一種生物上的眞實性。現在，以一種說法，每一個人都沾入同一類的顏料裏，等等——那就是你們的相似性由之而出的成分。對這種畫像而言，必然容許了很大的創造餘裕。每個人與每個其他人互動，而共同形成了人類心理與物質的實相，因此，你們多少參與了很多畫像的形成。我只是要你們把那個比喻放在腦海裏。

（停頓。）不過，這些畫像來自如此天生的、奇蹟似的創造性，以致於它們自動被創造出來——一種自動的藝術。在某些層面，人類永遠在創造性的開始自己的另一種版本，但總會保持著一個大體的模式，而生物上的完整性也會〔隨時隨地〕被維護著。可是，你們所認爲的疾病是相當具創造性的成分，在不同的層面，並且同時在許多的層面作用。

（九點四十六分。）許多病毒對肉體的生存而言是必不可少的，而以你們的說法，病毒有不同的活動階段，因此，只有在某種條件下病毒才會變成你們所認爲致命的那種。最健康的身體也包含著許多所謂的致命病毒，但它們卻是在你們所謂的一種不活動的形式——由你們的觀點來看它們是不活動的，因爲它們未引起疾病。可是，它們是有助於維持身體的整體平衡。以一種方式，在每個身體裏，人類安身於一種已知的身分，但卻又在許多層面上創造性的進行細胞改變及染色體變化的實驗，因此，當然，每個身體都是獨特的。那麼，就不同的疾病而言，有各種不同的階段，有些疾病藉由喚起了身體的全面防禦，而眞的能把身體由弱轉強。在某種條件下，有些所謂的患病狀態可以保證人類的生存。

（停頓良久，許多次之一。）請等我們一會兒……**（再停頓良久）**這非常難以解釋。**（又停頓）**以一種方式，某些患病狀態有助於保護人類的生存——不是由去除那些不健康的人，卻是把一種「情況」引介給相當多的人。那種情況穩定了其他在人體內必需被遏止的病毒；或「自然的接種」了人類，以對抗一個可能的更大危險。

在很多微細的層面——微觀的層面——總是有一些生物實驗在進行，那是一種創造性的努力，以給人類的有效行動盡可能多的餘裕。你的思想在生物性的層面上改變了你的身體。

（在十點一分停頓良久。）你們的文化對人類也有生物性的影響。我說的並不是一種貶損性的明顯關連，就像污染或什麼之類的。如果你是以進化的老說法來想的話，那麼，我會說你們的文化與文明實際上改變了染色體訊息。再次的你的思想影響你的細胞，而思想也可以改變你們所認爲的遺傳因子。請等我們一會兒……就像你們的想像力在生活中的每個領域都是那麼重要，你們的想像力與疾病也是密切相連的。你藉由想像性的考慮這樣或那樣的一個可能性而形成你的存在，而你的思想也以那種方式影響你的身體。以一種方式而言，疾病代表了生命的一種工具，因爲人們已經給了疾病社會的、經濟的、心理的及宗教的涵意，因此它變成了另一個活動與表達的領域。

我告訴過你，在微觀的層面並沒有像你們自己的那種固定的自我結構。身分的確是有的。一個細胞並不害怕自己的死亡。它的身分已經理所當然的在物質實相和無形實相之間來回旅行太多次了。

細胞以自己生命的特性「唱歌」，它與其他的細胞合作，它與它所從屬的身體聯盟了起來，可是，以某種方式，它也去適合那個「構造」。（**停頓**）人類的夢對他的存活是非常重要的——不只因爲做夢是一種生物上的必要，而且也因爲在夢裏人類是沈浸在更深的創造層面裏的，因此，那些將來所需要的行動、發明及創意會在恰當的時間與地點出現。以進化的老說法，我是在說人的進化過程也依賴著他的夢。

（**十點二十分。**）請等我們一會……大多數你們認爲是只屬於人類的特徵，都以某種程度出現在所有其他的族類裏。可是，其實是「人類夢的本質」才大部分該爲你們所認爲的人「人類的進化」那事負責。（**熱切的**）你們學會以不同於其他生物的方式做夢。我想你們會喜歡那句話。

（**「說得好極了。」**）

在你們的語言還沒有被具體發明出來之前，你就夢到你在說話。是因爲你夢的本質以及你夢的活動造成了現在的你，因爲，否則的話，你就會發展出一種機械似的語言——假設你能發展出一種的話——來指明稱呼、地點，並且處理最簡單、客觀的實相：「我走這裏。他走那裏。太陽很熱。」你就會有那種對具體事實的光禿禿的描寫。你就無法想像那些還沒存在的物體，也無法想像自己身處在新奇的情況。你對季節就不會有任何整體的畫面，因爲做夢教育了記憶，而加長了人注意力的長度。它加強了每日生活的學習，而對人的進步是非常重要的。

光是運用知性的話，世代以來人根本無法藉由每日經驗學到，好比說，一個季節是跟在另一個季節之後，因爲他會太活在當下而無法做到那點。可是，在一個季節裏，他夢到其他的季節，而在夢裏他看見自己散播水果的種子，就如他在日常生活裏看到風在播種一樣。

他的夢提醒他一個寒季來過，而還會再來。你們大多數的發明都是在夢裏來到的，而再說一次，是你們夢的本質使你們與其他的族類如此不同。

（十點三十五分。）請等我們一下……人類的創造性也是你們特定的那種夢的專門化的結果。夢等於是——等於是——一種獨特的存在狀態，在其中你組合了具體實相與無形實相的成分。它幾乎像是在兩個實相之間的門檻，而你學著去在那門檻處把你的具體意向保持得夠久，因而能以一段短暫的注意力，由無形實相裏汲取你正需要的創造性成分。

一般而言，動物在牠們的夢境裏是比較不物質取向的。牠們的確會夢到物質實相，但在時間上卻比你們的要短暫得多。牠們會把自己沈浸在夢裏，在一種我希望以後會解釋的不同類的做夢意識裏（較大聲）。

此節結束——但我還會繼續這個資料。祝你們晚安，我們已經打開了一罐很好的形而上的魚罐頭。

（太好了，晚安，賽斯。謝謝你。）

（十點四十二分，當珍爲賽斯說話時，她有許多很長的停頓，我只指出了幾個；事實上，好多個月以來，這是她最慢的一節。她說：「現在我知道在課開始前我爲什麼覺得那麼困惑了，我必須坐在那兒，等賽斯以一種新方式把東西組合在一起，那眞是一種奇怪的感覺。」

（她停下來。然後：「書快結束時我彷彿得到一些不同的東西，好像在那兒一本書會導向下一本書似的，譬如賽斯所談到關於治療法與價值完成的書，等等，以及你今天所說關於身體意識的東西，每件事都是相關的。」

（不過，現在，當我說我喜歡今晚談做夢與語言的資料時，珍回答說：「我希望你沒有那樣說。因爲，你一說了那句話之後，我馬上覺得有一團資料打開了，關於古代人有一系列集體的夢，在其中他學會如何說話。那些夢就像以無法理解的語音在說話一樣，但它們卻是有意義的，於是人就開始說話……」

（然後，在一分鐘之後：「另外一件我剛剛得到的東西是，當人與別人在物質世界裏，他可以指著他想要描述的東西給人看，但當他試想描述夢時，他才學會眞正的說話。那是唯一的方法——說話——他可藉之去分享那不可被看見的資訊。他可以指著一棵樹而發出咕嚕聲，但他卻無法指出在夢裏的任何東西。他必須有種表達的方法去描述那看不見的東西。當他試著告訴別人他在夢中所見時，也可能會發明一些什麼。」）

第四部

身體力行的理想主義者。

第十章

好、更好及最好。價值完成相對於競爭。

第八六八節　一九七九年七月二十五日　星期三　晚上九點十五分

（再一次的，珍因這非常潮濕的夜晚而覺得很不舒服。）

晚安。

（「賽斯晚安。」）

口授。（帶著幽默）第四部：「身體力行的理想主義者。」

（停頓。）新的一章（十）：「好、更好及最好。價值完成相對於競爭。」

請等我們一會兒……這本書的大多數讀者，以某種方式，都可以被他們自己或其他人看做是理想主義者，但在這些書頁裏，我們顯然曾展示給你們看，幾幅離理想甚遠的社會與政治現實之畫面。我們曾試著爲你們大略描寫出許多信念，它們顚覆了你們作爲個人的私人健全性，並且促成了目前流行於群體世界的非常明確的問題。

（停頓。）再說一次，很少有人眞的由一個邪惡的出發點去做事。在醫學、科學或宗教裏的任何不幸情況，並不是來自任何想要破壞「理想」的堅定意向，反之，卻是因爲人們常常相信在追求理想的過程裏，任何手段都可以被合理化。

在你們的社會裏，當科學彷彿背叛了你時，那是因爲它的手段配不上它的意向——如此的配不上，並且如此違背了科學的主要目的，以致於那些手段本身幾乎等於是一種未被認出的、隱伏的反科學態度。當然，這同樣也適用於醫學，當在它想救人命的高貴目的裏，它的手段常常導致不高貴的實驗，以致於生命爲了救更多的生命而被消滅。（停頓）在表面上，這種手段有時顯得是令人遺憾但卻必要的，但其更深的暗示則遠遠超過了任何暫時的利益，因爲透過這種手段，人看不到生命的神聖性，而開始輕蔑的對待生命。

你們常常會姑息相當應受譴責的行爲，如果你們認爲它們是爲了一個更大的好處而做的話。你們有去找明顯的惡的傾向，去以「善與惡的力量」的方式去思考，而我相當肯定，我許多的讀者都確信惡的力量。惡並不以那種方式存在，而那就是爲什麼這麼多彷彿是理想主義者的人會參與十分應受譴責的行爲，同時卻告訴自己這種行爲是合理的，因爲它們是達到一個好的目的之手段。

（在九點三十二分停頓良久。）那就是爲什麼狂熱份子覺得他們的行爲可被合理化的理由。

當你沈浸在這種黑白分明的想法裏，你就很對不起你的理想。每一件不符合那個理想的行爲都開始在其核心處瓦解那個理想。如我說過好幾次的，如果你覺得沒價值或無力去行動，而如果你是心懷理想的，那麼，你也許會開始覺得那個理想存在於那麼遠的未來，以致於你必須採取你本來也許不會採取的步驟去達成它。而當這種情形發生時，那個理想總是受到了侵蝕。如果你要做一個眞正身體力行的理想主義者，那麼，你沿途所採取的每個步驟都必須要能配得上你的目標。

在你們的國家，自由企業體系是浸在奇怪的源頭裏的。它建立在每個個人都有權去追求一個有價值並且平等的生活之民主信念上。但那也〔變得〕與達爾文式適者生存的概念連在一起，於是，也就與每個個人必須追求他自己的好處而犧牲別人的信念連在一起，而且也與所有任何既定族類之成員是在彼此競爭，而每個族類更進一步的又是在與每個其他族類競爭的這個十分錯誤的觀念連在一起。

供應與需求「定律」是建立在一個相信人的基本貪婪天性之不怎麼好的錯誤觀念上。在過去，你們處理你們國家的土地，就好像既然你們族類是「最適於生存的」，那麼，你們就有權去犧牲其他所有的族類而求得生存。這個國家的理想在過去與現在都是最好的：每個個人都有權帶著尊嚴去追求一個平等而有價值的存在。不過，那些手段助長了那個理想的破敗，而十分不幸的，公衆對達爾文原則的共同詮釋被轉移到經濟領域，並且被轉移到人類作爲一個政治動物的形象上。

（停頓。然後全都熱切的：）宗教與科學都一樣的否認其他的族類有眞正的意識。當人談到生命的神聖性時——在他比較闊達的心情下——他講的只是人類的生命。你並不在與其他的族類競爭，你也不在與自己同類的任何自然競爭裏。大自然的世界也完全不是各族類之間競爭的結果。如果事情是那樣的話，你們根本就不會有什麼世界了。

你個人實質的存在，是因爲只生物性的存在於你們族類與所有其他族類之間的無與倫比的合作，而在較深的層面，則因爲存在於所有族類的細胞之間的細胞性聯盟。價值完成是存在於每個意識單位之內的心理上與物質上的傾向，把它以這樣一種方式向著更大的完成推動，以致於它的個別完成也增益了每一個其他這種意識單位的可能最好發展。這種傾向在物質的架構之下與之內運作。它也在其之上運作，但我在這兒講的是，價值完成賦予你們物質世界之內所有意識單位的合作性本質。

（**九點五十四分。**）當你相信競爭時，那麼，競爭變成不僅是眞實的，並且是一個理想。兒童們被教以彼此競爭。兒童在以新的表現來勝過舊的表現這種衝動裏，自然的與他自己「競爭」。可是，在所有的活動層面，競爭都被提倡爲一個理想。就像是你必須看著別人，以知道你做得如何——而當你被教以不去信賴你自己的能力時，那麼，當然，你就過分需要別人的意見了。顯然，我說的並不是任何遊戲性的競爭，卻是一種決然的、激烈的、拚命的，有時幾乎致命的競爭，在其間，一個人的價值是由他把多少人排除在外而決定的。

（**停頓。**）這也被帶到經濟、政治、醫學、科學，甚至宗教裏。因此，我願再強調這個事實，那就是，生命的確是一種合作性的冒險，而所有朝向理想所採取的步驟，其本身也必須是促進生命的。

口授結束。

（十點一分，賽斯的確討論了我昨晚的夢。）

此節結束，並祝晚安。

（但我還不想放賽斯走。「我能再問你一個問題嗎？」。）

可以。

（「珍爲什麼對夏天的氣候如此敏感？」）

如我以前說過的，魯柏把夏天看做是度假及享受美麗休閒活動的時光。在夏天他工作做得不好，又害怕這會導致鬆弛懶散。他渴望那些涼快時辰的來臨，因而，它們變得重要了。

當然，人們常常以個人性的方式對季節反應，利用某些成分把自己向前推進或停滯不動。利用這些課當做他的回響板。沒有一個季節只是它本身而已，它存在於和所有在它界限之內的人的關係裏，而魯柏徹底的享受夏天，而用較涼快的時辰作爲一種對比。

此節結束。

（「好的，謝謝你。」）

再說一次，祝你晚安。

（「也祝你晚安。」）

（在十點十四分結束。）

第八六九節　一九七九年七月三十日　星期一　晚上九點五分

（以下是今晚非寫書的課之摘錄。）

（九點二十八分。）加到你們談疾病的資料上的一節短課。

所有生物性的有機體都知道，肉體的生命依賴著意識與形體的一種經常轉換。當然，以你們的說法，我是在說，實質的說，死亡給予生命。這個生物上的知識在微觀的層面上也切身的被承認。甚至你們的細胞也知道，爲了你肉體形式的持續，它們的死亡也是必要的。

只有對你們有意識的信念系統而言，這整個的取向才是奇怪或陌生的。大多數人多多少少在他們死前都覺察到一種想死的欲望——一種他們通常並不有意識承認的欲望。到一個很大的程度，「痛的感受」也是你們信念的結果，因此，甚至現在那些的確伴隨極大痛苦的疾病也並不必要如此。顯然的，我是在說「致命的」病毒並不「認爲它們自己」是殺手，它們並不比當一隻貓吞掉一隻老鼠時更自以爲自己是個殺手。那隻老鼠可能會死，而由於病毒的結果，一個細胞也可能會死，但對這種事件所下的涵意也是信念的結果。在心靈的與生物的更大活動領域裏，病毒也是以天賦的能力在它們的層面上保護生命。

或多或少，它們永遠是被邀請的——再說一次，永遠是被邀請的，以響應那些經驗的更大節奏，在其中，物質生命依賴著意識與形體的不斷轉換。我們最近的書《群體事件》的先前幾章指出了生物上的理由之外的其他理由，對這種境況做了說明。

（**九點四十分。**）請等我們一下……那麼，死亡的階段也是生命週期的一部分。我曾提到過進化性的——就你們所謂的進化而言——實驗（註一）。你最近讀到過一種疾病，皮膚在劇癢之後變得像皮革似的——一種令人稱奇的發展，在其間，人的身體試圖形成一種皮革似的皮膚，那會——如果這實驗繼續的話——有足夠的彈性容許毛孔的存在及正常行動的自由，在叢林的環境裏卻又夠堅硬來保護自己不受許多「還更危險的」昆蟲及蛇之叮咬（註二）。許多這種實驗在某個階段會以疾病的形式出現，因爲那種情況顯然不是正常的肉體狀況。到某個程度，癌症也代表了一種進化性的實驗，但所有這種例子都逃過了你們的注意力，因爲你們認爲所謂的進化已經結束了。

（**停頓。**）你們自己族類的一些變種被動物們認爲是患病的動物族類，所以，我想要在那兒開濶你們的觀念。在整個自然的計劃裏，並且在所有的層面——甚至社會的或經濟的層面——疾病永遠有它自己的創造性基礎。在出生時的任何一種不正常，永遠代表了這族類本身的可能版本——而它們被保存在基因庫裏以提供一個永無止盡的「替代者」之庫藏。

（**停頓。**）有各種各樣的相互關係。舉例來說，所謂的蒙古症兒童提醒了人在知性成就之外的純粹情感的傳承。他們常爲了那個理由而在工業化的文明裏出現得更多……

（**停頓。然後好玩的：**）在我們下一本書裏，我們將試著使人認識他們作爲獨立存在於其信念系統之外的一個族類的眞正本質之畫面。我們希望顯示出存在於一個內在環境裏的人之來源，而且強調夢在「演化性的進步」中的重要性，以及夢作爲人最富創造性成就的主要來源之重要性。

此節結束，並祝晚安。

（「好的，賽斯晚安。」）

（九點五十六分，珍笑起來說：「天啊！我眞不知道他怎麼從我裏面弄出所有那些。」因爲她在課前曾經非常鬆弛。

（過去五個禮拜以來，珍著迷於有關賽斯下一本書的那些想法，她說那會與「價值完成之治療法」有關。現在，賽斯好像已定下了那本書的正式名稱：《夢，「進化」，與價値完成》。）

註一：見第八六七節九點四十六分之後。

註二：賽斯提到的病是蟠尾絲蟲病（onchocerciasis），那是被黑蠅叮咬而散布的一種寄生性血絲蟲所引起的。在賽斯短短的提到它時，他並沒有提起除了產生使人毛骨悚然的皮革性皮膚之外，絲蟲病也會引起目盲——因此，它的俗名又叫做「河盲」。這種最嚴重的疾患看起來像是以西非爲中心，而在那兒感染了上百萬的人。四個世紀之前，它被黑奴帶到了西半球，而現在可在墨西哥的某些區域及南巴西被發現。

這種病並不會致命，而喪失視力的百分比也因地區而異。可是，我們想由賽斯那兒得到談目盲的實驗性進化方面的資料，因爲我們不瞭解這樣一種令人衰弱的狀態眞的能導向什麼更好的事。(以那種說法，也許在這個特定的生物性實驗裏，目盲代表了一個進化上的死路。)我們也許會在賽斯結束此書之前請他再加以解釋。

的確，看起來好像賽斯可能會有關於疾病的進化層面之足夠資料來寫一本書。用他自己的話來講，如果我們三個能找到時間去弄到那資料的話，它將會是「令人著迷的」。關於這種生物性實驗的整個想法令我們不禁奇怪，我們如此習慣的認爲只是疾病的任何「普通的」疾病到底是如何，又到多大的程度，涉及了那些推動力。

第八七〇節　一九七九年八月一日　星期三　晚上九點二十一分

現在，口授。

「理想」的發展之藍圖存在於基因知識之庫藏裏，提供了人類各式各樣的完成途徑。那些藍圖以「理想」的形式存在於你的精神裏。它們透過人類個別成員的衝動與創造來表達它們自己。

舉例來說，你們天生的運動員透過身體上的專門技術而顯示出某種理想的身體狀況。他們可能成了了不起的靈活、力氣或力量的化身，他們高舉起個人的特性，和肉體上的理想供人欣賞，而到不論什麼程度，也指出了在這族類本身裏與生俱有的能力。

（較大聲的，當我請賽斯重複一句話時：）我相信現在人能以比三十年前快得多的速度**（差不多快十二秒）**跑完一哩路。是否身體的有效速度突然加快了呢？並非如此吧！反之，對身體表現之精神上的信念已經改變了，而結果就造成了身體上速度的增加。身體的確可以比目前**（三分四十九秒）**的紀錄還跑得快得多，我只不過是想讓你們看到信念對身體表現的影響而已。不過，並不是每個人都想做個跑步專家。他們的創造性與理想可能在十分不同的努力領域裏，但個人的表現永遠增益了人類的知識。好、更好、最好。作爲一個很差的跑步者是不是很壞呢？當然不是，除非跑步是你自己特定的天職。而如果它是的話，你愈練就會愈進步。

現在，你們的理想，不論是什麼，最初都是由你們的內在經驗裏浮現出來的，而這也適用於作爲一個整體的人類。你們關於社會與合作的概念，是來自出生時就被賦予的一種生物上與靈性上的知識。人在觀察動物們的合作之後，認出了團體的重要性。你們的文明，是身體細胞的內在社會性組合，以及那賦予你肉體生命的自然之合作性過程精采的、創造性的外在演出。這並不意謂著知性是比較差勁的，卻意謂著知性用它的能力去幫助你形成物質文明，那是精神上、靈性上、及生物上的內在文明之反映。你永遠由自然學習，而你也永遠是它的一部分。

你們想要瞭解在任何領域的精采表現的這種追求——你們的理想主義——全都是在靈性上與生理上根深柢固的。如果在這本書裏我們曾提到的許多情形不是那麼理想的話，那麼，作爲一個個人你就可以開始改變那些情形，你藉著接受你自己做人的正當性來做這個。你藉由丟棄無價值及無力量的想法——不論它們的來源爲何——來做這個。你藉由開始觀察你自己的衝動、藉由信任你自己的方向來做這個。就在今天，你由你所在的不論什麼地方開始。

（九點四十二分。） 你的思緒並不停留在你環境裏的不幸情況上，而你也眞的在你自己的生活裏採取步驟，去以不論什麼可行的方式表達你的理想。那些方式是有很多很多種的。

舉例來說，一般而言，如果你對於自己身體的狀況眞的很擔心的話，就去看一位醫生，因爲不然的話你自己的信念可能會太嚇著了你。不過，你可以從無害卻有些煩人的身體狀況開始，試著自己去解決問題。試著去發現你爲什麼心煩。當你頭疼或者只是胃不舒服，或如果你有一種慢性的、討厭而卻不嚴重的情形，就像是鼻子不適或者乾草熱——在那些情形裏，提醒你自己你的身體的確有能力去治癒它自己。

做我那本書《個人實相的本質》裏的練習，去發現是哪一種精神性的情況或哪一種心理根源在引起你的不適。不要爲了頭痛而吃阿斯匹靈，反之，坐下來安靜的呼吸並且提醒你自己你是這宇宙絕對必要的一部分。讓你自己感覺你自然的一種歸屬感。這樣一個練習常常能立刻減輕你的頭痛，但每個這種經驗將容許你對你自己身體的過程建立一種信任感。

檢查你所讀的報章雜誌，你所看的電視節目，而告訴你自己去忽略那些對身體的弱點的指示。告訴你自己去忽視那些權威性的談到人類「殺手本能」的文章或節目。努力使你自己的知性不受這些阻礙性信念之影響。試試你自己的能力，如果你學會去信任你做人的基本完整性，那麼，你將能清楚估量你自己的能力，既不誇大，也不低估它們。

（停頓。） 你不會覺得有必要，好比說，去「使你的存在合理化」，藉著誇張一種特定的天分或設定一種特定的偉蹟或藝術之表演，而將之當做是一個僵固的理想，當在事實上你也許愉快的被賦予了某種能力，但卻不夠偉大到足以給你你認爲你也許值得的特殊讚美。

在另一方面，有許多非常有天分的人，他們一直貶低自己的才能，而害怕去踏出表達它們的一小步。如果你接受你的生命在宇宙裏的正當性，那麼，你的理想就會與你的天性相配。你的天性將會相當容易的被賦予表達，因此它們可以增益你自己的成就，並且也同樣的增益了社會的發展。

（**停頓。**）你的衝動是你與你的內我最接近的溝通，因爲在醒時狀態，它們是由你在夢裏所有對自己的深層內在知識裏昇起，而朝向行動的自發性驅策力。（**熱切的**）你生下來是因爲你有存在的衝動。宇宙存在，因爲它有存在的衝動。並沒有外在的宇宙性的彩衣吹笛人〔譯註：德國傳說中的吹笛人，曾以笛音誘使鎮上兒童尾隨其後，一同隱入山洞而不復見。〕唱著魔音或吹著魔調，驅策著宇宙進入存在。想要存在的驅策力是由內而來的，而到某個程度，那股驅策力在人或者分子的每次衝動及每次朝向行動的驅動裏都被重複著。如果你不信任你衝動的本質，那麼你就不信任你生命的本質、宇宙的本質，或你自己存在的本質。

（**十點一分。**）任何動物都知道牠們不可以不信賴牠們自己生命的本質，而任何的嬰兒也是如此。自然是憑藉信心而存在的。松鼠收集乾果是憑著牠們會有糧食的信心，下個季節會到來的信心以及春天會跟著冬天來的信心。你們的衝動是沈浸在所謂信心的特質裏，因爲這些衝動使你相信行動的時刻的確存在，並驅策你去行動。可是，你的信念必然會與你的衝動互動，而這些信念常常會腐蝕那些衝動所提供的那個了不起的、自然的、有益的自發性。

（停頓。）當我說到衝動時，你們許多人會自動想到那些顯得是矛盾的、危險的或「邪惡的」衝動——那是因爲你們是如此確信你們的存在基本上沒有價值。你們有權去質疑你們的衝動，並在它們之間選擇，去評估它們，但你必得要覺察到它們，承認它們的存在，因爲它們會引領你到你自己的眞正天性。由於你們的信念系統，對你們有些人而言，這可能涉及了一個相當長的旅程，因爲現在你們許多的衝動是由在過去那些完全正常而未被認可的衝動所造成的壓力之結果。但你的衝動反映出你生命的基本衝動。即使如果在任何一個時候，它們顯得是矛盾的話，大體而言，也可以看出它們形成了朝向行動之建設性模式，那更清楚地指向你自己成就與發展的清楚途徑。

（在十點十分停頓良久。）舉例來說，當你們在幼年時被容許較大的自由去做你想做的事時，你自然的屬性十分清晰的顯露出來。身爲兒童，有些人喜歡與文字，有些人喜歡與視覺影像，有些喜歡與物體打交道。有些在與他們同時代的人打交道上顯出了不凡的能力，而其他人則自然的傾向於獨處及私自的冥想。回頭看看你兒時衝動性的行爲，看那些最讓你歡喜的活動。

如果你畫畫，這並不意謂著你必然應該是個畫家。只有你知道那些衝動的強度——但如果它們是強烈而且持續不變的話，那麼，就追求它們。如果你結果只把畫畫當做一種嗜好的話，那仍然會豐富你的生活與瞭解。如果你的衝動引你與別人建立關係的話，那麼，不要讓認爲你自己是無價值的這種恐懼擋了你的路。積極表達你的理想主義到你所能做到的不論什麼程度，這是很重要的，因爲這增加了你的價值感與力量感。

這種行動有一種保護作用，因此，你會不至於過分強調，那也許存在於你自己內或社會內的，現實與理想之間的鴻溝。許多人想把世界變得更好，但那個理想彷彿是如此驚人，以致於他們認爲他們不能有任何的進展，除非他們做出一些勇敢或英雄式偉大的舉動，或想像他們自己在某些政治或宗教的有力地位上，或倡導一種起義或反叛。再次的，那理想看來彷彿是如此遙不可及，以致於有時候任何的手段，不論多麼應受譴責，終究好像可以被合理化。要把世界變得更好，你必須以改變你自己的生活開始，此外別無他途。

你以接受你作爲宇宙的一部分之自我價値來開始，並且以給予每個其他人那同樣的認可來開始。你以尊重在所有形式裏的生命開始。你以改變你對你同時代的人，你的國家、你的家人、你的工作伙伴的想法來開始。如果「愛你的鄰人如你自己」這個理想似乎太遙遠的話，你至少要絕對克制自己不去殺你的鄰人——而你的鄰人是在這地球表面上的任何其他人（較大聲）。

事實上，你無法愛你的鄰人，除非你先愛你自己，而如果你相信愛你自己是錯的話，那麼，你就的確無法愛任何別人。

首先，你先要承認你在自然的架構裏的存在，而要那樣做你必須瞭解，那將一個族類與另外一個族類連在一起的廣大的合作過程。如果你眞的利用你在你國家裏作爲一個個人的特權，那麼，你就能比你現在在正常的生活裏行使多得多的權力。每一次你肯定你自己存在的正當性時，你也幫助了別人。你的精神狀態是這星球之心靈氛圍的一部分。

口授結束。

（十點二十七分。現在賽斯傳過來兩段資料給珍。在十點三十一分繼續。）

一個附註：你們外在的文明眞的反映了偉大的細胞文明，因此你們試著把那種秩序與創造性外在化。

你們許多科技上的進步——事實上，所有的進步——毋寧是當你試著去物質性、客觀性的再現大自然的內在實相時，對大自然的內在機制之詮釋：如聲納、雷達等等。我以前曾常常提及文明，但有時候幾乎不可能以文字來描寫氣味的文明，建立在溫度的變化、顏色的順序、壓力的漸次改變上的文明——所有這些都是非常精細而有組織的，但卻相當無法以字句說出來。要想對這種事情有任何瞭解的話，你必須要有額外的非文字資料。

在你們的生活裏，任何你要的東西在你天性的輪廓線內都是可能的，只要你瞭解事情本是如此。

你有問題嗎？

（「沒有。」賽斯在十點四十分道晚安。）

第八七二節　一九七九年八月八日　星期三　晚上九點十五分

（當我在等今晚的課開始時，我唸給珍聽我剛給一位頂尖的生物學家寫的一封信，我請求他幫忙找到進化的視覺「證據」的原始資料——顯示爬蟲的後代一點一滴的變成鳥所涉及的形狀。在這個例子裏，我所說的證據是指圖片，那是建立在關於所有那些中間的生物必然的長相的最可能的科學上的假設。我也想估計當這些改變發生時的數千年來，牠們是怎麼存活下來的。

（就我所知，生物學家們並沒有找到這種過渡的化石，像那些已被發現的爬蟲與鳥的個別形狀。因此我決定去找出較次好的東西：關於牠們必然的長相之視覺上的代表。但我奇怪，一隻翅膀在發展階段又有什麼用處，而又有不知多少代的「正在變成鳥的爬蟲」必須帶著那些多餘的附肢，直到最後孵出了可以飛的完全成形的鳥。大自然會以那種方式做事嗎？

（我在《「未知」的實相》卷二的附錄十二裏寫了關於進化的事。在我爲了要寫出那篇文章而做的所有研究之後，我在考慮那「理論」——無論如何，甚至字典仍稱之爲進化「理論」！（譯註：英文中理論乃指未經實證之假設）——時，仍然非常小心。我跟珍說：「我覺得，如果科學想要被相信的話，它應該提出一些可以合理的使人信服的資料。如果科學想要談進化樹以及爬蟲變成鳥的話，那麼，我們無疑有權看見所有的——或至少大部分的——樹上的葉子，而非那些只在枝頂的葉子。」當然，我是指許多那些看不見的葉子應代表了進化理論所要求的那些失踪的、實質的、中間的形狀。

（那位科學家也許根本不會回我的信，但它已經有一個沒預料到的有益影響：今晚，當賽斯結束了書的口授之後，他給了關於我們人類喜歡稱爲進化的他自己的一個絕佳的綜論。）

（耳語：）晚安。

（「賽斯晚安。」）

口授：對有些讀者而言，可能這本書的主題好像與討論神通能力的明確發展離得非常遠。許多人寫信要求我把，好比說，達成靈體投射、神通的進步或心靈的瞭解之正確方法概廓出來。可是，以它自己的方式，這本書的確是爲了帶來這種能力的發展而寫的，因爲，並不是方法的缺乏抑制了這種活動。反之，「神通的進展」是被我們一直想令你注意的那些非常負面的信念所阻礙的。

你們許多人一直在尋找可以信賴，並且向之求助的某個彷彿很遙遠的靈性的「內我」，但同時，你卻一直不信任與你有如此親密接觸的熟悉的「自己」。你在自己的那些部分之間建立起不必要的分隔。

有些人寫信說：「我發現我是太自我中心了。」有許多追求靈性進步的派別教你要「去除你心中的那團衝動與欲望」，去把你現在的自己推到一邊，而去找一個更大的理想化版本。首先，你本是的自己是一直在變而從不穩定的。以那種定義來說，的確有一個內在的自己（內我），但那個內我是你目前存在的來源，透過你的衝動而表現。內我提供了朝向你最理想的發展天生固有的靈性上與生物上的驅策力。那麼，你必須信任你現在就是的自己。

如果你想以最深的方式瞭解自己，你必須以你自己的感受、情緒、欲望、意圖與衝動開始。

靈性的知識及神通的智慧是一種自我統一感之自然結果。

再說一次，在心靈與生物兩方面，衝動都天生就是好的。它們由「架構二」、由內我浮出，而它們是建立在你們星球上所有物種之間偉大的內在溝通網路上。（停頓）衝動也提供了朝向對你最有好處的那些行爲模式之自然驅策力，因此，雖然，好比說，有些衝動也許會聚在一起導向身體的活動，但其他的——彷彿與之矛盾的——則會導向安靜的沈思，因此，整體而言，維持了某種平衡。

有些人只覺察——或只大半覺察——朝向憤怒的衝動，因爲他們已抑制了那些朝向愛的自然衝動，而那本來會緩和可能看似攻擊性的欲望。當你開始信任你自己，你藉由認識到在過去，至少到某個程度，你一定沒有信任你自己或你的衝動來開始：你曾認爲衝動是危險、造成分裂或甚至是邪惡的。因此，當你開始學習自我信任時，你要承認你的衝動。你把它們一一試試。藉由容許它們一些自由，你就能夠看到它們會把你帶到哪兒去。你並不去貫徹那些會造成別人身體上的傷害之衝動，或那些彷彿直接與你目前的信念相反的衝動——但你的確承認它們。你的確去試著發現它們的來源。在它們背後你幾乎永遠可以找到一個——或許多個——被抑制的衝動。它動員你朝向某個理想的方向移動，去尋找在你心中被如此理想化而彷彿不可能達成的愛或瞭解。否則的話，你所剩下的就只有攻擊的衝動了。

如果你檢查這種惱人的刺激，你會發現它們最初都是在一個長長的過程之後昇起的，在那個過程裏你害怕去採取朝向某個理想的、積極的小步驟。你自己的衝動自然引你去追求創造性的成就、你意識的擴張、靈體出遊以及對你的夢之有意識的知識及操縱。

（九點四十分。全都很熱切的：）如果你害怕你自己的衝動或你自己存在的本質，那麼，沒有一種方法會有用。你們大多數人都瞭解「一切萬有」是在你內的，上帝是在創造之內，在具體物質之內的，而「祂」並不只在實相的外邊，像某個宇宙的指揮者那樣的運作。你必須瞭解靈性的自己也以同樣的方式存在於肉身的自己之內。內我也並不遙遠——並沒有與你最親密的欲望與事情分離，反之，卻是透過你自己最小的手勢，透過你最小的理想而顯現出來。

在自己之內的這種分隔感強迫你這麼去想：有一個遙遠的、靈性的、聰明的、直覺性的內我，及一個迷惑的、被貶低的、靈性上無知的、較卑劣的肉身的自己，而那剛好是你與之認同的那個。更有進者，你們許多人相信，肉身的自己之根本本性就是邪惡的，而它的衝動，如果放任它去，會直接與物質世界及社會之好處背道而馳，並且與內在實相更深的靈性眞理正面衝突。於是，內我變得如此被理想化，並且如此遙遠，以致於相形之下，肉身的自己彷彿只有更無知，更缺陷重重了。面對著這種信念，那些神通發展或靈體出遊或靈性知識，甚或精神健全的生活之理想彷彿是如此的遙遠，以致於像是不可能了。因此，你必須開始禮讚你自己的存在，把你自己的衝動看做是在肉身的與無形的自己之間之自然連接物。信任他們衝動的兒童學會走路，而由信任你的衝動你可以學會再找到你自己。

（停頓。）口授結束。

（九點四十九分。）請等我們一會兒……

意識在具體形式之先。意識在物質宇宙之先（停頓良久），意識在所有其顯現之先。以任何你能瞭解的說法，想存在的衝動是沒有開始或結束的。你們實質的物種就是存在的內在物種之顯現，或是由意識創始的創造性組合作爲物質性的模式，然後意識再流入其中。以那種說法，這個世界進入存在，而各物種在一種與想像中完全不同的活動架構裏出現，而那個架構無法被科學性的建立——尤其是在那些科學用以自我保護的界限內。

在地球以及其生物的模式尚未具體出現之前，它們就與你在腦海裏對一幅畫的計劃一樣眞實，並且遠較眞實。以你們的說法，這宇宙及其行星及生物一直本就客觀的存在著，而所有物類之模式也一直存在著，並沒有任何之前或之後的安排。

（停頓。）我對那些比喻並不滿意，但有時候我只能用它們來表達如此超出正常知識管道之外的議題。那麼，這就好比是地球及所有其物種都以完整的形狀存在，好像一個尺寸完備的宇宙性底稿，它全部在同時逐漸活了起來。鳥類並不來自爬蟲類，牠們一直就是鳥，牠們表現了某一種在尋找某種形式的意識（全都很熱切的）。想像一個非常複雜的夢之所有成分突然帶著物質的屬性活了起來，物種——所有的物種——也以同樣的方式具體的出現。精神性的形像——現在，以那種說法——存在著，而「在宇宙性的靈光乍現中」被突然賦予了完整的物質顯現。

在那方面聖經的詮釋是正確的。生命是現成的，是有自由去按照其特徵性的情況發展的。地球是準備好了的，並且被賦予了生命。意識建造形像，因此，生命永永遠遠存在於意識內。並沒有一個時間之點，在其中，化學物質或原子突然獲得了生命，因爲它們永遠擁有意識，而那是生命之必要條件。

以你們所能瞭解的說法，你們所覺察的所有物種多少同時的出現，因爲那些精神性模式已達顚峯（做手勢）。牠們的活力已強到夠在物質的架構內形成類別及合作。

（在十點七分停頓。）我瞭解，看起來好像有些物種已消失了，但再次的，你必須記得可能性，而那些族類只不過曾隨著可能地球之模式「發展」。你並不只是與物質的單線發展打交道，卻是在與一個不可想像的創造性打交道，在其中，你們物質世界的所有版本都存在著，每一個都頗爲確信它自己的具體本質。有一些相當無法言說的分支，雖然在某種出神狀態或在經過訓練的做夢之幫助下，你也許能瞥見那聯繫你們公認的地球與其他可能的地球之內在複雜性及溝通網路。你一而再的選擇你在物質實相內的時間及焦點，而你的心智保有對與人類有關的許多看似神祕的發展之內在理解。

甚至細胞也都不受時空的限制，既可以在當下保有一種親密的存在架構，同時卻也被你所認爲的地球之過去的這更大的知識所圍繞。廣義來說，地球及其所有的物種都在每個刹那被創造。你奇怪是什麼賦予第一個卵或種子或不論什麼生命，而認爲那個問題的答案也能解答大多數其他的問題；因爲你說生命只不過是從那一點傳下去罷了。

但，到底，是什麼給了卵或種子生命，讓它繼續活下去，並且給它能量？想像某個（解釋宇宙的創造之）偉大的大爆炸理論，那給了你一個巨大的能量之爆炸，那又不知怎的轉成了生命，但在這過程中的某處那能量必然會消耗光——而如果事實是那樣的話，生命就會一直愈來愈弱，但事實上它並非如此。今天的小孩就與五千年前的小孩一樣的新而且新鮮，而每個春天也是一樣的新。

那麼，到底又是什麼將生命給了化學物質呢？那才是比較正確的問題。所有的能量不只是有覺性，而且是所有意識組織及所有物質形狀之來源。這些代表了意識的架構。（停頓良久）以你們的說法，曾有那麼一天，就物質的具體化而言，正在做夢的世界突然醒轉成完整的實相了。這地球被欲望造訪。在那兒有些幻影似的旅遊──精神性的建築物、夢的文明，然後它們變得確實化了。

此節結束。還有很多未說的。

（「是的。」）

我對你倆最衷心的祝福──並且告訴魯柏要記住思想的力量。

（「好的，晚安。」）

（十點二十三分。珍說：「今晚我眞的不知道我到哪兒去了，我跑得這麼遠，就像沒有身體似的。我能感覺到的唯一事情，是他試著找些比喻來說明進化的那一段。實際上，我所得到的感受是，對那似乎如此陌異於我們平常的實相的某些東西，我們似乎還沒什麼概念。甚至你跟我，不管我們有多努力。」

〔「我猜我得到的感受是，意識的某些部分夢著地球，並且一直在造訪它；然後，有些部分在其中醒了過來，而暫時變成了它，而它需要的東西都已在那兒了……」

(「你有沒有想到，在菁英份子肯考慮這份資料之前，必須要發生的信念之轉化？」我問，「這資料會毀掉一個相信進化的科學家的世界。那是說，要是他肯對這資料付出任何注意的話。」

(我的話提醒了珍，她今天下午在想，科學至少應該考慮任何的資料，不論它從何而來。然後由賽斯那兒她知道她錯了——她那種資料會被認爲是「非資料」，因而被忽略。

(但沒關係，因爲就今晚賽斯談進化的資料看來，他顯然好像在準備他的下一本書：《夢，「進化」，與價值完成》)。

第八七三節　一九七九年八月十五日　星期三　晚上九點三十一分

(昨天，在兩位好友幫忙搬所有的家具之下，珍換了房間。那就是說，在坡屋裏的客廳現在成了珍的寫作間，而在後邊屋北她以前的寫作間則變成了客廳或所謂的休憩電視間。這個新的安排似乎是非常舒適的安排。珍最近有點煩躁，而期待一個改變。我們的朋友非常準確的體會到珍的需要，把這個換房間比喻成她的一個小度假。)

(耳語：)晚安。

口授，在你們安適的新房間裏。

以一種說法，如果你想要長時間保持做一個眞正的理想主義者，你就必須是一個身體力行的理想主義者。你必須採取小小的實際步驟，常常是當你情願採取一大步的時候——但你必須透過行動，順著你理想的方向而行，不然的話，你會覺得幻滅或無力，或再次的，認定只有劇烈而非常不理想的手段才能達成一個既定的理想狀態或情況。

（停頓。）在所有活動層面，人生都是被推向尋找理想的，不論那個理想是一種生物性或精神性的。那個追求自動賦予人生熱情及自然的興奮與戲劇感。發展你自己的能力——不論它們是什麼——探索並且擴展你對自性的經驗，給生命一種目的感、意義以及創造性的興奮——那並且也會增益了社會與人類的瞭解與發展。

去冥想或在你的腦海中想像達成了某些想要的目標是不夠的，如果你害怕去對你的冥想與想像引起的那些衝動本身採取行動的話。當你不對一個理想的目標採取任何步驟時，那麼，你的人生的確缺乏刺激。你變得沮喪了，你也許會變成一個反面的理想主義者，以致於你在沈思好像地震這類自然災害的發生當中找到了某種興奮。（停頓）你也許開始把你的注意力集中在這種活動上。或者，你也許在沈思世界之結束，但在這些情形裏，你是被一種個人的挫敗感或是某種報復感所驅策，而在你的腦海中看到，一個落得如此低於你的理想化期望之世界毀滅。

不過，如果你瞭解事件並不是自行存在的話，那麼，這本書討論過的不幸情況全都無法支配你，所有的事件與情況首先皆存在於心內，在溝通的最深層面沒有新聞是祕密的，不論你是否由你們科技性的精巧玩意兒收到它。

你的思想、信念及欲望形成了你在電視上所看到的事件。如果你想改變你的世界，首先你必須改變你的思想、期望及信念。如果這本書的每個讀者改變了他的態度，那麼，縱使沒有一條法律被重寫，明天這個世界仍會變得更好。新的法律將會隨之而來。

（在九點四十八分停頓良久。）任何新的法律永遠追隨信念的改變，而非其反面。

請等我們一會兒……沒有文明，沒有科學、藝術或哲學的系統不是自心智裏起源的。當你口是心非的贊同那些你並不同意的概念，你就是在出賣自己的理想，多少傷害了你自己，也傷害了社會，因爲你沒有給自己及社會你自己的瞭解之裨益。每個人都是一個理想主義者，我只是想幫助你在日常生活的行爲裏實行你的理想主義。

以你們的說法，不論在任何時期，每個活著的人都幫忙畫出了當代文明之活生生的畫面。做你自己最好的畫家。你的思想、情感與期望就像是活生生的筆觸，你在生命的風景中用以畫出你自己的角落。如果你在自己的生活裏全力以赴，那麼，你就的確幫忙改進了所有生命的品質。你的思想就與雪花或雨滴或雲彩一樣的眞實，它們與其他人的思想混在一起，以形成人類活生生的風景，提供了實質事件自其中形成的廣大精神成分。

當你學會容許你的衝動一些自由時，你會發現它們與你認爲人生應該是什麼樣子的理想版本相連。你會開始發現那些自發性的衝動，就像地球的物質成分一樣，基本上是好的，而且是賜予生命力的，它們提供原動力給所有生物的生命。

不過，更甚於此，那些衝動還會將你與所有生命由之浮出的原始衝動相連。

（九點五十九分。）請等我們一會兒……你會發現你衝動自然的合作性本質，而你就不會再相信它們是矛盾或困擾人的影響了。你的衝動是「存在」了不起的多重行動之一部分。（停頓）在更深的層面，人格具衝動性的部分都能覺察地球表面上的所有行動。你是涉及在一個合作性的冒險裏，在其中，你最微小的衝動也有一個更大的意義，並且與所有其他行動密切相連。你有把你的人生及世界改變得更好的力量，但，再次的，在如此做時，你必須重新估量你的理想是什麼，以及那些配得上它們的手段。科學與宗教都曾對人的發展有很多的貢獻，不過，它們也必須重新估量它們的理想和手段。

（停頓。）不過，廣義的說，眞的只有相信科學及相信宗教的人，而科學界及宗教界若沒有那些相信它們的看法的個人就會變得了無意義。當那些人擴大了他們對實相的定義時，科學與宗教的領域也就必然會擴大。在追求理想時，你必須不顧一切——不顧一切到，堅持你一路上所採取的每個步驟都配得上那個理想。

如果你是一個身體力行的理想主義者，你就會瞭解你不能以和平的名義開殺戒，因爲如果你這樣做，你的手段就會自動瓦解了你的理想。生命及靈性之神聖性是二而一的。你無法詛咒身體而最後沒有詛咒到靈魂。你無法詛咒靈魂而最後沒有詛咒到身體。

我希望我的每個讀者都是身體力行的理想主義者，而如果你是的話，你就會自動容忍別人的信念。在你追求自己的理想時，你就不會刻薄。你會以一種健康的慈悲和一些幽默去看這個世界，而且你會去尋找人的基本善良意圖。你會找到它，因爲它一直就在那兒。你會發現你自己基本的善良意圖，而明白它一直就在你所有行動的背後——甚至在那些最不合於你個人理想的追求之行動裏（帶著溫和的諷嘲）。

目的並不能使手段合理化，如果你學到了那個教訓，那麼，你的善良意圖會容許你在私人的經驗裏，以及在你與別人的關係裏有效而創造性的去行事。你改變了的信念會影響你的國家及世界的精神氛圍。

（在十點十三分停頓良久。）請等我們一會兒……你必須面對你現在的自己，承認你的衝動，並探索它們的意義。依靠你自己。你會找到比你以為的多得多的力量、成就與美德。

此節結束。此章結束。給我們的朋友一些香煙。

（十點十六分。）歇歇你的手。

（在十點十七分停頓，眼睛閉著。）結論：你們都是單獨的個人，但你們每一個都形成了這世界的實相之一部分。在有意識的層面上，你通常只覺察到你自己的思想，但那些思想與世上其他人的思想混合在一起。你瞭解電視是什麼，可是，在其他的層面，你攜帶著世界新聞的一個畫面，那畫面是由組成所有生命的細胞所傳遞的信號所「接收到的」。當你有一個想行動的衝動時，它是你自己的衝動，但它也是世界的行動之一部分。以那種說法，有一種內在的神經似的系統，它提供世界所有的部分之間經常不斷的溝通。如果你接受人基本上是個善良的生物這事實的話，那麼，你就容許你自己的心靈本質自由而自然的流動——而那本質是由你的衝動躍出的，並不與之敵對。

由於你的思想、信念及期望的本質，在地球表面上的事件不論多渺小，你們每一個人沒有不在其中扮演某個角色的。

以同樣的方式，也沒有任何你不曾深涉其中的公衆行爲。你與你這時代所有的歷史事件都密切相連。

（**停頓良久。**）到某個程度，你參與了把人放在月球上的那個活動，不論你與那具體事件本身有沒有任何關連。你的思想把一個人放在月球上，就與任何火箭所能做到的一樣確定。你現在就可以涉入一種新的探索，在其中，人的文明及組織改變了方向，而反映了他的善良意圖及理想。藉由確定你所採取的每個步驟都「理想的切合」你的目標，你可以做到這一點。你會確定你的手段是理想的。

如果你這樣做的話，你的人生會自動被提供了刺激、自然的熱情與創造性，而那些特性也會向外反映在社會的、政治的、經濟的與科學的世界裏。這是個値回票價的挑戰。它是一個我希望每個讀者都會接受的挑戰。（**停頓**）實際的理想主義者（**停頓**）……請等我們一會兒……總而言之，根本沒有另外一種的理想主義者。

我祝你們每一個人在那個努力裏都能成功。

本書結束。此節結束（**較大聲**）。

（**「謝謝你。」**）

我把結論分開來講，因爲我想那樣它們會更有效。（**幽默的**）而我祝你們兩位身體力行的理想主義者晚安。

（十點三十六分，於是賽斯以那句溫和的話把《群體事件》結束了。一直到末尾，他仍沿用在星期三晚上寫書之慣例。珍和我曾預期，他就快結束他的書了，但當那一刻來臨時，我們仍感覺某種驚奇、某種懷戀的失望：我們曾依賴爲每週慣例的這個部分，以後不會再有了。

（「每到他結束一本書時，我總是覺得怪怪的，」珍忍不住這樣說，「永遠無法相信。而在同時，我又想趕快把它結束，而看看它結果變得如何……」

（「好吧，」我逗著她說，「但妳最好快一點，因爲他已經計劃好了他的下一本書。談夢、進化及價值完成——記得嗎？但我應該要小心，」我又說。「妳跟妳那小伙子可別開始得太快，要不然慘的可就是我了。」當我想到爲了準備這本書的出版，我仍需做的所有工作時，不禁苦笑起來。

（事實上，我倆將繼續和以前一樣忙。下個月當夏季漸近尾聲時珍計劃爲《群體事件》寫篇序。同時，她還忙著她自己最近的書《珍的上帝：一個心靈的宣告》。

（在所有我們個人的活動中間，珍和我對我們選擇去居住，並且在其中工作的世界之文化、科學、藝術及經濟的各面都仍密切注意。每個其他的個人也同樣專注於他們自己獨特的實相裏。現在，我們很能體會在每一天的每一分鐘，我們世界裏的人爲我們及其他千千萬萬的人所提供的好東西——但我們對那個「外在」世界的共同興趣也指向三哩島——在我們南方一百三十哩直線距離的核子發電場所在地——的情形。四個半月之前，在那兒的兩個核子反應爐之一故障，而幾乎引起鐳燃料的熔解。全世界都在注視這個美國核子電力計劃有史以來最慘的意外。

（珍和我從各種報導裏得到的最近消息是，三哩島受損的二號反應爐仍然是個封住的謎。在那包圍著反應爐的建築裏關著大量的輻射線，所以還要過「好幾個月」才能進入。而在科學家與工程師宣告那個廠地終於安全去除污染之前，還要經過「好幾年」呢！這還不知要花上多少鉅款，因爲那清除過程的每一步都必須爲了最大的安全而一絲不苟的安排。

（我把三哩島擱在一邊，而開始去想一些「結尾語」，以點出賽斯在夏天邁過顚峯而準備融入秋天時結束了《群體事件》。然後我想出來了。當然：季節的改變意謂著當我爲這本書做自己那份工作時，野雁會正往南飛。我已然期待著牠們的遷徙；自從四年前我們搬進了這坡屋後，我已變得特別喜歡牠們那種古老的活動了。透過野雁我想把珍和我的活動與大自然而非科技連在一起，因爲在自然裏，我感覺到遠超過科技的一種偉大的、崇高的、終極的平靜與創造性。

我們永遠也無法瞭解大自然對我們這些實質生物的眞正意義。對我而言，姑且不談「一切萬有」之內了不起的整體原創性，大自然是所有「活生生的」物種所共同創造，並且由內操縱的基本物質環境。而我試圖個人性、象徵性的去捕捉一點大自然之終極神祕，就表現在我對野雁一年兩度飛翔的讚歎上。

（我無法想到一個更好的方式來結束《群體事件》。）

請沿此虛線剪下後，寄回新時代系列讀友會

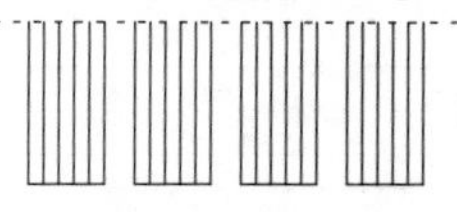

廣告回函
北區郵政管理局登記 證北臺字6300號
免貼郵資

台北市南京東路四段50號6樓之1

新時代系列讀友會　收

姓名：

地址：

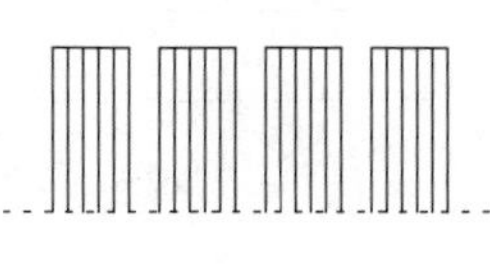

新時代系列讀友卡

謝謝您購買這本書！
為了提供更好的服務，請您詳細填寫本卡各欄，免貼郵票，寄回給我們，您將成為本社新時代系列讀友會之友，不定期收到各項最近出版消息，並參加我們提供的各項活動。

姓名： ________ **性別：** ____ **年齡：** ____

地址： ________________

職業： □軍 □公 □教 □工商 □學生 □其他

購買書名： ________________

購買書店： ________________

購買媒介： □雜誌廣告 □直接信函 □報紙廣告 □逛書店 □友人介紹

對新時代系列最感興趣的主題：

□心理 □超心理 □哲學 □轉世 □科學
□宗教 □催眠 □出體 □外太空 □夢
□賽斯 □克氏 □整體醫學

其他：________________

希望舉辦的活動：

□讀書會 □演講 □工作坊 其他：________

其他建議： ________________

____

____

____

國立中央圖書館出版品預行編目資料

個人與群體事件的本質／Jane Roberts原著；
王季慶譯.--初版.--[臺北縣] 新店市：方
智,民83
面；　公分.--(新時代系列；29)
譯自：The inbividual and the nature of
mass events
ISBN 957-679-140-5(平裝)

1.超心理學　2.心靈感應

175.9　　　　83001308

〈新時代系列29〉
個人與群體事件的本質

定價260元

原著書名——The Individual and the Nature of Mass Events
原作者——Jane Roberts
版權代理——博達著作權代理有限公司
譯者——王季慶
校對——王季慶、陳建志、江勝月
發行人——向美容
出版者——方智出版社
社長——曹又方
副總編輯——蔡幼華
編輯——唐宣喻、江勝月、葉彥君、吳美瑩、賴佩茹
美術編輯——陳正弦、高啓偉
發行部——黃國興、陳月麗、周煥欽、夏榮慶
讀者服務——呂碧琴、唐靜怡
地址——台北市南京東路四段50號6F之1
電話——五七九六六〇〇(代表號)
郵撥帳號——一三六三三〇八一　方智出版社
法律顧問——蕭雄淋律師
行政院新聞局版台業第四三六一號
中華民國八十三年三月　初版
二〇〇二年九月　三刷

ISBN 957-679-140-5　　Printed in R.O.C
※本書如有缺頁、破損、裝訂錯誤，請寄回本公司調換